KB072831

내 S급 연예인

내 5급 연예인 6

고고33 현대 판타지 소설

초판 1쇄 찍은 날 § 2022년 2월 24일
초판 1쇄 펴낸 날 § 2022년 3월 3일

지은이 § 고고33
펴낸이 § 서경석

총괄팀장 § 황창선
편집책임 § 김우진
디자인 § 스튜디오 이너스

펴낸곳 § 도서출판 청어람
등록번호 § 제387-1999-000006호
등록일자 § 1999. 5. 31
어람번호 § 제1-3176호

본사 § 경기도 부천시 부일로 483번길 40 서경B/D 3F (우) 14640
편집부 § 서울시 구로구 디지털로 272 한신IT타워 404호 (우) 08389
전화 § 02-6956-0531 팩스 § 02-6956-0532
http://www.chungeoram.com
E-mail § chungeorambook@daum.net

ISBN 979-11-04-92421-7 04810
ISBN 979-11-04-92386-9 (세트)

MODERN FANTASTIC STORY

내 S급 연예인 6

고고33 현대 판타지 소설

도서출판 청어람

내 S급 연예인

목차

제1장 — 전쟁의 서막 II

"나한테 왜 그래. 캐스팅에 배우가 왜 나서. 소속사는 뭐 하고."

방 국장의 우는 소리를 들은 강주희는 여전히 미소 띤 얼굴로 고개를 가로저으며 속삭였다.

"내가 그러지 말라고 그랬어요. 최 대표랑 전 작가랑 좋은 인연인데, 괜히 나 꽂아 넣는 그림 나오면 말 나올 거 아니에요. 그래서 내가 직접 움직이기로 했어요."

"무슨 소리야. 엎치나 메치나 그게 그건데."

방 국장이 펄쩍 뛴다.

"다르죠. 이쪽은 명분이 있잖아요. 그리고, 전 작가 아직 힘없어요. 국장님과는 다르게."

"나 중립이야!"

이대로는 계속 휘둘릴 것 같아서 방 국장은 손바닥을 딱 내밀고 선언했다. 그런데…….

"국장님."

"그렇게 부드럽게 부르지 말라고. 소름 끼치니까."

아닌 게 아니라 팔뚝에 닭살이 실시간으로 솟아오르고 있었다.

"남자한테 나이가 들수록 중요한 게 뭔지 모르세요?"

"…직책? 지갑 두께? 사회적 권위?"

질문이 불길해서 머뭇거리며 대답했더니 강주희가 피식 웃는다.

"머리숱이요. 그거, 누가 지켜줬더라? 홀랑 불에 탈 뻔했던 그 머리 지켜준 사람이 누구더라?"

반짝반짝 빛나는 강주희의 시선에 결국 방 국장은 한숨을 쉬고 자리에서 일어났다. 그리고 진지하고, 엄숙한 표정으로 말했다.

"주희야."

"그냥 알겠다고 하고 나 밀어. 출연료는 조금만 받을게."

"주희야."

"내가 백은새랑 담판 지을까? 걔 나한테 안 돼. 알잖아요?"

"나, 이 머리……."

방 국장은 긴 한숨을 쉬고 말했다.

"가발이야. 오래됐어… 탈모 온 지."

강주희의 눈동자에 지진이 일어나는 모습을 본 방 국장은 뒷짐을 지고 한참 동안 창가 앞을 서성거렸다.

*　　　*　　　*

해가 기울어도 촬영은 계속된다.
오후가 되자 바람이 급격하게 차가워졌다.
스태프들의 눈꺼풀이 무거워지고 몸이 얼어붙으면서 따뜻한 국물이 떠오를 때였다.
"윤소림 팬카페에서 간식차 왔대. 어묵이랑 호빵."
"또? 팬클럽 화력 장난 아니네."
반가운 소식에 스태프들과 배우들은 간식차 앞으로 발길을 돌렸다.
간식차는 금세 문전성시를 이뤘고, 촬영장을 찾은 윤소림 팬클럽 운영진들은 간식이 원활히 배분될 수 있도록 일손을 보탰다.
"준호 씨는 소림 씨 처음 보는 거죠?"
팬카페 닉네임 '소림아널좋아해'가 '0sunkiss'에게 물었다.
"예!"
"우황청심환 먹었어요? 안 먹으면 큰일 나는데. 소림 씨가 너무 예뻐서 심장이 쿵 떨어지거든요."
"하하."
"농담 아닌데."
뒷머리를 긁적거리는 '0sunkiss'.
'소림아널좋아해'가 실실 웃으면서 다시 물었다.
"준호 씨, 혹시 누나나 여동생 있어요?"
"형만 있는데요. 왜요?"
"이게 부작용이 생길 수 있거든. 소림 씨 본 뒤에 집에 있는 여자들 보면 막 화가 나요. 그냥 싫어. 막."
"하하, 그럴 수도 있겠네요."

서로 농담을 주고받으면서, 팬카페 운영진은 촬영장을 힐끗힐끗 살폈다.

갤주는 아직 촬영 중.

"오늘 회사는 어떻게 했어요?"

"집에 일 있다고 핑계 대고 연차 냈습니다."

"참 직장인들 힘들어. 나는 프리랜서라서. 아, 영심 씨도 프리랜서예요."

"부럽네요."

'소림아널좋아해'가 호빵 코너 앞에서 헤어 망을 쓰고 있는 여자를 가리켰다. 그녀의 아이디 'sss111'.

"근데 촬영 언제 끝나는 거야."

기다리는 윤소림은 보이질 않는데, 스태프들의 발길은 계속 이어진다.

"준호 씨, 퓨처엔터 SNS 봤죠?"

"예, 아침에 봤어요."

오늘 아침 퓨처엔터 공식 SNS에 한 장의 사진이 올라왔다.

'한정판'이라고 적힌 문구 아래에 그림자에 가려진 카드 같은 게 놓여 있는 사진.

정체를 알 수 없는 사진에 윤소림 팬들은 설왕설래하고 있었다.

"분명 뭔가 있는데."

"소림 씨와 관련된 것 아닐까요?"

"이따 대표한테 물어봅시다. 아니, 내가 오늘 건의할 게 많아."

어묵 하나를 씹어 먹으면서 각오를 다지는 '소림아널좋아해'.

"내가 다른 건 몰라도 팬 미팅은 꼭 확답받아야지."

"팬 미팅이요?"

"우리 팬카페 회원이 지금 몇 명인데. 이제는 공식적으로 팬 미팅 해야죠."

"팬 미팅 하면 혹시 노래도 하고 그럴까요?"

"당근이죠."

"헐. 그럼 소림 씨 노래 들을 수 있는 거예요? 퓨처엔터에서 노래 안 시킨다고 했잖아요?"

"팬 미팅은 다르죠. 요즘 배우들 팬 미팅에서 노래하고 춤추고 다 하잖아요."

"춤도요?"

"문제는 대표예요, 대표. 이 양반이 자꾸 다른 데 신경을 쏟는 것 같단 말이죠."

'소림아널좋아해'는 퓨처엔터 대표에게 불만이 많아 보였다.

하지만 불만이 있는 회원이 있으면, 현재에 만족하는 회원도 있는 법.

잠자코 듣고 있던 'sss111'이 비닐장갑을 갈아 끼면서 둘의 대화에 끼어들었다.

"저는 윤소림 대표님 일 잘하고 있다고 생각하는데요?"

"잘하긴 하죠. 제 말은 이럴 때 조금 더 달리면……."

"〈공서〉 촬영한 게 4월이에요. 상대 남자 배우는 지금 집에서 놀고 있는 것 같은데, 우리 배우는 지금 어때요?"

말할 틈도 주지 않고 맞는 소리를 하는 'sss111'.

그녀는 계속 말했다.

"그리고 신인들 운 좋게 대박 나면 광고에 행사에 정신없이 얼굴 팔고 다니면서 돈 쓸어 담기 바쁜데, 우리 배우 보세요. 회사에서 딴 거 안 시키고 본분에만 치중하게 두잖아요."

"그건, 대표가 너무 소극적인 게……."

"소극적이라니요. 악플러 고소 건 보세요. 사실 엔터 회사들 이런 거 귀찮아서 안 하려고 하잖아요, 실익도 없고. 그런데 퓨처엔터는 어때요? 적극적이잖아요."

"그러니까 제 말은, 회사가 커지면서 우리 배우님뿐 아니라 여러 사람 챙기느라 정신없는 것 같다, 뭐 이거죠. 강주희랑 뜬금없이 계약한 것도 그렇고, 연습생들에 성지훈까지. 지금 감당 안 될걸요?"

말 잘라먹을까 봐 숨도 쉬지 않고 토해낸 '소림아널좋아해'.

"그럼 우리 배우님, 아이돌 오디션프로그램이라도 나갈까요?"

톡 쏘아붙이고, 'sss111'는 비닐장갑을 끼며 훈계하듯 말했다.

"가만히 있으면 대표님이 알아서 잘하실 거예요. 우리는 그저 응원하자고요. 팬부심 부리다가 스타 망치는 팬 되지 말고요."

촌철살인에 '소림아널좋아해'가 입을 다물자, 그 모습에 다른 회원들이 내심 통쾌해할 때였다.

멀리서, 기다리던 '우리 배우'님이 논란의 대표님과 함께 나오고 있었다.

·

·

·

"오래 기다리셨죠?"

나를 본 팬카페 운영진은 서로 약속이나 한 듯이 두 손을 가로저었다.

다가간 윤소림이 걸치고 있는 점퍼에서 뭔가를 주섬주섬 꺼내 들었다. 핫팩이었다.

"아까 넣어뒀는데, 아직 미지근해요."

윤소림은 핫팩을 하나씩 팬들의 손에 쥐여주며 웃었다.

흔한 핫팩에도 좋아하는 팬들을 보니 나도 왠지 하나 받고 싶은 생각이 들었다.

"간식차 보내주신 거 너무 고마워요. 근데 안 보내주셔도 괜찮으니까 돈 쓰지 마세요."

"에이, 우리가 좋아서 하는 거예요. 소림 씨는 신경 쓰지 말아요, 흐흐."

지난번에 봤던 회원이 수더분하게 얘기하고 눈을 가늘게 뜬다.

"근데 소림 씨는 왜 맨날 같은 티만 입어요?"

"아, 그래요? 이 의상 처음인 것 같은데……."

윤소림이 당황하면서 제 옷을 살피자, 그가 음흉하게 미소 짓고 속삭인다.

"큐티."

그러자 이번에는 윤소림이 검지로 그의 볼을 슥 훔치는 시늉을 했다.

"여기 김이 묻으셨어요."

"김이요?"

"잘생김."

"으하하."

팬과 연예인의 호흡이 아주 덩기덕 쿵덕이다.

"소림 씨, 오늘 촬영은 끝나셨어요?"

"아직 한 씬 남았어요."

"헐, 그럼 빨리 들어가 보셔야 하는 거 아니에요?"

"아니에요. 기다려야 해요. 저 시간 많아요. 그렇죠, 대표님?"

윤소림이 눈을 말똥말똥 뜨고 나를 돌아본다.

마음 같아서는 조금 쉬어야 한다고 말하고 싶은데, 여기까지 온 팬들을 실망시킬 수도 없는 노릇이다.

그래서 고개를 끄덕였더니 윤소림이 아이처럼 좋아한다.

배우들은 참 대단해.

카메라 앞에서는 악녀가, 팬들 앞에서는 마냥 아이가 되니 말이다.

보기 좋아서 흐뭇하게 바라보고 있는데, 윤소림이 처음 보는 팬을 보고 눈이 커졌다. 그러자 팬이 당황해서 말했다.

"아, 저는 닉네임 '0sunkiss' 쓰는 정준호라고 합니다."

팬은 눈을 제자리에 두지 못하고 자기를 소개했다.

순간, 윤소림이 그의 손을 덥석 잡았다.

"제 팬이 돼주셔서 감사합니다."

"아, 아니, 제가 감사하죠. 태어나 주셔서 감사합니다!"

"제가 감사하죠."

"아니에요!"

[이것 참 눈꼴셔서 못 보겠네요.]

왜, 보기 좋구만.

그래도 계속 두면 끝나지 않을 것 같아서, 나는 박수를 한 번 치고 말했다.

"다들 모이세요. 사진 찍어드릴게요."

찰칵.

핸드폰을 확인하는데, 팬이 물었다. 어디에나 존재하는 수다쟁이 같은 팬인데. 지난번에도 나한테 질문을 한 보따리 했던 팬이다.

“대표님, 질문이 있습니다.”

“말씀하세요.”

“좀 많습니다.”

긴장되네.

“첫 번째 질문입니다. 악플러 고소는 결과가 좀 나왔나요?”

“아직 진행 중이라서, 조금만 더 기다려 주시면 공지하겠습니다.”

“소림 씨 팬 미팅 계획 없으신가요?”

“당연히 있죠.”

“언제쯤?”

“장산의 여인, 넷플렉스에 공개될 무렵에 계획 잡고 있습니다. 많이, 더 자주 찾아뵙고 싶은데, 지금도 소림이가 무리하고 있어서요.”

“혹시, 지금 퓨처엔터 연습생들도 있고, 성지훈 씨도 얼마 전에 들어갔던데, 그것 때문에 관리가 미뤄지는 건 아니죠?”

왠지, 스피드 퀴즈를 하고 있는 것 같은 기분이 살짝 들었다. 아무튼.

“그건 아닙니다. 퓨처엔터에서 윤소림은 항상 1순위예요.”

팬이 흡족해한다.

윤소림을 돌아봤더니 녀석도 내심 대답이 마음에 든 표정이다.

“마지막 질문입니다. 윤소림 매일 보셔서 좋으시죠?”

“여동생 매일 보시면 좋으세요?”

싱거운 질문에 별생각 없이 되묻고 윤소림을 쳐다봤다.

잠깐, 유복희가 나타났던 것 같은 기분이 드는데. 착각인가.

*　　　*　　　*

「에스카 프로덕션」

"그럼, 안 한다는 거야?"

신재광 대표는 기대가 와르르 무너진 얼굴로 제작부장을 바라봤다.

"예, 작가님이 제안을 했는데 심사에 참여할 생각은 없다고 했답니다."

"어떻게 설득 안 될까? 나 이따 기자들 만나서 실컷 얘기하려고 그랬는데. 미다스의 손이 에스카 프로덕션과 함께한다고 말이야!"

미다스의 손.

여섯소년들을 만들고, 윤소림을 키우고, 왕년의 스타 성지훈을 대중 앞에 데려온 퓨처엔터 대표 최고남.

더구나 과거형이 아닌 현재진행형.

홍보에 수억을 쏟아붓는 것보다 그 이름 석 자 달린 기사 하나 내는 게 이득이라는 것은 길게 생각하지 않아도 답 나오는 상황인데.

그래서 신 대표는 전유라 작가가 얘기를 꺼냈을 때부터 내심 기대를 갖고 있었다. 그런데 안 한다니.

"뭐 어쩔 수 없죠. 그리고 사람들이 크게 관심을 갖는 것 같지도 않고요. 우리야 미다스의 손이네 어쩌네 하지, 대중이 뭐 그런 거 아나요? 실익 없어요."

한심한 소리.

신 대표가 혀를 내두른다.

"너 아마추어냐? 미다스의 손이라는 타이틀이 붙었다는 게 중요한 거야. 우리가 할 일은 그걸 잘 포장하는 거고. 싸구려 지갑도 포장만 잘하면 가격이 더 붙는데, 명품은 어떻겠어?"

그 말에, 잠자코 듣고 있던 제작부장이 이마를 긁적이며 속삭인다.

"역시 대표님이십니다. 제 생각이 짧았습니다."

"어휴."

신 대표는 갑갑해서 한숨을 쉬고 일어났다. 그때, 노종오 피디가 노크를 하고 들어왔다.

"노 피디 왔어?"

반갑게 맞이했는데, 표정이 좋지가 않다.

"왜 그래? 무슨 일 있어?"

"강주희 아시죠?"

"알지."

"강주희가 우리 드라마 하고 싶다고 국장님 찾아와서 땡깡을 부렸다지 뭐예요. 참 나잇값도 못 하고 말이야."

노 피디는 바짓단을 툭툭 털며 투덜거리고 신 대표를 바라봤다. 이마에 주름을 가득 모은 그가 넋이 나간 듯한 표정으로 속삭인다.

"강주희 소속사가……."

*　　　*　　　*

“강주희 소속사가… 어디더라?”

신재광 대표가 눈썹을 바스락거리며 고민하자, 제작부장 역시 주먹을 꽉 쥔 채로 기억을 더듬었다.

네일아트로 알록달록하게 꾸민 엄지손톱이 하얀 살을 짓눌러서 피부가 붉게 되었을 즈음, 그녀가 다시 고개를 치켜들었다.

“퓨처엔텁니다! 맞아요, FA 어쩌고 하는 기사 봤어요!”

500살 마녀에서 열연을 펼친 여배우 강주희가 현 소속사와 계약이 만료돼 블라블라 하는 기사.

“맞지? 그렇지? 어쩐지! 나도 긴가민가하더라니까.”

신 대표는 마라톤으로 단련된 자신의 허벅지를 내려쳤다.

찰싹, 소리에 노종오 피디의 눈썹이 방황하기 시작했다.

“두 분, 대체 무슨 소리세요?”

“무슨 소리긴. 강주희 소속사가 퓨처엔터라는 거지.”

“그게 왜요?”

“퓨처엔터에 누가 있는지 몰라?”

고개를 갸웃하는 노종오 피디의 모습에 답답해진 신 대표는 눈살을 찌푸리고 제작부장을 바라봤다.

그녀가 낮게 한숨 쉬고 노 피디를 바라본다.

“윤소림이 퓨처엔터 소속이잖아요. 대표가 최고남, 미다스의 손. 그럼 딱 나오잖아요?”

“에이, 미다스의 손은 무슨. 그냥 수식어일 뿐이지. 일반인들이 그런 걸 알아요?"

여전히 부정적인 노 피디의 반응에 제작부장이 한숨 쉬고 말했다.

"미다스의 손이라는, 타이틀이 붙었다는 게 중요한 거죠. 우리가 할 일은 그걸 잘 포장하는 거고. 싸구려 지갑도 포장만 잘하면 가격이 더 붙는데……."

아까 뭐라고 했었더라. 아.

"…명품은 오죽하겠어요?"

제작부장은 물음표를 딱 던지고 신 대표를 흘깃 쳐다봤다. 그가 흡족해한다.

"그래서, 강주희를 우리 드라마에 꽂자는 거예요? 안 됩니다. 백은새 선생님하고 얘기 마무리되고 있는데 어떻게 그래요?"

"마무리가 되고 있는 거지, 도장 찍은 거 아니잖아?"

신 대표는 허벅지를 긁적거리며 되물었다.

이 바닥에서 배역 바뀌는 일처럼 흔한 일이 또 어딨단 말인가.

내일부터 촬영 잘해봅시다 했다가도 다음 날 안면 싹 바꾸는 일도 흔한데, 아직 인주도 안 묻은 계약서를 두고 의리 따질 일 있나.

"아휴, 안 돼요. 안 돼."

"노 피디는 항상 안 된다고 하더라. 뭐가 그렇게 안 돼? 강주희를 당장 캐스팅하자는 것도 아니고, 일단 떡밥이나 던지자 이거잖아. '미다스의 손 최고남 대표, 그가 선택한 드라마 〈미래를 갔다 온 여자〉' 크! 기사 타이틀 얼마나 끝내줘?"

신 대표는 테이블 위에 아무렇게 놓인 스포츠신문을 손에 쥐고 탁탁 두드리며 말했다.

노 피디의 찌푸려진 시선이 신문 1면 기사에 머물렀다.

—…법원이 구속적부심사를 받아들이면서 구치소를 나온 한채희는 팬들에게 물의를 일으켜서 죄송하다는 마음을 전했다. 또한 다시는 도박을 하지 않겠다면서…….

"그래요, 피디님. 일단 기사나 내자고요. 패가 들어왔는데, 그냥 버려요?"

"암, 베팅을 해야지."

* * *

"대표님… 저 결혼 못 할 것 같아요."

촬영을 마치고 퇴근하는 길에 차가희가 뜬금없이 말을 꺼냈다.

"그게 무슨 소리야?"

"소림이 팬들 보니까, 완전 시어머니 같지 않아요? 시집살이를 그렇게 당하면 현모양처도 못 견딜걸요?"

"그러면 처음부터 그렇게 말을 해야지, 갑자기 분위기 잡고 그런 말을 꺼내면 꼭 내가 프러포즈했다가 차인 것 같잖아."

"그럼 찬 걸로 해요. 제가 대표님 찬 거예요."

말도 안 되는 소리는 무시하는 게 상책이다.

"그래도 팬들 덕분에 차 팀장 홍삼도 얻어먹었잖아?"

"홍삼 주면서 뭐라고 했는지 아세요?"

"뭐라고 했는데?"

"유튜브 같은거 하면서 힘 빼지 말고 소림이 케어하는 데 더 신경 쓰라던데요? 왜, 그분 있잖아요, '소림아널좋아해'님!"

으르렁거린 차가희가 홍삼 스틱을 입에 문다.

쪽쪽 빨아 먹고, 끈적끈적한 입을 달싹거린다.

"근데, 팬들이 소림이 챙기는 모습 보니까 기분은 좋더라고요. 뭐랄까. 내 여동생 지켜주는 사람들 같다고 할까."

스타에게 팬이란 무기 같은 거다.

나를 도와주고, 내 몸을 지켜주는 강한 무기.

때로는 팬이 있어서 전쟁터에 돌아올 수 있기도 하고.

성지훈의 경우처럼 말이다.

"아, 그럼 주희 언니는 어떻게 되는 거예요? 전 작가님 차기작에 백은새 선생님 낙점됐다고 하던데요?"

스타일리스트 업계가 은근히 좁다.

특히 차가희는 마당발이라서 다른 회사 소식을 가끔 물어 온다.

"저는 대표님이 전 작가 차기작 집필할 때 도와주시길래 얘기가 된 줄 알았는데."

백은새가 캐스팅된 건, 〈미래에 갔다 온 여자〉의 주연배우인 김유리가 백은새를 추천했기 때문이다.

그리고 이 드라마는 김유리가 있어야 하기 때문에, 일부러 김유리가 도장 찍을 때까지는 지켜만 보고 있었다.

"차 팀장은 어때? 전 작가 차기작에 주희 선배가 들어가는 거."

"시놉시스 얘기 듣자마자, 바로 언니 떠오를 정도? 근데 백은새도 그 역에 어울릴 것 같고요. 둘이 아는 사이죠?"

나는 고개를 끄덕였다.

강주희와 백은새의 인연도 꽤 오래됐기 때문이다.

"그러면 주희 언니가 그냥 포기하려나, 하흠."

한참 수다를 떤 차가희는 하품을 늘어지게 했다.

나는 가는 길에 차가희와 유병재를 먼저 내려줬다.

차가희한테는 유튜브 촬영하면서 먹방이나 하라고, 유병재한테는 제수씨랑 오붓한 시간 보내라고 신사임당을 쥐여줬다.

아무튼 오랜만에 숙소 앞까지 내가 직접 윤소림을 배웅했다.

도착했을 때는 골목 앞 가로등이 환하게 들어와 있었다.

부스럭거리지 않게, 조심조심 안전벨트를 풀고 뒤를 돌아봤다.

윤소림의 짙은 눈썹이 아래로 기울어져 있었다.

온종일 카메라 앞에서 열연을 펼쳤던 여배우. 지금은 그저 피곤한 하루를 보낸 20대 청춘이었다.

깨워야 되는데… 10분만 더 두지 뭐.

그래서 핸드폰을 만지작거리고 있는데, 문자가 왔다.

방 국장이었다.

[고남아, 오늘 소주 한잔하자. 나 힘들다.]

강주희한테 많이 시달린 모양이다.

답문을 하려는데, 문자가 또 왔다. 이번에는 강주희.

[고남아! 흐흑!]

.

.

.

늦은 시간 강주희가 회사로 찾아왔다.

문자를 보고 설마하니 강주희가 울었을까 싶었는데, 설마는 설마일 뿐.

강주희는 작은 주먹을 꽉 쥐고 사무실에 들어왔다.

마치 방 국장에게 차인 마음을 뾰족하게 갈아서 손에 쥐고 온 것 같았다.

"고남아, 나 방 국장한테 완전 실망했다."

눈에서 찬바람이 쌩쌩 불어온다. 내가 이렇게 쫄았는데, 방 국장은 오죽했을까. 아마 지금쯤 김 피디 붙들고 추어탕에 소주 한 잔 걸치며 하소연을 하고 있을지도 모르겠다.

"국장님도 은새 누님이랑 인연이 있으니까."

"그래도, 내가 먼저여야 하는 거 아니야? 내가 방 국장 머리……."

그 얘기 왜 안 꺼내나 했는데, 바로 말을 돌린다.

"아무튼, 방 국장 찔러서 절받는 건 안 되겠어."

"제가 에스카 프로덕션에 찾아가 보겠습니다."

"야, 됐어. 나 존심 있는 여자야. 내가 딸 거야, 그 배역."

"어떻게 하시려고요?"

얘기나 들어보려고 물었다.

"어떻게 하긴. 연기로 승부해야지. 정석대로 부딪치면 솔직히 백은새보다는 내가 백배 낫지."

"백배까지는… 천배 정도 낫죠."

서릿발처럼 확 다가왔던 눈빛이 한발 물러난다.

"아무튼 넌 가만히 있어. 나 그 말 하려고 온 거니까."

"소속사 대표 놔뒀다가 뭐 해요. 이럴 때 휘둘러야지."

소속사도 스타의 무기.

한 번 더 물었더니 강주희가 나를 쳐다본다. 칭얼대던 아이 같더니, 갑자기 장난기가 싹 사라진 얼굴이 됐다.

분위기도 바뀌었다.

하여간 강주희와 있으면 온탕과 냉탕을 오가는 것 같다.

“고남아.”

“예.”

“진짜 무기는 휘두르는 게 아니야. 쥐고 있는 거지. 내가 가르쳐 주지 않았냐?”

강주희가 미소와 함께 가늘고 긴 다섯 손가락을 펼친다. 왠지 목이 움츠러드는 그때였다.

“최고남, 너 퇴근 안 했어?”

스케줄을 마치고 돌아온 성지훈이 내 이름을 부르며 들어왔다. 유리문을 열고 고개를 들이민 얼굴이 달처럼 환하다.

“오늘 일 다 끝났지? 우리 소주 한잔하자!”

성지훈은 환하게 웃으면서 나를 바라봤고, 나는 그 얼굴을 한 번 보고, 내 앞에 앉은 강주희를 바라봤다. 그녀가 천천히 고개를 돌린다.

“오빠, 왔어?”

“주, 주희야.”

당황한 성지훈에게 나는 환하게 웃음 짓고 말했다.

“소주는 두 분이서 마시고요. 저는 먼저 일어나겠습니다.”

“야야!”

미안하지만 별수 없다.

따라오려던 성지훈이 강주희에게 붙잡혔다.

강주희가 깔깔 웃으며 말했다.

“오빠는 나랑 마시고. 고남아! 말했다. 나서지 말라고! 진짜야!”

예예.

*　　　*　　　*

아그작아그작.

늦은 밤, 과자를 깨작거리며 드라마 리뷰 기사를 타이핑하던 기자는 모니터 옆에 둔 핸드폰이 반짝거리자 눈썹을 쫑긋 올렸다.

그래서 타이핑을 잠깐 멈추고, 별생각 없이 핸드폰을 확인했다.

[안녕하세요, 기자님. 에스카 프로덕션 홍보팀입니다. 다름이 아니옵고, 이번에 저희가 제작하는 KIS 드라마 '미래를 갔다 온 여자'에 배우 강주희가 물망에 올랐다는 소식을 알려 드리려고 합니다. 배우 강주희의 소속사는, 아시다시피 얼마 전 인기리에 종영한 드라마 여주인공이었던 여배우 윤소림이 소속되어 있는 회사로, 대표는 미다스의 손이라고 불리는…….]

다음 날.

[단독] 미다스의 손 최고남 대표! 이번에는 미래다!

[단독] 배우 강주희, 소속사 옮기고 차기작 시동 걸었다!

[단독] 미다스의 손이 픽한 드라마 〈미래를 갔다 온 여자〉!

—에스카 프로덕션은 내년 방영 예정인 KIS 드라마에 배우 강주희가 물망에 올랐음을 알렸다. 한편 강주희의 소속사인 퓨처엔터테인먼트는 미다스의 손이라고 불리는 최고남 대표가…….

파도처럼 끊임없이 올라오는 기사에 배우 백은새의 소속사 홍보팀은 아침부터 난장판이 됐다.

"기자님, 우리 배우가 캐스팅된 거라니까요."

"소스 어디서 받으셨어요? 제작사에서 그래요?"

"미다스의 손은 무슨. 얼굴도 본 적 없는데……."

걸거나, 걸려온 전화와 씨름하는 홍보팀 직원들은 일순 사무실 입구로 고개를 돌렸다.

선글라스를 쓴 백은새가 거기에 서 있었다.

스키니진에 무릎까지 오는 롱부츠로 멋을 낸 그녀는 입술을 꽉 다물고 있었다.

그녀는 찬바람을 몰고 대표실로 들어갔다.

문이 닫히고 또각거리는 소리가 멈추자, 대표가 경직된 얼굴로 그녀를 바라봤다.

"어떻게 된 거예요?"

"그게, 나도 지금 알아보고 있어. 저쪽에서 뭔가 착오가 있었나 봐."

"저쪽이 어딘데요? 에스카야, 기자야, 아니면 퓨처엔터야!"

"지금 본부장이 신 대표 만나러 갔으니까, 조금만 기다려 봐."

"기다리면 달라지는 거예요?"

"달라져야지!"

대표가 힘주어 말하자, 백은새는 입술을 잘근 씹고 사무실을 나왔다. 손톱이 핸드폰 화면을 꾹 눌렀다.

"노 피디, 지금 어디야? 알았어. 거기서 기다려."

전화를 끊은 그녀는 밖으로 나가려다가 말고 직원들 책상으로 다가가더니 모니터를 확 당겨서 화면을 눈에 담았다.

거기에는 강주희의 환한 얼굴과, 미다스의 손인지 뭔지 하는 그 녀석이 있었다.

“또 너야? 또!”

최고남.

잊을 수 없는 그 이름.

“이 둘… 내가 부숴 버릴 거야.”

무슨 수를 써서라도.

제2장

모로 가도 서울만 가면 된다

화가 머리끝까지 오른 백은새는 한달음에 KIS에 달려왔다.

노종오 피디는 날카로운 콧대 위에 딱 붙은 선글라스에 제 얼굴이 비치자 마른침을 꿀꺽 삼켰다.

아니나 다를까, 곧바로 질문 공세가 쏟아졌다.

"이거 누구 아이디어야? 최고남이 언플 좋아하는 놈은 맞는데, 강주희는 아니야. 누구야?"

"선배님, 그거 기자들이 멋대로 추측하고 낸 거예요."

"장난하니? 내가 팩트도 체크 안 하고 여기 온 줄 알아? 지금도 봐, 신 대표는 연락도 안 되고 기사는 계속 올라오는데. 뭐? 기자가 멋대로 추측을 하고 낸 거라고? 노 피디, 아니, 노 감독. 지금 나 가지고 노니?"

백은새가 선글라스를 벗었다. 숨어 있던 일그러진 눈이 드러나자 노 피디는 머뭇거리다가 입을 열었다.

"신 대표님이야 지금 상황 알아보느라 정신없는 거고, 대한민국은 기자가 한둘입니까. 걔들이 언제 팩트 체크하고 기사 올려요? 일단 따라붙는 게 걔들 특징이잖아요."

여전히 미심쩍은 시선.

"곧 정정 기사 나갈 거예요. 강주희는 배역에 거론되고 있던 후보 중 한 명이었을 뿐이고, 캐스팅된 건 선배님이라고요."

되는 대로 지껄이고 있지만, 이 바닥에서 산전수전 다 겪은 여배우가 고작 말 몇 마디에 넘어갈 리가 없었다.

그럼에도 노 피디는 일단 발뺌부터 했다.

하지만 바싹 다가온 백은새 앞에서 그는 맹수 앞의 먹잇감이나 다름없었다.

여배우의 숨소리는 으르릉거리는 소리처럼 들렸고, 하얀 송곳니는 육식동물의 것처럼 날카로워 보였다.

"그럼, 나는 감독님만 믿고 가면 되겠네?"

"…저를요?"

"노종오 감독님, 나 이거 하려고 영화 들어온 거 고사했어. 알지?"

"아, 알죠."

노 피디는 고개를 끄덕였다. 다행히 맹수의 기세가 한풀 꺾여서 한숨 놓으려는 이때, 백은새가 선글라스를 고쳐 쓰며 경고했다.

"감독님, 잘 생각하셔야 할 거야. 나 빠지면, 유리 걔가 촬영에 잘도 협조하겠다."

주연배우 김유리.

백은새와 달리 일찌감치 계약서에 도장을 찍은 그녀를 입에 올리고 백은새는 등을 휙 돌렸다.

"아, 국장님 안 보고 가세요?"

"싸우러 왔는데 강주희 편을 왜 봐?"

KIS를 빠져나온 백은새는 바로 차에 올라탔다. 그러자 운전석에 앉아 있던 매니저가 고개를 돌렸다. 백은새의 조카인 그녀는 작년부터 고모를 도와서 매니저 일을 맡고 있었다.

"감독님은 뭐라세요?"

"재가 뭘 알겠어. 아니라고 잡아떼지."

"그럼, 괜히 왔네요."

"아니지. 원래 이런 일 생기면 쫄따구부터 잡는 거야. 그래야 위에 쪼르르 달려가서 일러바칠 테니까."

백은새는 아까와 달리 한결 가벼워진 톤으로 얘기하고 핸드폰을 만지작거렸다. 뭔가를 열심히 적는 그녀의 모습은 즐거워 보이기까지 했다.

급기야 콧노래도 흘러나왔다.

"차라리 잘됐어. 분량이 조금 아쉬웠는데, 이번 기회에 전리품 좀 챙겨야겠네."

"전리품이요?"

"지우야."

"예, 고모."

"우리 지금 시작한 거야, 전쟁."

.

.

.

노 피디는 곧장 국장실로 향했다. 엘리베이터에 올라탄 그는 층 버튼을 연타로 두드렸다. 등줄기에 식은땀이 흘러내려서 엉덩이 골에 홍수가 났다.

"내가 이래서 안 한다니까!"

외주 제작사야 이런 마케팅을 좋아할지 모르겠지만, 공영방송인 KIS는 잡음 하나도 발바닥에 박힌 나무 가시처럼 신경 쓰일 수밖에 없었다.

"작가는 야동이나 보라고 하지 않나, 신 대표는 떡밥 운운하질 않나."

이번 작품, 시작부터 느낌이 안 좋은데… 달려가는 중에 핸드폰에 문자가 도착했다. 뭔가 싶어 봤더니.

[감독님, 나 SNS에 이렇게 올릴게요.]

[오랜만의 작품이라서 열심히 준비했는데… 아, 나도 이렇게 갑질을 당하는데, 지금 데뷔하는 친구들은 얼마나 힘들까? 다들 힘내자구요. 좋은 날이 올 테니까. #미래를갔다온여자 #일방적통보 #에스카프로덕션 #갑질 #미다스의손]

"이러면 나가린데."

그래서 다급하게 국장실을 찾았는데, 방 국장은 바둑판을 사이에 두고 김 피디와 느긋하게 바둑을 두고 있었다.

"국장님, 백은새 다녀갔습니다! 그리고 SNS에……."

"조용."

방 국장은 한마디 툭 뱉고 아끼는 롤빗을 들었다. 바둑판을 들여다보며, '머리카락 나와라 뚝딱'을 속삭이는 사이 김 피디가 고개를 숙여 바둑판을 들여다본다. 뒤늦게 바둑 맛을 보고 제대로 빠져 버렸다.

"어렵구만. 빠져나갈 틈이 없네."

"그럴 때는 물러나는 것도 하나의 방법이지."

방 국장이 정수리를 볼빗으로 열심히 두드리면서 속삭였다.

"최고남이 이번에는 물러날까요?"

바둑알을 만지작거리며, 김 피디가 상황을 복기한다.

"버틸 만한 판이긴 한데, 얻는 게 별로 없어."

"어쨌든 강주희가 배역을 따면 되는 거 아닙니까."

"상대는 가만히 있나. 백은새도 이 바닥에서 젊은 시절 다 보냈어. 얌전히 물러나지는 않을 거야."

"최고남이 수가 있지 않겠어요?"

"글쎄. 윤소림도 챙겨야 하고, 전 작가의 차기작이라는 것도 최고남의 발목을 잡지. 잡음이 커지면 두 사람에게 영향이 갈 테니까 말이야."

"그렇다면……."

"외통수지!"

순간, 방 국장이 바둑판 위에 바둑알을 탁 내려놓았다. 김 피디가 눈살을 찌푸리자, 방 국장이 구부린 중지에 입김을 분다. 하아.

"자, 이마 대."

"살살……."

딱!

* * *

—에스카 프로덕션에서 시작한 거 맞아요. 그쪽 홍보팀에서 보도 자료 돌린 거고, 대표님하고 윤소림 이름 들먹여서 드라마 홍보하겠다는 거죠! 그거 덥석 문 기자들은 서로 키워드 물리려고 자극적인 단어 써가면서 살 붙이고 있고!

두 팔 걷어붙이고 씩씩거리고 있을 황 기자의 모습이 떠올라서 나는 소리 없이 웃으며 말했다.

"알았어. 우리 쪽 입장 정리되면 황 기자한테 제일 먼저 연락할게."

—그래야죠! 퓨처엔터 단독은 세러데이 황숙희! 이게 공식인데, 어디서 반칙을!

얼씨구.

곧 다시 연락하겠다고 약속하고 전화를 끊었다.

"이상하네. 이렇게 무턱대고 기사 뿌릴 만큼 마케팅이 시급한 상황은 아닐 텐데."

그런데 에스카 프로덕션 홍보팀은 떡밥도 생략하고 그물부터 던졌다.

충분히 백은새가 열받을 만한 상황이었다.

아무튼, 네티즌들은 백은새의 SNS 때문에 나와 퓨처엔터를 비 오는 날 먼지 나게 두드리고 있었다.

워딩만 보면 힘없는 배우의 배역을 빼앗은 악덕 엔터테인먼트였다.

사실 캐스팅이 바뀌는 것처럼 흔한 일도 없는데.

그 흔한 과정에서 잡음도 생기고, 억울한 일을 겪는 배우 역시 많다.

"하지만 백은새가 이러면 안 되지."

그녀 때문에 눈물 흘린 배우들이 한둘이 아니건만.

집안, 기획사, 인맥의 힘을 사용해서 데뷔부터 남을 짓밟고 올라온 배우다.

[상황이 묘하게 꼬였네요.]

그러게.

나는 한 가지를 간과했다. 내가 지금 얼마나 많은 주목을 받고 있는지를 깜빡한 것이다.

[유명 인사죠. 명계에서도 아저씨 되게 유명해요. 업보 해결 안 하고 게으름 피운다고!]

"내가 놀았냐?"

삐딱한 저승이에게 퉁명하게 대꾸하고, 아파트 벨을 누르려고 손을 뻗었다.

[꼭 들어가셔야겠어요? 밖에서 얘기해도 되잖아요? 여기는…….]

"귀신이 어딨어."

[그새 귀신 시절 잊었어요?]

아무튼 벨을 꾹 눌렀다. 딩동!

—누구세요?

바로 목소리가 들리길래 도어뷰를 향해 손을 흔들었다.

전 작가의 눈에 내 얼굴이 달력 그림처럼 보일지도 모르겠다.

철컥, 문이 열렸다.

대표님, 하고 반길 줄 알았는데 나를 위아래로 슥 훑어보더니 미간을 찌푸린다.

"빈손으로 오신 거예요?"

"음… 선물은 나중에……."

급하게 와서.

"아니, 그거 말고. 술이요!"

아하.

"대낮이잖아요."

"그런 게 어딨어요? 국어사전에는 엄연히 낮술이라는 단어가 있거든요?"

"작가님 일하셔야 하니까."

빙긋 웃고 말했더니, 전 작가가 입술을 푸르르 떨며 집 안으로 안내했다.

저승이는 따라 들어오지 않았다. 겁쟁이 자식.

나는 입술을 핥고 두리번거리며 거실을 지나 부엌으로 향했다.

꿀꺽.

다행히 지난번에 전 작가에게서 얼핏 봤던 이상한 그림자는 보이지 않았다.

"믹스, 블랙, 음료수. 어떤 거요?"

"블랙이요."

"시럽 넣을까요?"

"있으면 조금만이요."

커피포트에서 물 끓는 소리가 들리고, 전 작가가 숨겨둔 예쁜 컵을 꺼내려고 까치발을 드는 것이 보였다.

발가락이 꿈틀거리는 모습이 위태로워 보여서 다가가 컵을 꺼내줬다.

"여기 있습니다."

"아, 고마워요."

나보다 머리 하나는 작은 그녀가 고개를 들고 배시시 웃는다.

"프라이팬 이거 언제 사신 거예요?"

"아, 그거 좀 됐어요. 작년 봄인가. 세일하길래 큰맘 먹고 샀는데."

"프라이팬은 비싼 것도 좋지만, 싼 거 자주 바꿔주는 것도 좋더라고요. 얼마 안 하잖아."

바닥 코팅이 검게 그을린 프라이팬을 내려놓고 주방을 눈에 담았다. 여자 혼자 사는 집답게 단출한 살림살이가 눈에 들어온다.

"여기가 다용도실인가."

무심결에 주방 옆으로 난 문을 여는데, 다급한 목소리가 들렸다.

"거긴 안 돼요!"

아차.

문은 이미 열었고, 세탁기 앞에 아무렇게나 널브러진 옷과 속옷들이 눈에 들어왔다. 나는 천천히 뒤로 물러나면서 문을 닫고 돌아보며 방긋 웃었다.

"아무것도 못 봤어요! 정말로!"

진짜 못 본 것처럼, 콧노래를 흥얼거리며 식탁에 탁 앉았다.

전유라 작가의 쭉 찢어진 시선이 따라붙었지만 모른 척 핸드폰만을 만지작거리는데, 커피가 탁 놓이고 전 작가가 앞에 앉았다.

"오늘 빨래하는 날이라서!"

"그렇죠. 빨래할 때는 세탁기 앞에 빨랫감 쌓아 놓아야 하죠."

"못 봤다면서요."

"일반적으로."

"오늘 대표님 되게 얄밉네요."

큼.

커피를 호로록 마셨다. 블랙커피의 쓴맛과 시럽의 단맛을 잠깐 느끼는 동안 전유라 작가가 손등에 턱을 받치고 날 바라봤다.

"대표님이 기사 낸 거 아니죠?"

"예."

나는 잠깐 그녀를 마주 보다가 고개를 끄덕였다.

"그럴 것 같더라."

"왜 그렇게 생각했어요?"

"상상이 안 가서요."

그게 무슨 말인지는 모르겠지만, 더 묻지 않고 말했다.

"아무튼 작가님한테 미안하게 됐어요. 괜한 잡음을 만들었네요."

"저보다 강주희 씨가 더 큰일 아니에요? 안 좋은 댓글들 달리는 것 같던데. 빨리 수습해야 하는 거 아닌가 해서요."

"수습하고 있는 거예요."

"어떻게요?"

"작가님 만나러 왔죠."

전 작가가 눈을 깜빡인다.

"해야 할 일이 많으면 우선순위를 정해야 하잖아요. 이번에는 작가님 만나서 신경 쓰지 말라고 말해주는 게 첫 번째거든요."

작가란 사람들은 다른 일에 신경이 쓰이면 제 일을 못 한다.

특히나 전 작가처럼 예민한 사람은 더욱 그럴 테고.

전화로 말해주는 것보다 얼굴 보고 말해줘야 할 것 같아서 먼저 찾아왔다.

“저 그렇게 약한 사람 아니거든요? 캐스팅 단계에서 이런 잡음 흔한 일이잖아요. 계약서 도장 찍기 전까지는 진짜 별의별 일이 다 일어난다는 말이 맞네요.”

“찍고 나서도 그 별의별 일은 일어나요.”

“겁주지 말아요. 내가 애인 줄 알아요?”

“그럼 걱정 안 해도 되는 거죠?”

나는 피식 웃으며 머리를 쓸어 올렸다.

『전유라 : 신미(辛未)년 갑오(甲午)월 을해(乙亥)일 출생』

『운명 : S』

『현생 : B+』

『업보 : 109』

『전생부(前生簿) 요약 : …….』

업보가 줄어들고 있다.

나도 모르게 미소 지었더니, 그녀가 검은 눈썹을 꿈틀 올린다.

“왜요?”

“작가님 인생이 빛나기 시작하는 것 같아서요.”

커피를 마저 마시고, 그녀에게 말했다.

“메일 보냈으니까 한번 보세요. 이번에 캐스팅 피해야 할 배우, 그 이유, 그리고 오디션 볼 때는 어떤 점을 중점으로 보는 게 좋은

지 같은 팁 좀 적어서 보냈어요. 뭐, 알아서 하겠지만."

전 작가의 눈이 반짝거린다.

"대표님……."

"알아요, 나 멋있는 거."

자리에서 일어났다.

그녀가 콧잔등을 찡긋하고 따라 나오며 물었다.

"두 번째는 누구예요? 우선순위."

* * *

"유 감독, 기사 봤어?"

쏙 미디어 박철 대표는 유재하 감독을 바라보며 싱글벙글 웃었다.

"봤어요."

"흐흐. 아주 꼬시다, 꼬셔."

"꼬실 게 뭐있어요. 이 바닥이 원래 그런 건데."

"넌 애가 느와르 찍겠다는 놈이 복수심이 없어."

"복수할 거리나 돼요?"

"되지! 계약서에 도장 찍기 직전, 우리 작품 차고 드라마 간 여배우님이 지금 같은 꼴을 당했는데."

심지어 계약서 찍기 전날에 회식까지 했었다.

그런데 당일 아침에 김유리와 드라마를 찍기로 했다면서 미안하다고 문자 한 통 딱 보내온 그 여배우.

"그러면서 지금은 피해자 코스프레를 하고 있으니. 이러다 벌받지. 지가 빼앗은 역이 몇 갠데. 내가 입만 벌리면, 디스파스에서 거액 들고 찾아올걸?"

"그러고 보니 투자는 어떻게 됐습니까?"

"10분 뒤에 다시 물어봐 주면 안될까? 지금은 이 좋은 기분을 유지하고 싶은데."

유재하 감독이 콧바람을 쉬고 리모컨을 손에 쥐었다. TV가 켜지고 커피 광고가 흘러나온다.

"윤소림이네."

*　　　　*　　　　*

유재하 감독은 TV에 집중했다.

이 바닥에서 예쁜 얼굴을 숱하게 봤다. 이 동네는 눈 돌리면 예쁜 애 옆에 예쁜 애니까.

하지만 여배우의 외모는 예쁜 것과는 결이 다르다.

윤소림 역시 예쁘다는 표현만으로는 부족했다. 고급스러움과 청순함이 공존하고 있었다.

"윤소림 쟤는 앞으로 CF만 돌려도 되겠어. 그러고 보면 대한민국 땅덩어리 작다는 것도 헛소리라니까. 저런 애가 때마다 나오는 거 보면."

돌돌 말린 대본으로 목을 두드리며 감탄사를 쏟아낸 박철 대표는 유 감독 옆에 앉으면서 쓴 입맛을 다시고 속삭였다.

"저런 애가, 아니, 저런 애를 키운 대표가 우리 영화에 합류하면 투자 걱정은 안 할 텐데."

결국 투자자들 지갑 여는 데는 시나리오의 퀄리티보다는 이름값이다.

'미다스의 손'이라는 언론이 만든 수식어만큼 투자자들이 혹할 만한 것도 없을 거고.

부러워서, 배가 쩔끔 아픈 박철 대표의 옆에서 유 감독은 팔짱을 낀 채로 TV에 집중했다.

이번에는 음료수 광고.

그리고 또 윤소림이다.

"아, 배야."

박철 대표의 장에서 꾸루륵 소리가 난다.

부럽다. 미치도록 부럽다. 윤소림을 가진, 미다스의 손이 부럽다.

"대표님, 강주희 어때요?"

마침 음료수 광고에 강주희도 나오고 있었다.

"강주희 좋지. 500살 마녀 보니까, 아직 살아 있드만. 근데 그럼 뭐 해? 이미 딴 데 간다고 요란하게 떠들고 있구만. 하아, 배우가 없네, 배우가."

요즘은 배우보다 제작사가 아쉬운 판이다.

플랫폼이 늘어나고 한류 열풍으로 대한민국의 콘텐츠가 세계로 뻗어나가는 시기라서 찍어야 될 건 많은데 쓸 만한 배우는 없는 게 현실이니까.

오죽하면 캐스팅 전쟁이라고 할까.

"강주희가 우리 영화 오면 바로 주연인데."

박철 대표는 쓴 미소를 지어 보였다. 그냥 해본 말이었다.

백은새가 떠나고, 큰손 투자자가 빠져나가면서 제작비를 수급 못 해 결국 촬영팀마저 해산 위기에 놓인 상황이었다.

그렇다고 아무 배우나 세울 수도 없는 거고.

"대표님, 죄송합니다."

"뭐가?"

"괜히 제가 백은새 심기 건드려서 이 꼴을 만들었네요. 꼬리 살랑살랑 흔들어도 모자란 판에. 죄송합니다."

"말도 안 되는 소리 마. 너 백은새 말 다 들어줬으면 우리 영화 백은새 브이로그 됐어."

"그렇게 말해주시면 고맙고요."

"그래도 네가 너무 뻗대긴 했지?"

"죄송합니다."

"그만해. 지겨워."

"죄송하라는 거예요, 말라는 거예요."

"반반씩 해. 에이, 통닭 먹고 싶네."

박철 대표는 갑자기 핸드폰을 꺼내 들고 배달 어플을 켰다. 그런데, 어플 메인에 뜬 광고모델의 모습에 눈이 커졌다.

"누구지? 눈에 익은데."

"3인칭시점에 나왔던 사람 아니에요? 윤소림 매니저."

"와, 그러네. 대박! 아, 배야."

잘나가는 회사는 심지어 매니저까지 광고모델이 된단 말인가.

"아니야, 내게도 아직 운이 남아 있을 거야. 아, 로또 맞춰봐야지! 분명 내게도 기회가……."

5분 뒤, 구겨진 로또 한 무더기가 쓰레기통으로 직진했다.

"으, 배야."

"그쪽이면 맹장 아니에요?"

"아니야, 내가 심술 맞아서 그래. 내 맹장이 얼마나 열심히 살아가는데. 제길, 부럽다, 에스카 프로덕션!"

괴성과 함께 제 배를 퉁 치고 일어난 박철 대표는 화장실이나 가야겠다 싶어서 물티슈를 챙겨 들었다.

"유 감독, 나 화장실 갔다 올 테니까 통닭 좀 시켜놔."

"대표님."

"양념하고 마늘, 반반 시켜."

"대표님."

"알았어, 알았어. 콜라도 시켜."

"대표님."

"아, 왜!"

고개를 획 돌렸더니, 유재하 감독이 사무실 유리 벽을 뚫어지게 보고 있었다. 그 너머에 하릴없이 기지개를 켜는 경리 직원의 모습, 뭐만 얘기하면 앓는 소리부터 하는 제작부 곽 부장, 그리고… 아까 신문에서 본 남자가 서 있네?

"맞냐?"

"예, 맞아요. 미다스의 손."

남자, 최고남이 이쪽으로 오고 있었다. 그 모습을 보면서 박철 대표는 속삭였다.

"말했잖아. 내게도… 아직 운이 남아 있을 거라고."

·

·

·

“강주희 씨는 드라마 한다고 기사가 났던데…….”

박철 대표와 유재하 감독, 그리고 곽 부장이라는 여자가 나를 뚫어지게 쳐다본다.

‘야, 이 사람들 지금 무슨 생각 하며 날 쳐다보고 있는 거야?’

[피곤해 보이는 남자는 ‘이 남자가 최고남인가?’ 그 생각 하고 있고요, 은테 안경 쓴 남자는 ‘왔다 갔다는 기사라도 낼까?’ 하고 생각하고 있고요, 단발머리 여자는… 아무 생각이 없는데요?]

아, 그렇다는 말이지.

[제가 실시간으로 중계해 드릴게요.]

나는 커피 잔을 내려놓고 박철 대표의 눈을 바라봤다.

“드라마는 여러 대안 중 하나였습니다. 저희 배우는, 차기작에 영화도 고려하고 있습니다.”

“그럼, 기사는…….”

“저쪽에서 착오가 있었던 것 같아요. 아직 연락 한 번 한 적이 없습니다.”

[유레카!]

“그래요? 에스카 프로덕션 일 처리 참 이상하게 하네.”

박철 대표의 눈이 반짝거린다.

“그래서 부탁 좀 드리겠습니다. 제가 여기 온 거 당분간은 기사가 안 났으면 좋겠습니다.”

반짝거리던 눈이 급격하게 어두워졌다.

“아, 당연하죠! 저희가 무슨, 저희 그렇게 양아치 아닙니다.”

[내고 싶다. 기사, 격하게 내고 싶다.]

“물론 확정이 되면, 그때는 마음껏 제 이름 파셔도 됩니다.”

[말 안 해도 팔 거거든? 전국 방방곡곡 누비면서 외칠 거야. 미다스의 손이 우리 영화 합니다!!]

"근데, 저희 영화는 어떻게 아시고 오신 거죠?"

나는 유재하 감독을 바라봤다.

유 감독은 영화학도가 아니다.

연출을 책으로 공부하고 현장에서 배운 사람이다.

어렸을 때부터 수많은 장르영화를 섭렵할 정도로 영화를 좋아했지만 영화학과가 아닌 게임학과를 진학했고, 게임 회사에 재직하면서 틈틈이 쓴 시나리오가 당선되면서 이 길에 들어섰다.

재작년 입봉 작품은 전국 관객 20만 명 정도로 흥행에는 대실패했지만 그래도 시나리오는 참신하다는 평이 많았다.

그리고 그의 두 번째 작품은 몇 년 뒤에 개봉한다.

몇 년 뒤, 말이다.

"우연찮게 시나리오를 봤습니다. 재밌더라고요. 그래서 감독님 전작을 봤습니다."

"어땠습니까? 망했는데."

화들짝 놀란 박철 대표가 재빨리 끼어들었다.

"성적이 안 좋은 거지, 망한 건 아니야! 평 좋았어. 그리고 2차 판매로 어느 정도 뽑아냈고."

옆에서 뭐라고 하건 유재하 감독은 내 대답을 기다리고 있었다.

"솔직히, 제 입장에서는 그 정도 스코어에서 끝나서 다행이라고 생각했습니다."

"예?"

"저 감독, 두 번째 작품은 무조건 대박 나겠구나 싶었거든요. 입봉작에서 배웠을 테니까요. 왜 망했는지. 설마하니 그런 분석도 안 한 건 아니시죠?"

찔러봤더니, 유재하 감독이 무거운 눈빛을 보인다.

나는 커피로 마른 입을 적시고 다시 말했다.

"오디션 일정 잡아주시면 저희 배우 준비시키겠습니다."

"아니요, 강주희 씨 연기 경력이 있는데 굳이 그렇게 하실 필요는 없습니다."

"그래도 한번 보셔야죠. 일정 잡고 연락주세요. 그리고, 그편에 저희 소속 신인배우도 보냈으면 합니다."

"신인배우요?"

패키지처럼 느껴졌는지, 유재하 감독의 낯빛이 무거워졌다.

"옵션 아닙니다. 마음에 안 드시면 퇴짜 놓으시면 돼요."

그러자 허수아비처럼 듣고만 있던 곽 부장이 자리에서 일어나서 뭔가를 챙겨 왔다. 그녀가 안경 콧대를 매만지고 말했다.

"콘티북이에요. 한번 보세요. 저희 영화, 재밌습니다."

차분히 훑고 나서 자리에서 일어났다.

나오려는데, 저승이가 말했다.

[마음에 들어 한 것 같은데. 젠장, 호박이 넝쿨째 들어왔는데 그놈의 돈이 문제네. 투자자 빵꾸 났다고 하면 안 하겠지?]

박철 대표의 속마음이 안절부절못하는 것 같아서 나는 문고리를 잡고 말했다.

"그냥, 하실래요?"

"뭘……."

"노이즈마케팅이요."

박철 대표의 얼굴이 환해졌다. 그러고는 팔을 걷어붙이더니 힘주어 말한다.

"제가 또, 한 노이즈 하죠."

*　　　*　　　*

[미다스의 손도 당황한 노이즈마케팅? 배우 강주희 차기작 관련해 그 어떤 오디션도 아직 보지 않았다]

[배우 강주희, 차기작은 아직 미정, 다른 배우 기회 뺏은 적 없어]

[쓱 미디어, 유재하 감독 신작 오디션에 '배우 강주희' 참여할 예정]

[네티즌, 강주희 차기작에 급관심!]

"표정 관리 좀 하세요."

곽 부장의 핀잔에 박철 대표는 광대를 꾹 누르고 아래로 내렸다. 하지만 얼마 못 가 다시 광대가 올라간다.

"좋은 걸 어떻게 하냐."

"기사 방금 떴어요. 아직 반응도 없는데 뭐가 그렇게 좋으세요."

"기회가 생긴 거잖아. 사실, 백은새 빠지고 투자자 빠지면서 유 감독한테 뭐라고 했던 게 계속 마음에 걸렸거든."

"투자자 빠진 거, 백은새가 훼방 놓은 거라는 말 사실일까요?"

"심증은 가는데 증거가 없으니까. 아후, 내가 백은새만 생각하면."

박철 대표는 입술을 잘근 씹으면서 핸드폰을 힐끗거렸다.

"어디 전화 올 데 있으세요?"

"왜, 엊그제 투자사 제안서 넣었잖아. 심사 끝났을 텐데, 연락 올까 싶어서."

"어휴, 기사 방금 올라왔잖아요."

"안 되겠어. 펀딩 회사라도 찾아가 봐야지."

벌떡 일어난 박철 대표는 정장 재킷을 걸쳤다. 엉덩이가 근질거려 도저히 앉아 있을 수가 있어야지. 발 닿는 곳은 어디라도 가볼 생각으로 핸드폰을 향해 손을 뻗었다. 그런데.

뻗던 손이 핸드폰 벨 소리에 멈칫했다.

"…박철입니다."

—안녕하세요, 대표님. INK은행 콘텐츠금융팀입니다. 다름이 아니고…….

천천히, 다시 의자에 엉덩이를 붙인다.

*　　　　*　　　　*

"그래서? 투자받은 거예요?"

—아직인 것 같아요, INK은행에서는 강주희가 확정되면 검토해 본다고 했나 봐요.

"걔들은 눈이 없대? 콘티 보고도 그걸 하겠다는 거야? 한국에서 히어로물이 된다고?"

—그러게요. 거기다 여자가 주연인 영화가 될 리가 있나.

처음에야 사탕발림에 넘어갔지만, 아무리 생각해도 기가 찬 영화였다.

그래서 수정 좀 하자고 했더니, 어린 감독 고집이 쇠심줄보다 질겨서…….

입술을 씹은 백은새가 다시 말했다.

"그럼 어떻게 되는 거예요? 대표님 말만 믿고 질렀는데, 상황 이상하게 돌고 있잖아?"

—어떻게 되긴요. 잘된 거지. 어쨌든 우리 드라마 인지도 확 올랐고, 은새 씨도 실검 올랐잖아요.

"최고남이 우리가 쇼한 거 눈치챈 거 아닐까요? 그러니까 내가 깐 영화를 한다는 걸 테고."

—설마요. 알았으면 더욱더 그 영화 안 하지. 아무튼, 이제 우리 쪽에서 적당히 수습할 테니까, 은새 씨도 SNS에 오해였다, 제작사와 잘 얘기했다, 드라마 기대해 달라 하고 적으세요. 그러면 마무리되는 거니까. 네티즌들, 다 헛똑똑이잖아요.

신재광 대표는 앞으로 해야 할 일을 알려주고 전화를 끊었다.

백은새는 네티즌 반응을 살폈다.

@lojuly 백은새는 생쇼 한 거야?

@신우리 그럼, 백은새는 누구한테 까인 거예요?

@도도한여자 퓨처엔터에서 노이즈마케팅 한 거지. 제작사도 분위기 안 좋으니까 언플 하는 거고.

ㄴ노이즈마케팅을 왜 해요? 영화 오디션 본다잖아요?

ㄴ일단 질렀는데, 발 뺀 거 아닐까요?

ㄴ제 생각에는 〈미래를 갔다 온 여자〉 제작사하고 백은새가 짜고 노이즈마케팅 한 것 같은데요?

흠칫.

놀라는 그때, 차 문이 열리고 찬바람이 들어왔다.

"춥다!"

"아, 죄송해요."

조카가 서둘러 차에 올라탄 뒤, 차 문을 닫았다.

신경이 곤두설 대로 선 백은새는 핸드폰을 만지작거리다가 통화 버튼을 다시 눌렀다.

"대표님, 우리 기사 하나 더 내고 퇴장하죠."

—무슨 기사요? 미다스의 손은 한 번 써먹은 걸로 된 것 같은데.

"강주희 집안사. 걔네 엄마가 자식 팔아서 챙긴 게 좀 많아요."

그러니까 이게 터지면…….

—은새 씨, 나야 우리 드라마 홍보한다고 이러는데, 은새 씨는 왜 그렇게까지 강주희를 신경 써요?

"…내용, 메일로 보낼게요."

전화를 끊은 백은새는 이를 악물었다.

그러자 오래된 기억 속의 강주희 목소리가 선명하게 들려온다.

'은새야, 배우가 되고 싶어?'

*　　　*　　　*

10년 전.

얼마 전 종영한 KIS 드라마 〈유채꽃〉 팀의 뒤풀이 현장.

노을이 지기 시작한 바닷가에는 모닥불이 타오르고 있었다.

촬영 때는 소리만 질렀던 감독도, 한여름 더위와 모기떼에 고생

한 배우도, 종일 연이은 촬영에 시든 콩나물 같던 스태프들도 오늘만은 자유.

여주인공이었던 강주희는 왁자지껄 떠드는 사람들 틈에서 방기룡 씨피를 놀리며 깔깔 웃고 있었다.

"씨피님은 나 아니었으면 머리 홀랑 벗겨졌지!"

"야, 그 얘기 언제까지 할 거야? 아주 죽을 때까지 써먹으려 하네."

"아직 1년도 안 지났거든요? 한 3년은 납작 엎드리셔야죠! 내가 그때 딱 잡아채지 않았으면 드럼통 속에 고꾸라지셨을 텐데!"

"그래, 고맙다. 됐냐?"

"장가가시면 다 내 덕이에요?"

두 사람이 실랑이하는 모습이라기고 하기에는, 강주희 손에 방 씨피가 꽉 붙들려 일방적으로 밀리고 있었다.

방 씨피의 엄살에 강주희가 만족한 듯 캔 맥주를 높이 치켜든다.

"다들 안 마시고 뭐 해요? 오늘 죽자니까!"

"야, 최 매니저 어딨어? 여배우 관리 좀 하라고 해! 재가 여배우냐?"

"이렇게 예쁜데 여배우가 아니라고요? 하!"

"예쁘면 뭐 하냐. 성격이 괄괄한데."

"됐고요! 자, 다들 술 들어요!"

재촉에 사람들이 저마다 손에 쥔 캔 맥주를 들었다.

강주희가 그 모습을 흐뭇하게 바라보더니, 제 허리춤에 손을 턱 올리고 외친다.

"다들 수고하셨어요! 조명팀 땀 뻘뻘 흘리느라 수고하셨고, 촬영팀 배우들 멋지게 찍어주시느라 수고하셨고, 연출팀… 그러니까……."

"또 내 머리카락 얘기하면 너 물에 빠뜨릴 거다!"

방 씨피의 고함에 다들 웃음을 터뜨렸다.

웃음은 다시 저무는 노을처럼 잠잠해지고, 파도 소리가 커질 때쯤 강주희의 미소 띤 얼굴에 눈물 한 줄기가 흘렀다. 눈물은 노을에 닿아 별똥별처럼 떨어졌다.

"너무 행복하다고요. 여러분을 만나서, 정말 행복했습니다. 사랑합니다!"

"나도 사랑해요!"

"사랑한다!"

"사랑해!"

건배사를 하랬더니, 너도나도 사랑 고백을 하고 맥주를 마셨다. 시원하게 목을 축이고 노래도 불렀다. 강주희가 꾀꼬리 같은 목소리로 노래 한 곡 뽑아내고 돌아가며 노래를 불렀다.

방 씨피도 흥겨운 트로트 자락 한 곡 뽑으며 분위기에 어울렸다.

작은 손으로 손뼉 치며 감상하던 강주희에게 매니저가 다가왔다.

잘생긴 매니저라고 배우들 사이에서 소문이 자자했다.

더구나 늘 귀찮은 듯한 표정이라서 신기하기도 하고.

"누나, 세팅 끝났습니다."

"정말?"

그녀가 벌떡 일어난다. 그러다가 멈칫하더니 옆을 내려다보며 말했다.

"은새 씨도 가자."

"예? 어디를요?"

"따라와요!"

백은새는 얼떨결에 일어나서 뒤를 좇아갔다.

얼마 못 가 백사장에 일정한 간격을 두고 꽂혀 있는 폭죽이 보였다. 어떤 폭죽은 여러 개가 한곳에 모여 있었는데, 도화선이 길게 이어져 있었다.

"여기요."

매니저가 라이터를 건넨다.

"오케이!"

어린아이처럼 들뜬 강주희는 사람들을 뒤로 물러 세우고 불을 붙였다.

피융! 피융! 피융! 콰앙!

"와, 진짜 순식간에 날아가네? 그치, 고남아?"

"30분을 차 타고 나가서 폭죽 사 오고, 30분을 쭈그려 앉아서 폭죽을 꽂았는데, 정말 순식간에 날아가네요."

"아이구, 우리 고남이는 얼마나 좋을까. 나같이 예쁜 연예인의 매니저 생활이."

"예, 너무 기쁘네요. 그래서 이제 다른 매니저한테 양보할까 하는데요."

"절대 안 되지, 후훗!"

"사람 목숨 한번 살려주시는 셈 치시고……."

"노노!"

가볍게 무시한 강주희는 모래 위에 놓인 막대기처럼 생긴 폭죽을 들었다.

불을 붙이면 별처럼 반짝거리며 타오르는 폭죽이었다.

"은새 씨도 해."

"예."

치치치…….

막대기가 불타기 시작했다. 화약이 다 타면 아무것도 아니게 될 폭죽의 존재가 백은새의 눈에는 마치 자신의 화려했던 시절 같았다.

가수에서 배우로.

더구나 서른둘이라는 늦은 나이에 연기에 뛰어든 그녀는 이번에 조연급 캐릭터를 연기했다.

초반에 연기력 논란이 있었지만, 중반 이후부터는 어떻게든 해냈다.

물론 강주희와 다른 배우들이 도와준 부분이 컸다.

혼나기도 많이 혼났다. 촬영 때의 강주희는 상처 주는 말도 서슴지 않았지만 지나고 보면 맞는 말이고 도움이 되는 말들이었다.

"은새 씨."

"언니, 말 놓으세요. 촬영 끝나면 말 놓으신다고 그랬잖아요."

"그럼, 그럴게."

강주희가 짧게 미소를 짓고 말했다.

"은새야, 배우가 되고 싶어?"

"예?"

"배우가 되고 싶냐고."

"아, 죄송해요, 제가 더 잘했어야 했는데."

"내 말은 그런 뜻이 아니라, 이런 날은 그냥 즐기라는 얘기야."

강주희는 타버린 폭죽을 내려놓고 새 폭죽을 손에 쥐며 계속 말했다.

"힘든 일 있어?"

"……."

"얼굴이 자주 그늘져 보이더라고. 웃는 얼굴 보기도 힘들고."

"……."

"이번에는 역경 있고 무거운 캐릭터였지만, 항상 그런 역할만 할 수는 없잖아? 앞으로 연기 생활 계속할 거면 힘들어도 변화가 필요해. 주변이 안 되면 자기 스스로 바꾸는 것도 방법이고."

"……."

"촬영 때는 내가 일부러 더 화내고 그랬어. 미안해. 그래야 빨리 배우니까. 늦은 나이에 연기 시작하는데 다른 작품 가서 어린 애들한테 치이면 좀 그렇잖아."

"…예."

"힘들면 울고 기쁘면 웃어. 외로우면 외롭다고 하고. 자기 자신한테 솔직해져야 좋은 연기가 나오거든. 뭐, 나도 아직 멀었지만."

강주희가 손을 탁탁 털고 일어났다. 빙긋이 웃고 매니저에게 달려가더니 목을 꽉 껴안는다.

"앗, 뭐 하는 거예요! 병재야!"

"병재 로또 사러 갔다!"

"씨피님! 살려주세요!"

촬영장에서도 둘이 저렇게 놀곤 했다.

그 모습을 보면서, 백은새는 입술을 잘끈 씹었다. 비릿한 피 맛과 뜨거움이 느껴지자 눈이 찌푸려진다.

'주제넘게, 지가 뭔데 이래라저래라야?'

회사에 사기를 당해본 적 없으면서.

남자에게 배신당해 본 적 없으면서.

부모에게 시달려 본 적 없으면서.

감히, 이 고통을 겪어보지도 않았으면서.

이날부터였다. 백은새가 강주희를 죽도로 미워하기 시작한 게.

*　　　*　　　*

"말이라는 게 참 그래. 내 딴에는 위로한다고 해준 말이, 누군가한테는 기분 나쁘고 주제넘은 소리로 들릴 수 있거든."

성지훈은 일장 연설을 늘어놓고 뒤를 돌아봤다.

뒷좌석에 연습생들이 나란히 앉아 있었다.

"그러니까, 항상 말을 조심하라는 거야. 오지랖도 부리지 말고."

"예!"

연습생들의 대답에 흡족해서 미소 짓는데, 운전 중인 오성식 매니저가 혀를 차며 말했다.

"꼰대 같은 짓 하고 있네."

"꼰대라니. 인생 선배로서 후배들에게 해주는 조언 몰라?"

"그걸 꼰대라고 하는 거야."

"얘들아, 정말 그래?"

성지훈이 억울해하며 묻자, 아이들이 손사래를 친다.

"아니라잖아."

"그러면 너 앞에 두고 '예'라고 하겠냐? 바보 아냐 이거."

"아이큐 테스트에서 80 나온 분이 누구한테 바보래. 얘들아, 이 형 아이큐 테스트 80 나온 거 모르지?"

"지는 70 나왔으면서! 심지어 마지막 세 문제는 찍은 거잖아?"

오래전, 둘은 예능프로그램에 나가서 아이큐 80과 70을 자랑했었다.

"그러는 형은? 내 거 베꼈잖아?"

"베끼기는. 나는 밀려 써서 80 나온 거야. 작가님이 그러더라. 밀려 쓰지만 않았으면 140 나왔다고. 아인슈타인으로 불릴 뻔했다고, 네가 알아? 돌고래 자식아."

"아인슈타인 좋아하네. 침팬지겠지."

"아휴, 마흔여섯이나 먹은 놈이 이렇게 유치해서야."

오성식 매니저가 혀를 찰 때였다. 느닷없이 소연우가 흡, 소리 내며 입을 틀어막았다.

"왜 그래? 갑자기 숨이 안 쉬어져? 차 세울까?"

"선배님, 마흔여섯이세요?"

"어. 그런데?"

"저희 아빠보다 많으세요."

성지훈의 눈이 가늘어진다.

"아버님이 몇 살이신데?"

"마흔이세요."

"아, 그래."

"근데 저희 아빠보다 선배님이 더 어려 보이세요. 저희 아빠는 머리숱도 선배님보다 적은데, 선배님은 머리숱도 많으시잖아요."

"됐고. 너희 이제부터 나한테 선생님이라고 해라. 선배님은 아닌 것 같다.”

왠지 토라져서, 성지훈이 차창 밖으로 고개를 돌린다.

그때, 눈치를 살피던 박은혜가 조심스럽게 얘기를 꺼냈다.

“전 처음에 선배님 봤을 때, 깜짝 놀랐어요. 신인배우인 줄 알고. 너무 잘생기셨잖아요.”

성지훈의 입꼬리가 피식 올라간다.

“야, 뻥을 쳐도 적당히 해야지. 내가 신인배우인 줄 알았으면, 최고남 처음 봤을 때는 대학생인 줄 알았겠다?”

“어? 어떻게 아셨어요?”

“하, 얘들 봐라. 아주 그냥 뻔뻔하네. 그럼 성식이 형은? 성식이 형 봤을 때는 어땠어?”

질문을 받은 박은혜의 눈동자에 지진이 났다.

입술이 머뭇거리면서 말이 나올 듯 말 듯 하다가 안 나오자, 오성식 매니저가 콧바람을 콱 뱉었다.

“됐어, 됐어! 억지로 짜내지 마!”

“흐흐, 난 아이큐 70으로 살란다. 성식이 형 얼굴로 아이큐 80 되느니, 잘생긴 게 최고니까! 잘생긴 게 짱!”

웃고 떠드는 사이 아카데미에 도착했다.

차가 떠나자, 소연우가 박은혜를 안쓰럽게 바라본다.

“고생했어요, 언니.”

“후, 힘들었어.”

박은혜가 이마를 쓸어내린다. 신인배우는 솔직히 무리수라고 생각했는데 잘 넘겼다.

‘그래도 대표님 얘기는 진짠데.’

기억을 떠올려 보지만, 요즘 얼굴을 못 봐서 생각이 바로 안 난다.

그래서 하늘을 보고 눈을 깜빡일 때, 권아라가 물었다.

“근데 언니, 성지훈 선배님하고 강주희 선배님 둘이 은근히 잘 어울리지 않아요?”

“너도 그렇게 생각했어?”

“와, 나도 그런 생각 했는데.”

송지수도 살짝 의견을 보탰다.

지난번에 두 사람이 함께 있는데, 한 폭의 그림이었으니까.

“근데 어디 가서 그런 얘기 하지 마. 아까 그러셨잖아. 말조심하라고.”

“우리 넷이 있을 때는 해도 돼요?”

“응. 우리끼리는 솔직하게.”

“아, 언니. 대표님이 숙제 낸 거 하셨어요?”

아카데미에서 배운 거 체크한다고 토막연기 준비하라고 했었다.

“대사는 다 외웠는데, 감정연기는 아직 잘 안 돼.”

“연우 너는?”

“저는 바보라서.”

“아라는 다 외웠지?”

“어? 언니, 왜 아라한테는 저하고 질문이 다르죠?”

“헉, 실수.”

“흠…….”

게슴츠레 눈을 뜬 소연우.

송지수를 슥 가리키면서 다시 묻는다.

"지수 언니한테는 뭐라고 질문하실 거예요?"

"지수는 다 외웠을걸?"

"헐, 나만 바보 이미지였어. 나만."

고개를 툭 떨어뜨린 그 모습에 박은혜가 웃으며 말했다.

"아니야. 넌 발레도 하잖아. 연습할 시간이 부족할 것 같아서 그랬어."

"진짜요?"

"나 거짓말 못해."

"거짓말. 아까도 선배님한테 거짓말 잘했으면서!"

"연우야, 화났어?"

"안 알려줌!"

그렇게 떠들며 성큼 앞서가던 소연우가 누군가와 툭 부딪쳤다.

앞에서 사나운 눈이 그녀를 노려본다.

"뭐야?"

"죄송합니다!"

한 명이 실수했는데, 네 명이 동시에 허리를 숙인다.

그 모습이 괜히 더 짜증 나서 남여울은 미간을 찌푸렸다.

"꺼져."

연습생들이 우르르 사라진다.

"아, 짜증 나. 윤소림 소속사는 왜 저런 바보들만 있는 거야?"

하나부터 열까지, 퓨처엔터만 생각하면 다 마음에 안 든다.

남여울은 콧바람을 씩씩 내쉬면서 핸드폰을 들었다.

깨문 입술처럼, 손에 꽉 쥔 핸드폰에 새 글 알림 메시지가 떴다.

@곰돌이감독 윤소림 여동생 인스터에 올라온 사진이랍니다. 애들이 벌써부터 발랑 까져서 화장이 장난 아니네요.

ㄴ셋이 똑같네. 자매들이 단체로 같은 병원에서 했나?

ㄴ언니 등에 업고 애들도 곧 연예인 한다고 난리 치겠네요.

ㄴ딱 봐도 날라리네. 관상은 과학이라더니.

윤소림이 동생들과 함께 찍은 사진에 카페 회원들의 댓글이 신나게 달리고 있었다.

그래서 남여울도 몇 자 적어보려고 엄지로 핸드폰을 두드리려는데, 핸드폰이 뒤로 쏙 넘어갔다.

"사, 삼촌!"

백대식은 뺏어 간 핸드폰을 아무 말 없이 보다가 그녀에게 돌려주며 입을 열었다.

"여울아."

"어?"

"가족은 건드는 거 아니야."

머뭇거리는 분홍빛 입술을 보면서 백대식은 분명하게 말했다.

"가족은, 건드는 거 아니야."

*　　　*　　　*

「다음 날, KIS 드라마국」

"흠흠."

콧노래를 흥얼거리며 가발을 매만지던 방 국장.

똑똑, 노크 소리와 함께 비서가 들어왔다.

"국장님, 신문 가져왔습니다."

"뭐 특이한 거 있어?"

"강주희 씨 기사가 났더라고요."

"응?"

방 국장은 눈썹을 구부리고 신문을 손에 쥐었다.

하지만 신문 1면을 본 순간, 눈썹이 치켜 올라갔다.

[단독] 강주희 "엄마니까 빌려줬죠" 무려 10억 빚투!

*　　　*　　　*

톱스타도 할 일 없을 때는 핸드폰만 만지작거린다.

일찌감치 녹음실에 도착한 유유는 꺼놓은 핸드폰을 손에 쥐었다.

평소에 핸드폰을 자주 보는 편은 아니었다.

웹툰 보고, 유튜브 보고, SNS 좀 하다 보면 시간이 훅 지나가기 때문에.

띠딩, 띠딩, 띠딩…….

핸드폰을 켜기 무섭게 SNS 알림이 쏟아지기 시작했다.

댓글 알림까지 켜놓았으면 핸드폰이 고장 날 정도로 계속 울렸을 것이다. 1분 정도 지나서 소리가 멈추자 유유는 잠깐 내려놓았던 핸드폰을 다시 들었다.

"어디서 본 아이디인데."

친구 신청자 목록을 보던 유유는 눈살을 찌푸렸다.

궁금해서 신청자의 인스터를 꾹 눌렀더니…….

dudd._.Yeoul

아침 햇살 너무 좋다.

출근길에 받아 든 이것은… 대본??

여러분, 저요, 여울이가 오디션을 본답니다!!

팬 여러분 늘 응원해 주셔서 감사합니다!!

Hi guys.

I will take the Audition soon.

Thanks for always cheering.

"뭐야."

바로 SNS 어플을 꺼버리고 유튜브를 켰다.

마침 구독한 채널에 새로운 영상이 올라와 있었다.

콘텐츠 제목이…….

「우리 대표님은 진짜 슈퍼맨일까?」

궁금증이 확 쏠리는 이때, 녹음실 문이 열리고 백승준 실장이 들어왔다. 유유가 핸드폰을 손에서 놓자 백승준 실장이 의심스럽게 쳐다본다.

"뭐 하고 있었어?"

"웹툰 보고 있었어."

"그래?"

낌새가 이상하지만, 뭐 그렇다는데.

"야, 강주희 빚투 기사 봤지?"

"응."

"무려 10억이란다. 운도 지지리 없지."

강주희와 계약한 지 얼마 안 돼 연이어 터진 스캔들로 퓨처엔터에 위기가 닥쳤다.

걱정하는 백승준 실장과 달리 유유는 무념무상이었다.

"넌 걱정도 안 되냐? 이번에는 형님도 휘청거릴지 몰라."

"걱정 안 돼."

쿨하게 대꾸하고, 유유는 뒷말을 덧붙였다.

"슈퍼맨한테는 위기 따위 우습거든."

"뭐라는 거야."

입맛을 쩝 다신 백승준 실장이 고개를 돌렸다.

녹음실 문이 열리고 류수정 작사가의 모습이 보였다. 그녀를 본 백승준 실장의 얼굴이 환해졌다.

*　　　*　　　*

빚투.

강주희의 어머니가 자식 이름 팔아서 여기저기 끌어다 쓴 돈이 무려 10억.

[벌어졌네요. 예견된 일이.]

저승이는 보던 명부를 뒷주머니에 꽂고 앉아 있는 강주희를 바라봤다.

그녀는 두 손에 핸드폰을 쥐고 있었다.

기사의 댓글과 악플을 읽어 내려가는 그녀의 얼굴은 하얗게 질려 있었다.

나는 다가가서 핸드폰을 빼앗아 바닥에 내려놓고 말했다.

"이렇게 하면, 이제 안 보이죠?"

강주희가 한숨 쉬고 말했다.

"하, 난 왜 이렇게 재수가 없냐. 아니지, 이런 팔자인 거지."

어린 나이에 A급이 된 강주희는 집안의 통장이나 다름없었다.

모르는 사람들은 그녀가 수십억을 벌었네 백억을 벌었네 하지만, 사업병이 걸린 아버지와 동생, 돈 쓰는 데 맛을 들인 어머니에게 피 빨리는 사이 남은 것은 강북에 하나 있는 집 한 채뿐.

"많아봐야 2, 3억 정도라고 생각했는데… 10억이라니. 정말 돌겠다."

"이게 벌써 몇 번째예요?"

"나 어렸을 때, 아버지가 보증 잘못 서서 집 날아가고 여관방에서 살 부대끼며 살았어. 그래서 우리 가족은 네 거 내 거가 없어. 콩 한 쪽도 나눠 먹어야 했으니까. 미칠 듯이 화가 나다가도 그때 생각하면 불쌍해. 내 동생도, 부모님도."

청승맞은 그녀의 모습에 저승이가 고개를 도리질한다.

[아후, 답답해.]

'답답해도 어쩌겠어. 남의 집안사를 두고 왈가왈부할 수는 없어. 이해가 안 가도, 당사자가 아니면 그 사정 모르는 거야.'

강주희가 다시 입을 연다.

"한번은 말이야. 편의점에서 파는 슬러시가 먹고 싶은 거야. 왜, 레버 꾹 누르면 곱게 간 아이스크림이 나오는 기계 있잖아."

"기억나요."

"그게 먹고 싶은데 돈이 없어서 10원짜리를 모아서 가져갔거든? 근데 동생이 갑자기 칭얼대는 거야. 왜 그랬는지는 모르겠는데… 그게 너무 창피해서 집에 와서 동생을 때렸어. 나는 화가 나서 잤고, 아이스크림은 다 녹아버리고… 부모님은 속상해하고……."

"그럼, 이번에도 갚아주실 거예요?"

어떻게 할지를 묻자, 한참 만에야 헝클어진 머리카락을 쓸어 올린 강주희는 나를 향해 씁쓸하게 웃었다.

·

·

·

강주희가 집으로 돌아가고, 예고 없이 성지훈이 들이닥쳤다.

"오늘 라스 스케줄 있잖아요?"

"잠깐 들른 거야. 바로 가야 해."

성지훈은 숨을 헉헉 내쉬며 물 한 모금을 벌컥 들이켜더니 다짜고짜 얘기를 꺼냈다.

"주희는 뭐래?"

"미안하다고 하죠. 계약한 지 얼마 안 돼 이런 일 겪게 해서 미안하다고."

"빚이 얼마라고?"

"10억이라는데."

물론 저쪽의 일방적인 주장이기 때문에 이런저런 것들을 따져 봐야 할 것이다.

팔짱 낀 채 끙끙 앓으며 뭔가를 고심하던 성지훈이 눈치를 보며 묻는다.

"나 정산 멀었지? 밤무대라도 뛸까?"

"형님이요?"

"까짓것 하지 뭐. 캐시 뽑는 데는 밤무대만 한 게 없잖아."

나는 피식 웃고 다시 물었다.

"형님이, 10억 갚아주게요?"

"강주희 성격에 집 팔고 그 빚 갚으려고 할 텐데, 그러면 전셋집이라도 얻어줘야 할 거 아니야. 집 팔면 당장 어디서 사냐? 그렇다고 여배우가 원룸 같은 데 살 수도 없고."

이쯤이면 물어볼 수밖에 없지.

"형님, 아직도 누나 마음에 두고 계세요?"

"뭐, 뭔 소리야. 우정이지, 새끼야."

성지훈은 개구리처럼 펄쩍 뛰었다. 시계를 힐끗 보면서 물 한 컵을 다시 마신 그가 뒤돌아 말했다.

"아무튼 자세한 건 나중에 얘기하고, 기자들한테 기사 좀 내리라고 해! 이따 봐!"

후다닥 달려 나가는 모습을 보면서 저 대책 없는 아저씨를 어떻게 하나 싶어 고민하는데, 문자가 도착했다.

[얼마나 필요해요? 계좌 찍어요.]

'됐거든.'

유유한테 문자를 보내고 핸드폰을 내려놓았다.

그런데 오늘이 날은 날인 모양이다. 촬영장에 가야 할 윤소림이 풀세팅을 한 모습으로 들어오는 게 보인다.

"넌 또 왜?"

"대표님, 주희 선배님이요."

"네가 갚아주려고?"

"…대표님 돈 없으시잖아요."

"됐으니까 가."

나는 사무실에 들어오려는 그녀의 어깨를 잡아서 바로 돌리고 문을 닫았다.

유리 벽 앞에서 멍한 표정을 짓고 서 있는 윤소림에게 손을 휘휘 저었다.

가라고.

결국 유병재가 끌고 간다.

옷걸이에서 재킷을 챙기는데 또 문자.

[최고남, 후딱 처리해라. 강주희 징징 짜게 하지 말고. 걔는 짜증내는 게 더 어울려.]

방 국장과 강주희는 미운 정이 쌓인 우정인 걸까.

아무튼, 요점은 왜 벌써 빚투가 일어났냐는 거다.

강주희의 빚투는 내년쯤 일어나야 할 일인데 말이다.

얼마 전 캐스팅 논란과 이어져서 기사가 났다는 것은 누군가가 의도적으로 퓨처엔터와 강주희를 흠집 내고 있다고밖에 볼 수 없었다.

누군데, 감히 내 식구를 건드리는 걸까.

[슬슬 움직이실 거죠?]

저승이가 문 앞에서 나를 바라본다. 재킷을 걸치고 사무실을 나설 때, 저승이가 갑자기 생각난 듯 말했다.

[아저씨, 오늘 특선 요리가 뭔지 아시죠?]

'삼선짜장.'

[옛말에 금강산도 식후경이라는 말이 있습니다.]

'지금 밥이 넘어가냐?'

툭 말했더니, 저승이가 진지하게 말했다.

[큰일 앞두고 배 굶는 거 아닙니다.]

할 말을 잃었다. 맞는 말이라서.

* * *

배를 빵빵하게 채우고 중국집을 나왔다.

둘이서 얼마나 먹었는지, 계산하고 나올 때 사장님이 엄지를 추켜세웠다.

[그럼 이제 큰일만 하러 가면 되네요.]

큰일은 무슨.

이런 일은 법대로 처리하면 될 일이고, 기자들 만나는 건 김나영 팀장이 알아서 할 테고, 나는 그냥…….

"로또 사러 가야지."

근처 편의점에서 로또를 구입하고 약속한 사람을 만나기로 했다.

날이 추워서인지 카페 안이 사람들로 붐볐다.

핸드폰을 보고 있는 사람들이 다들 강주희 기사를 보고 있을 것만 같다는 생각이 들었다.

두리번거릴 필요는 없었다. 저승이가 약속 상대를 바로 찾아줬으니까.

모피 코트에 화려한 장신구를 여기저기 걸치고 있는 여자와 정장을 빼입고 앉아 있는 남자. 그리고 인상을 가득 구기고 있는 덩치 큰 남자가 있었다.

"아이고, 최 매니저! 오랜만이야!"

"안녕하세요, 어머님. 잘 지내셨어요?"

"나야 잘 지냈지, 최 매니저. 아휴, 내 정신 좀 봐. 최 대표님! 후후, 우리 주희랑 다시 계약했다는 얘기 듣고 내가 한번 찾아가 본다는 걸 바빠서 이제 보네."

"그렇지 않아도 연락드리려던 참이었습니다."

"대표가 되더니 신수가 훤해졌네."

강주희의 모친은 예전과 똑같았다. 조금 더 세월을 맞았지만, 딸보다 자주 성형외과를 들락거리면서 관리를 받아서인지 크게 달라 보이지 않았다.

"형님도 오랜만입니다."

"나야, 뭐. 하하, 잘 지냈지?"

강주희 남동생이 뒷머리를 긁적거리며 웃는다.

"잘 지내겠어요? 난리가 났는데."

회포 풀자고 만났을까.

채권자가 누구인지, 얼마나 또 일을 벌려놓았는지를 알기 위해서 만난 거다.

"무슨 말을 그렇게 해?"

내 말에 빈정 상했는지, 강주희 모친은 찌푸려진 얼굴로 나를 쏘아붙였다.

"지금 누님, 병원에서 링거 맞고 있어요. 영화 계약 코앞에 두고 있었는데 취소되게 생겼고요."

"그거야, 우리도 미안하게 생각하지. 그런데 상황이……."

"저분은?"

"채권잡니다."

그가 돌처럼 단단해 보이는 손을 내민다. 예전 같으면 이런 자리에 유병재를 데려왔을 텐데. 물론 지금도 혼자는 아니다.

잠깐 동안 강주희 모친의 얘기를 들었다. 스트레스받는 얘기가 이어졌고, 한 귀로 흘려보낸 뒤 카운터에서 종이하고 펜을 빌렸다.

"여기에 적으세요. 채권자분 연락처하고, 또 빚이 얼마나 있는지. 원금하고 이자로 분류해서 적어주세요."

종이와 펜을 건네기 무섭게 망설임 없이 적기 시작한다.

죄책감도 미안함도 없어 보인다.

강주희가 톱 여배우의 삶을 살면서도 A급에 머물 수밖에 없었던 이유가 적나라하게 눈에 보여서 나는 좀처럼 인상을 펼 수가 없었다.

"내가 해결할 수 있기는 한데……."

"어머님."

"응?"

"남의 가정사에 이래라저래라 할 자격은 안 되지만, 강주희의 소속사 대표로서 한 말씀 드리겠습니다… 부끄러운 줄 아세요."

"애 보게? 야! 주희, 내 딸이야! 엄마가 사업하느라고 힘들면 도와줄 수도 있는 거지, 뭘 그렇게 죽는소리해?"

"그래. 누나가 1년 바싹 벌면 10억 그 정도야 별거 아니잖아? 연예인이 괜히 연예인이야?"

저승이가 한숨 쉬고 고개를 절레절레 흔든다.

[이런 부모와 형제를 짊어진 것도 강주희의 업보. 안타깝도다.]

하지만 못난 가족도 가족.

"자, 여기 다 적었어!"

신경질적으로 건네진 종이를 잠깐 훑어보고, 나는 반대로 돌려서 강주희의 모친에게 종이를 다시 건넸다.

"여기 있습니다. 이번에는 직접 갚으세요."

"뭐?"

"소속사 대표로서 말씀드립니다. 배우 강주희는 이 빚과 전혀 관계되지 않은 만큼 갚을 생각이 없습니다."

선언했더니, 채권자의 얼굴이 험악해졌다.

"이러면 서로 곤란한 일이 발생할 텐데?"

"소송이든 뭐든 하세요. 기자 만나서 언플을 하셔도 됩니다. 단, 명예훼손은 조심하시는 게 좋을 겁니다. 우리 회사가 요즘 악플러와 전쟁하는 중이라서."

"최 매니저, 아니, 최 대표… 왜 그래? 주희가 그러재?"

"그럴 리가요. 효녀 딸 아닙니까. 제가 설득했습니다."

"최 대표, 너 미쳤구나?"

강주희 남동생.

가만히 누나가 주는 돈만 받고 살아도 남부러울 것 없이 살 텐데, 사업한다고 허세 부리고 여자들 등쳐먹으면서 반성 한 번 안 하고 또 누나 찾아가서 손 벌리는 삶을 반복하는 인간.

"더 얘기하지 않겠습니다. 말도 업보가 된다더라고요."

"뭐? 뭐?"

나는 자리에서 일어났다. 뒤돌아 가려는데, 의자 밀리는 소리가 나고 우락부락한 손에 손목이 텁석 잡혔다.

"이렇게 그냥 가면 안 되지."

순간, 나는 다른 손으로 채권자의 팔목을 잡았다.

반빙의 상태에서는 잠재력을 끌어올릴 수 있다.

특히 점심을 먹고 와서 싱크로율이 높아졌거든.

"아아!"

적당히 힘을 줬더니 채권자가 몸을 배배 꼬며 고통스러워한다.

나중에 내가 폭력을 썼네 어쨌네 할까 봐서 잡힌 손을 풀고 카페를 나와서 김나영 팀장에게 연락했다.

"나영 씨, SNS에 공지 올려."

.

.

.

며칠 후.

잠에서 깬 강주희는 핸드폰을 손에 쥐고 퓨처엔터 SNS에 올라온 공지를 다시 읽었다.

이번 빚투에서 그녀는 피해자이고, 그동안 대신해서 갚아준 빚만 수십억이라는 퓨처엔터의 공식 해명 글이었다.

한동안 네티즌들 사이에서 갑론을박이 있었다.
기사는 계속 쏟아졌고, 퓨처엔터는 허위 사실 유포에 강경 대응을 예고했다.
하지만 진짜 문제는 돈이 아니었다.
이번 일로 강주희는 가족에게 또다시 실망하고 자신감을 잃고 말았다.
"하아."
한숨을 길게 쉬고 와인 한 잔을 따르는데, 초인종 소리가 들렸다.
인터폰을 보니 최고남이었다.
뭘 사 들고 왔는데, 뭔가 보니 붕어빵이었다.
"뭐야, 이 밤에."
"맛있어 보이길래요. 누님 붕어빵 좋아하잖아요."
"옛날에나 좋아했지."
이제는 입맛도 늙어버렸다.
왠지 힘이 빠진 강주희는 붕어빵을 한쪽에 내려놓고 앉았다.
"고남아, 미안하다. 난 이제 시든 꽃이야."
탄탄하던 피부 탄력도, 건강하던 팔뚝도 이제는 시든 꽃처럼 흐물흐물해진 것 같았다.
그러자 최고남이 웃으며 말했다.
"누님, 꽃은 질 때가 가장 예쁩니다. 왜냐하면, 다음 해가 기대되니까요."
하여간. 옛날부터 말은 잘했지.
강주희는 실없이 웃음이 새어 나와서 붕어빵으로 다시 시선을 돌렸다.

한 입 베어 물었더니 팥의 단맛이 입안 가득 찬다.

헐레벌떡 하나를 해치우고 나니 입가에 미소가 절로 나온다.

그러다가 정신을 차리고 물었다.

"왜 왔어? 이렇게 늦은 시간에."

그것도 토요일 밤에.

최고남이 시계를 힐끗 보다가 TV를 튼다.

"심심해서요. 아, 누님 로또 사셨죠?"

"당연히 샀지. 내 낙인데."

그래서 벌써 10년째, 매번 같은 번호로.

최고남이 미소 짓는다.

* * *

「KIS 드라마국, 빗투 논란 일주일 후」

"최고남한테? 바보냐? 그 자식 돈 많은데 왜 밥을 사줘?"

거울을 보며 옷매무새를 고치던 방 국장은 김 피디가 얼마 전 최고남에게 밥을 샀다는 코웃음을 쳤다.

소파에 앉아 있던 김 피디가 고개를 갸웃한다.

"최고남이 무슨 돈이 있어요. 퓨처엔터 아직 마이너스일 텐데. 마이너스통장에 카드 돌려 막기 한대요. 그래서 내가 쐈는데."

방 국장이 혀를 쯧쯧 찬다.

"원래 돈 있는 것들은 자기 돈은 투자를 하고 사업은 대출받아서 돌리는 거야. 빚도 재산이니까."

"에이, 그래 봤자 매니저 시절에 얼마나 벌었겠어요."

"야, 최서준 주식으로 대박 난 거 몰라? 걔 팬 중에 투자전문가 있어서, 최서준 월세 산다는 얘기 듣고 팬이 투자계획서랑 포트폴리오 짝 뽑아서 보내줬다는 전설 모르냐?"

"아, 저도 그거 들었어요. 최서준이 팬 말 듣고 몰빵 한 화장품 회사는 중국 시장 덕분에 열 배가 오르고, 제약 회사는 신약 개발에 성공해서 스무 배가 뛰었다는 얘기. 그래서 최서준이 전세금 빼서 건물 올렸다고 이슈였잖아요. 설마……."

중얼거리던 김 피디가 제 입을 틀어막는다.

"그래, 인마. 그때 최고남 그 자식, 벌어놓은 거 죄다 몰빵 했어. 최고남뿐이냐? 개대식도 따라 들어갔고. 연예인 따라서 투자하는 매니저들 많잖아?"

연예인에게는 많은 사람이 접근한다.

까마귀에 백로까지 다양하다. 그래서 투자 정보도 쉽게 얻는데, 가끔 대박 나는 케이스가 있어서 주위의 스태프들이 쉽게 따라간다. 물론 망하기도 하고.

한 예능프로그램은 출연 연예인 따라서 전 스태프가 투자했다가 쫄딱 망해서 촬영장 분위기가 살얼음판이 됐다는 소문도 있다.

"그럼… 얼마를 번 거예요?"

"못해도 통장에 억 단위는 있겠지. 그러니까 부문장 자리 걷어차고 제 사업을 하지, 멍청아."

김 피디는 처음 듣는 소리에 경악한 얼굴이다.

"이 개새끼……."

김 피디는 충격 탓에 한참 얼굴을 쓸어내리며 사념을 헤매다가 물었다.

"근데, 어디 가시는데 그렇게 꽃단장을 하세요."

"사장님 뵈러. 호출."

"사장실에서 왜요?"

"에스카 프로덕션 말이야."

방 국장은 낯빛이 어두워졌다. 갑자기 사장실에서 호출이 왔기 때문이다.

"에스카 프로덕션이요? 신 대표? 지난번에 미다스의 손, 그거 노이즈마케팅 때문에 그래요?"

김재하 피디의 질문에 방 국장은 고개를 가로저었다.

"신재광이 그놈이 오디션 가지고 장난질한다는 제보가 들어왔대."

"장난질이요?"

"오디션 미끼로 배우들한테 돈 받은 거지."

"미친놈이네. 요즘이 어떤 세상인데. 누가 넣은 거예요?"

"돈만 바치고 캐스팅 안 된 배우가 넣었겠지."

"그럼 어떻게 되는 거야… 신 대표도 원스트라이크아웃제 적용되는 겁니까?"

김 피디는 눈알을 굴리며 생각했다.

KIS는 원스트라이크아웃제가 있어서 단 한 번이라도 사회적으로 문제를 일으킨 연예인은 출연이 금지된다. 대외적인 것은 아니지만 여태 그래 왔는데, 이번에는 제작사 대표가 그런 특수한 경우.

"아직 확실한 거 아니야. 일단 제보가 들어와서 그것 때문에 올라오라는 거니까."

"설마, 사장님이 국장님 의심하는 거 아니겠죠?"

김 피디의 질문에 방 국장은 눈살을 찌푸렸다.

〈미래를 갔다 온 여자〉의 제작사로 에스카 프로덕션을 최종적으로 결정한 것은 드라마 국장.

물론 간부 회의를 거쳤고, 윗선의 결재가 떨어져서 진행된 일이지만 의심받을 여지는 충분히 있었다.

국장이 돈을 먹어서 에스카 프로덕션이 제작사로 낙점된 것 아니냐 같은 의심 말이다.

자리에서 일어난 방 국장은 거울 앞에서 넥타이를 제대로 정돈했다. 국장으로 진급한 날, 최고남이 선물한 넥타이핀까지 꽂은 그의 표정은 단단했다.

"나 아직 안 잘린다. 잘려도 강주희 동아줄 한 번 되기 전까지는 버틴다."

이 바닥에서 볼 거 못 볼 거 숱하게 보느라 이 나이에 머리털 다 빠지고 노안까지 얻으면서 이 자리에 오른 방 국장이었다.

이까짓 일, 그저 우스울 뿐이다.

"국장님, 힘내십시오!"

"됐어. 뭘 오버하고 그래?"

시름에 빠져 있을 강주희에 비하면, 이까짓 것은 일도 아니었다.

*　　　*　　　*

—그럼 정확한 워딩은, 도의적으로 책임질 수 있는 범위를 초과한다, 퓨처엔터는 법적인 해결 과정에서 모든 지원을 아끼지 않을 것이다, 소속사 대표를 떠나서 인간적으로 강주희를 도와줄 거다, 가족은 이미 오래전부터 전적이 있었다, 확인해 보니 돈을 빌려준 일부 채권자는 과거에도 강주희가 빚을 갚아준 적이 있음에도 이번에 또 빌려준 게 확인됐다, 개중에는 사채업자도 있었다, 자식으로서 마음이 아프지만 강주희는 가족이란 족쇄에 묶여 오랜 세월 고통받아 왔다, 앞으로도 강주희는 지금처럼 가족뿐 아니라 누구와도 명의 거래를 하지 않으며, 책임은 문제를 일으킨 당사자가 감당해야 할 몫이라는 점을 분명히 하겠다… 이렇게 정리해서 기사 낼게요.

황 기자의 담담한 목소리가 지금까지 한 말을 정리했다.

전화를 끊고, 나는 강주희를 바라봤다. 먼저 차에서 내린 그녀는 쭉 기지개를 켜고 있었다.

마치 다시 피려는 꽃처럼 말이다.

쓱 미디어에 도착하자, 박철 대표와 곽 부장이 기다리고 있었다.

박철 대표는 강주희를 보자마자 어린아이처럼 좋아했다.

"팬이었습니다!"

"고마워요. 저 같은 사람 좋아해 줘서."

"아휴, 그런 말씀 마세요. 강주희 씨한테 흠뻑 빠졌던 제 20대, 30대를 추억하면 그렇게 아름다울 수가 없는걸요."

"저 기분 좋으라고 그러시는 거 아니에요?"

"에이, 거짓말로 지옥 갈 일 있습니까."

쿨럭.

기침을 하고 자리에 앉았다.

박철 대표는 깍지 낀 손에 짧게 한숨을 쉬고 웃으며 말했다.

"저희는 무조건 강주희 씨랑 갈 생각입니다. 그리고 다시 말하지만, 오디션 그런 거 필요 없습니다. 강주희는 강주희잖아요."

"알겠습니다."

나는 고개를 끄덕이고, 조금 어두운 얼굴의 곽 부장을 바라봤다. 그녀는 할 말이 있는 것 같았다.

"예상하시겠지만, 이번 일로… 아, 물론 지금 여론은 좋아졌는데 투자가 쉽지 않네요. 원래도 쉽지 않았지만, 그래도 최 대표님 기사가 나가고는 간간이 연락이 왔는데 갑자기 뚝 끊겼어요."

"모자란 제작비가 얼마나 됩니까?"

"채우고 채웠는데 15억 정도는 비네요. 일단 촬영이나 들어가볼까 했는데, 예전에도 이러다가 뒷심 달려서 망작 낸 적이 있어서요. 그래서 펀딩을 고려했는데 제약이 좀 있더라고요, 아시잖아요? 영화 쪽이 흥행작이 돋보여서 그렇지 손익분기점 못 채운 영화가 수두룩하니까. 그렇다고 넷플렉스나 다른 OTT 업체의 투자를 받자니 영화라서 또 애매하고."

박철 대표는 씁쓸해했다. 그러면서도 내 눈치를 살핀다.

내 인맥으로 어떻게 투자를 받을 수 있지 않을까 싶은 기대감이 보인다.

"그 정도 금액이면 투자자 찾는 건 제 선에서 어렵지 않을 겁니다."

"아, 그래요?"

"근데, 조건이 있겠죠. 조율하는 데도 시간이 걸릴 테고."

"그렇죠. 하려면 빨리 진행해야죠."

"그래서 말인데……."

나는 말꼬리를 늘어트리고, 웃으면서 강주희를 바라봤다. 그녀가 귓바퀴 뒤로 옆머리를 쓸어 넘기면서 입을 연다.

"퓨처엔터가 투자하는 건 어떨까요?"

"아니, 최 대표님이요? 15억… 전액을 말씀하시는 건가요?"

"예."

물론 강주희 돈이다. 빚투 상황에서 그녀가 거액을 투자했다는 기사는 오히려 반감만 불러일으키기 때문에 회사 이름으로 움직이는 것이다.

"하아, 생각지도 못한 제안이네요. 퓨처엔터는… 돈이 많군요."

놀란 얼굴의 박철 대표의 모습에 나와 강주희는 서로를 보며 마주 웃고 말했다.

"여윳돈이 좀 있어서요."

얼마 전에 공돈이 생겼거든.

[아저씨 때문에 나 곧 있으면 명계에 불려 갈 게 분명하다니까요!]

저승이의 투덜거림을 들으면서 나는 지난주 토요일을 떠올렸다.

* * *

「지난주 토요일, 로또 833회 회차 발표일」

"집에는 언제쯤 갈까?"

와인 몇 잔에 취기가 올라오는지, 강주희는 싱글벙글 웃으면서 물었다.

"불편하더라도 여기 조금 더 있으세요."

강북 집은 굳게 닫혀 있다.

가족이 계속 찾아와서 임시 거처로 옮긴 상태다.

강주희에게는 여러모로 힘든 상황이었다.

"쓱 미디어에서는 뭐래?"

"에둘러 말하긴 하는데, 상황을 지켜보는 것 같아요."

여전히 투자가 여의치 않은 상황인 것 같았다. 이대로라면 유재하 감독의 차기작은 제작이 미뤄지고 원래대로 몇 년 뒤에나 나오겠지.

"시나리오 마음에 들었는데. 나랑 안 한다고 하겠지?"

"신경 쓰지 말아요. 베스트가 안 되면 다른 걸 베스트로 만들면 됩니다."

배역 하나를 따기 위해서 수많은 배우들이 전쟁을 치르지만, 지금도 충무로와 방송국에는 배우를 찾아 헤매는 시나리오가 사람들의 손을 타고 있다.

"백은새 골려주려던 게 어떻게 여기까지 왔네."

"상황이 꼬여서 그렇지, 누님도 은새 누님한테 배역 뺏긴 적 많았잖아요. 그리고 전 작가 책이 마음에 들었던 거잖아요."

백은새는 강주희에게 라이벌 의식을 가지고 있었다.

보다 젊었을 적에는 강주희가 출연하는 예능프로그램은 꼭 한 번 거치고, 강주희에게 기울던 배역을 중간에 가로챈 적도 몇 번 있었다.

"전 작가한테 괜히 미안해서 어떻게 하지?"

볼록한 유리잔 속에서 와인이 출렁인다.

"나중에 전 작가 찾아가서 밥 한번 사세요. 친해지면 좋을 겁니다."

"그래야겠다. 네가 그렇게까지 말할 정도면 꼭 사야지."

피식 웃은 강주희는 문득 시계를 보다가 화들짝 놀라서 일어났다.

"아, 로또 발표할 시간이다."

우당탕, 소리 내며 방으로 뛰어 들어간 그녀가 로또 용지 몇 장을 손에 쥐고 돌아왔다. 풀썩, 소파에 앉은 그녀는 시름을 잠시 잊고 아이처럼 밝은 얼굴로 TV를 바라봤다.

그 모습을 보다가 궁금해서 물었다.

"근데 왜 같은 번호로 계속 사신 거예요? 10년이나."

"내 돈으로 처음 산 복권이 그 번호였거든. 꽝 되니까 오기가 생겨서 그랬지 뭐. 그리고 사실 자동도 샀었고."

진짜 이 여자는 성격대로 사는구나 싶다.

그런 양반이 가족에게는 그렇게 휘둘리고 살았다니.

아.

"설마, 이번에 자동으로 사셨어요?"

갑자기 터진 빚투로 정신이 없었다든지 해서…….

"아니, 수동으로 사고 자동도 5천 원 산다고."

휴, 안도하고 나도 TV에 집중했다.

"근데 진짜 안 맞아. 5천 원짜리 맞아본 게 언제였는지 기억도 안 나. 뭐가 이렇게 안 돼? 죽어서 과거로 가든지 해야 당첨되려나."

"당첨 번호나 기억하겠어요?"

"뭐 특별한 일 있으면 기억하지 않겠어? 주위에 누가 당첨됐다거나 하면. 그러면 배 아파서라도 기억할 텐데. 근데 내 주위에는 없네, 흥."

쓸데없는 얘기를 하는 중에 잘생긴 남자 아나운서와 기품 있는 여자 아나운서가 화면에 등장했다.

—현재 시각 8시 42분 10초를 지나고 있습니다.

—오늘은 833회입니다. 먼저, 지난주 당첨 소식 알아보겠습니다.

호로록.

와인을 한 모금 삼킨 강주희의 눈이 초롱초롱하다.

—그럼 지금부터 833회 로또 추첨 시작하겠습니다. 당첨은 공이 나오는 순서에 관계없이 번호만 맞으면 됩니다.

—자, 첫 번째 당첨 번호입니다. 초록색 볼 42번입니다.

"어디 보자, 어디 보자. 어? 있다!"

번호 하나 맞았다고 꺄! 소리가 울려 퍼졌다.

—두 번째 당첨볼은 역시 초록색 볼 41번입니다.

"어? 또 있다!"

강주희가 들뜬 얼굴로 TV와 로또 용지를 번갈아 본다.

—세 번째 당첨볼, 빨간색 볼 30번입니다.

"앗싸! 5천 원!"

다리를 동동 구르는 동안에도 TV에서는 추첨이 계속됐다.

—네 번째 당첨볼, 파란색 볼 12번입니다.

이번에는 강주희가 눈만 깜박거린다. 믿기지 않는다는 듯 고개를 도리질한다.

—다섯 번째 당첨볼입니다. 역시 파란색 볼 18번입니다.

강주희의 목울대가 급격하게 출렁거렸다.

마른침을 꿀꺽 삼키고, 입술을 빨아들이면서, 로또 용지 쥔 손이 덜덜 떨린다.

"설마… 아니겠지."

—자, 여섯 번째 당첨볼… 회색 볼 39번입니다.

순간, 강주희 입이 벌어졌다.

잠시 정적이 흘렀다. 한참 만에야 로봇처럼 딱딱 고개를 돌린 강주희는 믿기지 않는다는 듯 속삭였다.

"고남아. 나… 당첨됐어… 1등."

"에이, 장난하지 마세요."

나는 웃으면서 손사래를 쳤다.

"봐봐!"

"뭐야, 장난이 심하잖아."

나는 믿기지 않는다는 투로 핀잔하고 로또를 받아 들었다. 그리고 곧바로 입을 크게 벌렸다. 그건 마치, 너무 놀라서 기절 직전의 모습이었을 거다.

"누님……."

"고남아……."

"누나!"

"고남아!"

우리는 두 손을 맞잡고 펄쩍펄쩍 뛰었다.

"진짜야? 이거 꿈 아니지?"

"진짜예요, 진짜!"

몇 번이나 번호를 확인하고, 심지어 인터넷 들어가서 방금 추첨된 번호를 찾아서 비교하고, 또 한참 뛰고…….

여유를 되찾은 강주희는 여전히 숨을 색색거리며 로또를 보고 말했다.

"이게 진짜 되다니 말도 안 돼… 근데, 넌 어째 나보다 더 좋아한다?"

"제 일같이 기쁘네요."

나는 환하게 웃었다.

죽은 뒤로 이렇게 기쁜 날이 또 있을까.

*　　　*　　　*

통장 입금 내역을 살핀 신재광 대표는 흡족해하며 전화를 받았다.

"입금자 홍정욱이 스넥탑 맞죠?"

—예, 저희 직원 이름입니다.

"입금됐네요."

—그럼…….

"배우한테 대본이나 잘 숙지하고 있으라고 하세요. 캐스팅은 걱정 말고."

—감사합니다!

전화를 끊은 신 대표는 수화기를 바닥에 두고 호출 버튼을 꾹 눌렀다.

바로 제작부장이 전화를 받았다.

"남여울 캐스팅 확정이다. 알겠지?"

—예.

"그리고 실내 온도 좀 확 올려. 왜 이렇게 춥냐?"

입에서 찬바람이 나올 정도의 한기가 느껴졌다.

"감기 기운이 있나."

어깨를 쓸어내린 신 대표는 책상으로 자리를 옮겼다.

의자 밑에 둔 전기난로를 켜자 금세 추위가 물러났다.

"전 작가만 구워삶으면 되는데, 은근 깐깐하단 말이야. 겨우 입봉작 하나 끝낸 주제에."

캐스팅 문제를 매듭지으려면 감독과 작가를 잘 구슬려야 한다.

노종오 피디야 적당히 구워삶겠는데, 전 작가는 생각보다 쉬운 상대가 아니었다. 미다스의 손이 뒤에서 코치를 해주는 모양인데… 어쨌든.

"이제 살 것 같네. 올겨울은 진짜 추울 모양이야."

전기난로의 노곤함에 빠져들 때, 노크와 함께 문이 열렸다.

제작부장이 곤란한 얼굴로 서 있다.

"왜?"

"백은새 씨가 연락 달라고 전화 왔습니다."

"그 여자 왜 그렇게 새가슴이야? 사전에 다 합의해 놓고 말이야. 노이즈마케팅으로 동정표 얻고, 빚투로 꼴 보기 싫다는 강주희에게 한 방 먹이기까지. 원하는 거 다 했잖아?"

"그게 아니라 분량 문제 때문에 그런 것 같아요. 대본 그대로 간다니까 목소리가 찢어지더라고요. 연락 안 받으면 작가 찾아간다고……."

말을 하던 제작부장의 목이 갑자기 움츠러들었다.

인상 쓰며 듣던 신 대표도 순간 소름 끼치는 추위가 느껴져 몸이 경직돼 버렸다.

"뭐, 뭐야, 지금."

아래를 보니 전기난로도 꺼져 있다.

그때, 밖에서 드르륵 소리가 들렸다. 직원이 사무실 창문을 열었다가 닫고 있었다.

"야! 누가 창문 열래?"

"아, 환기 좀 시키려고… 죄송합니다."

"에잇!"

신경질적으로 문을 닫자, 제작부장이 놀란 얼굴로 속삭인다.

"대표님도 느끼셨죠?"

"바람 한번 차네."

"바람이… 되게 기분 나쁜 느낌이었는데……."

다행히 추위는 더 이상 느껴지지 않았다.

*　　　*　　　*

「스넥탑 엔터테인먼트」

창문으로 쏟아져 들어온 햇볕.

남여울은 햇볕을 향해 다섯 손가락을 쭉 폈다. 손가락 틈새로 빛줄기와 그림자가 뒤섞이는 괜찮은 그림을 만든 다음에는… 찰칵! 찰칵!

셀카를 찍고 바로 SNS에 업로드!

dudd._.Yeoul

_

난 해를 보면 살아 있음을 느낀다.

이런 게 광합성이라는 걸까?

어머, 그럼 큰일인데.

이러다가 꽃이 피면 안 되는 거니까.

후후.

_

"나 그냥 배우 말고 시나 쓸까."

요즘 감수성이 충만한 남여울이었다.

그런데 왜 연기 연습을 할 때는 눈물이 안 나올까.

"불가사의하단 말이야. 어머? 나 불가사의라는 말도 알아."

어제보다 더 똑똑해지고 어제보다 더 예뻐진 기분이 들 때는 적진을 눈팅 해야 한다.

남여울은 윤소림 팬카페를 둘러봤다.

요즘 이곳은 난리도 이런 난리가 없는 곳이었다.

@소림아널좋아해 겨우 강주희 논란이 가시는 것 같네요. 지난주에는 진짜 아찔했는데. 하여튼 우리 갤주한테 집중하지는 않고 딴짓하더니만, 내 이 꼴 날 줄 알았다니까.

ㄴ그래도 역시 최 대표님이네요. 악플러도 단호하게 잡더니, 빚투도 단호하게 대응하고. 유유 팬들도 관심 있게 보더라고요.

ㄴ미다스의 손은 맞는 듯.

ㄴ대표님, 제발 이제 윤소림에게만 집중해 주세요! 우리 소림이 예능도 나오게 해주시고요! 제발요! 하다못해 촬영장 분위기라도 알려줘요! 장신의 여인팀은 메이킹영상도 안 내고 뭐 하는겨?

ㄴ운영진 이번에 간식차 지원 갔다가 우리 갤주하고 악수도 하고 핫팩도 받고 제대로 계 탔다던데. 부럽다.

ㄴ최 대표님이 그랬대요. 우리 갤주님은 1순위라고.

ㄴ1순위가 뭐야. 0순위라고 해야지.

ㄴ그래도 일은 하는 듯. 좀 전에 악플러 공지 또 올라왔던데요?

"칫, 갤주는 무슨."

대충 팬카페 글들을 훑고 나온 남여울은 퓨처엔터 공식 SNS을 찾아봤다.

[공지] 배우 윤소림 악플러 고소 및 진행 상황 안내.

안녕하세요.

퓨처엔터테인먼트입니다.

당사의 배우 윤소림은 그동안 꾸준한 음해성 댓글과 허위 사실로 고통을 겪었습니다. 이에 당사는 얼마 전 악플러에 강력한 법적 대응을 예고하였습니다. 현재는 악플러의 형사고소가 진행 중이며 다수의 악플러가 검거됐고, 검거 예정입니다.

다시 한번 안내드립니다.

당사는 '선처 없이 끝까지 강경 대응'을 할 것이며, 이후 민사재판으로 피해를 보상받을 겁니다.

또한 관련한 제보 메일을 수시로 받고 있으니 앞으로도 계속 관심을 가져주시길 부탁드리며…….

"흥, 그래 봤자지. 해외 계정은 어떻게 잡을 건데? 가상 아이피는?"

코웃음을 친 남여울은 댓글을 적으려고 엄지를 높이 들었다.

그때였다.

"여울 씨!"

앗, 깜짝이야.

하마터면 살쾡이 눈으로 노려볼 뻔했던 남여울.

"어머, 정욱 오빠!"

"일찍 왔네요?"

"좋은 소식 있다고 해서 한달음에 달려왔죠."

남여울은 마주 앉는 그를 밝게 웃으며 바라봤다.

"근데 어떤 소식이에요?"

"여울 씨, 캐스팅 확정됐어요."

"어머, 정말요?"

두 손으로 입을 가리고 기뻐하는 여배우의 모습에, 매니저도 기분이 좋아져서 미소를 끄덕였다.

"그러니까, 이제부터 대본 열심히 파셔야 해요."

"당연하죠!"

매니저는 들뜬 그녀를 보다가 한 가지 걱정이 생겨서 물었다.

"근데, 전유라 작가님하고 아는 사이예요?"

"아니요? 왜요?"

"아, 지난번에 공서의 전 작가님 작품이라고 말했을 때 여울 씨 표정이 안 좋았던 것 같아서."

눈치를 보며 물었더니, 남여울이 잠깐 표정 없이 그를 보다가 어깨를 으쓱한다.

"상관없어요. 모로 가든 서울로만 가면 되죠."

"예?"

"뭐 그렇다고요!"

* * *

"또 제가 걱정돼서 전화한 거예요?"

—말했잖아요. 작가님이 1순위라고.

최고남의 전화에 전유라 작가는 잠깐 컴퓨터 앞을 벗어나서 거실을 서성거렸다.

듣기 좋은 목소리가 핸드폰에서 계속 이어졌다.

—너무 신경 쓰지 말아요. 제가 어떻게 해서든 지금 상황을 좋은 쪽으로 움직여 볼 테니까.

"지금 어디세요?"

—KIS에 가고 있습니다. 국장님 호출이요. 하여간 맨날 나만 찾아.

"후후, 식사는 하셨어요?"

—아, 주희 선배가 작가님한테 밥 한번 산대요. 그러니까 아주

비싼 걸로 벗겨먹어요.

"강주희 씨한테 축하한다고 전해주세요. 영화에 캐스팅되신 거."

빚투 논란이 사그라들고, 어제 포털사이트 연예면에 유재하 감독의 신작 영화 캐스팅 기사가 대문짝만 하게 떴다.

최근 백은새 하차 논란과 빚투 문제로 강주희가 S급 스타의 인기 못지않은 대중의 관심을 받고 있는 상황에서 그녀가 영화의 주연배우로 캐스팅됐다는 기사가 뜨자, 네티즌들도 축하하는 분위기였다.

—작가님한테도 좋은 소식 있을 겁니다. 조금만 기다려 주세요.

"전에는 제 작품, 심사 위원도 거절하시더니. 이번에는 왜 도와주시려는 거예요?"

—그때는 그때고, 지금은 지금이죠. 생각해 보니까, 작가님도 물가에 두고 온 것 같아서요.

"뭐야. 애 같다는 말이에요?"

—무슨. 어디 작가님처럼 다 큰 애가 있어요?

이 남자 보게.

—아, 전화 들어오네요. 다시 연락드릴게요!

"대표님……."

끊어진 전화에 한숨을 푹 내쉬고.

전유라 작가는 다시 컴퓨터 앞에 앉았다. 오늘 아침에 뜬 기사였다.

[단독] 에스카 프로덕션 신재광 대표, 캐스팅 조건으로 거액 수수.

신재광 대표는 캐스팅 조건으로 기성 배우에게는 오백만 원에서 천만 원, 무명 배우에게는 천만 원에서 이천만 원 선의 거액을 요구했으며, 거액을 입금하고도 캐스팅되지 못한 배우들도 많았던 것으로 드러났다.

일부 피해자들은 나중에 캐스팅해 주겠다는 약속과 향후 불이익을 당할 것이 걱정돼 신고조차 하지 못했던 것으로 알려졌다.

이날 희망노조는 피해 사례를 모아 기자회견을 열고 신재광 대표의 행위를 고발했으며, 당일 경찰에 정식으로 고소를 접수했다.

이에 따라서 에스카 프로덕션이 제작 예정이던 〈미래를 갔다 온 여자〉는…….

.

.

.

"이 새끼!"

국장실 앞에서 김 피디가 내 멱살을 잡았다.

"최 대표, 너 부자라더라? 그런데 나한테 밥을 얻어먹어?"

"산다며? 누가 사랬냐."

"네가 돈 없다고 맨날 골골댔잖아?"

"돈 진짜 없어."

"수십억을 가지고 있다는 얘기가 있어! 최서준 따라서 주식에 투자했다면서? 왜 그때 나한테 얘기 안 했어?"

"소문이야, 소문."

아휴, 입꼬리가 자꾸 올라가려고 하네.

겨우겨우 참고 김 피디를 떼어냈다.

"내가 오늘 밥 살게."

"장어 사줘."

"추어탕이나 먹어."

퉁명하게 말하고 국장실에 들어갔다.

안에 있던 방 국장은 넥타이를 풀면서 손을 대충 흔들었다.

"왔어?"

나는 바둑판을 힐끗 보며 소파에 앉았다.

"어떻게 됐어요?"

"아웃."

방 국장이 제 목을 긋는 시늉을 한다.

그렇다는 말은 에스카 프로덕션이 〈미래를 갔다 온 여자〉의 제작에서 손을 뗀다는 얘기.

"편성은요?"

"그건 또 회의 들어가 봐야지."

"배우들 문제도 아직이겠네요."

"캐스팅된 배우들이야 뭔 죄겠어. 내 생각에는 새 제작사만 바로 찾으면 편성도 딱히 문제는 없을 것 같은데, 그런데 누가 선뜻 나서겠어?"

방 국장이 혀를 쯧쯧 차는데, 김 피디가 그의 생각을 읽기라도 한 듯이 이어 말했다.

"나서도 문제죠. 사람들 다 의심할 거 아니야. 저 드라마에 캐스팅된 배우는 신재광한테 돈 먹인 배우들이다. 뭐 그렇게."

"그거야 공개오디션으로 전환해서 투명하게 처리해야지."

"공개오디션이라."

"이참에 오디션프로그램 만드시죠?"

"미쳤냐."

방 국장은 날 미친놈 보듯이 보더니, 결국 피식 웃고 말았다.

"그나저나 강주희 일은 잘 해결했더라. 오히려 강주희 주가가 장난 아니게 올랐던데?"

"오래 고생했잖아요. 상한가 쳐야죠."

"그렇긴 하지. 아, 성지훈은 또 뭐야? 무슨 이상한 미담이 떴던데. 자기가 강주희 10억 갚아준다고 그랬다며? 기사 댓글 봤어? 성지훈 멋있다고 난리야. 둘이 옛날에 스캔들도 있었잖아?"

"그럼, 둘이 만나는 거야? 어? 썰 좀 풀어봐. 두 사람 대표 아니야."

"그게 왜 궁금해, 남의 연애사가. 그리고 로맨스는 별로 내 관심사가 아니거든?"

나는 웃으면서 핸드폰을 들었다. 전화가 왔다.

"예, 지금 올라오시면 될 것 같아요."

"누가 와?"

김 피디가 눈썹을 치켜올리며 묻길래, 나는 미소 짓고 말했다.

"우리에게 필요한 새 외주제작사."

"새 외주제작사?"

잠시 뒤 국장실 문에서 노크 소리가 들렸다. 그리고 들어온 얼굴.

흑채 뿌린 머리에 유난히 반짝이는 금테 안경과 금목걸이.

멧돼지같이 덩치만 큰 못된 자식 같은 그 이름.

"프로덕션 화음의 민대용 대표님입니다."

〈이기적인 변호사들〉, 〈형사의 촉〉, 〈연상의 그녀는 500살 마녀〉까지 올해 연타석 홈런을 치면서 요즘 그에게 별명이 붙었다지, 아마.

드라마계의 미다스의 손이라고.

*　　　　*　　　　*

KIS 드라마 제작 시스템은 외주제작 업체에 연출 피디를 파견하는 형식과, 재작년 설립한 KIS 계열제작사의 자체제작으로 나뉜다.

〈미래를 갔다 온 여자〉는 에스카 프로덕션에서 외주제작을 맡고 KIS 소속의 노종오 피디가 연출을 맡게 돼 있었다.

그래서 에스카 프로덕션이 아웃 된 상황에서 KIS는 새로운 외주제작사를 찾든가 자체제작으로 돌릴 수밖에 없는데, 계열제작사 설립 이후 계속 적자인 상황이라 예정에도 없던 전 작가의 차기작 제작에 선뜻 나설 리가 없었다.

"화음에서 공중파와 손잡은 적이 있었나? 내 기억에는 없는 것 같은데."

방 국장은 미묘한 표정으로 민 대표를 응시했다.

나는 김 피디와 함께 찌그러져 있었다. 이 자리의 주인공은 저 둘이니까.

"맞습니다. 공중파와 손잡는 건 처음입니다. 어떻게 하다 보니 그렇게 됐네요."

"제작비가 안 맞은 거지. 그래서 다른 데서 채 간 거고."

"아니라고는 말씀 못 드리겠네요."

"이번에도 제작비가 60억 선인데, 거기서 배우들 출연료 떼고, 남은 돈 16개로 쪼개고, 또 이것저것 우수리 떼고 나면 회당 순 제작비가 3억도 안 되고… 아, 전 작가 대본료도 있지."

올해 화음의 평균 회당 제작비는 5억이었다.

16부작이면 80억.

제작비가 적으면 광고와 다른 부분에서 뽑아내야 하지만 공영 방송사와 손을 잡으면 방영권 판매, 해외 판매, 하다못해 광고 판매까지 모든 것에 제약이 걸릴 수밖에 없다. 규제가 강한 탓이다.

"그러니 더 외주에 맡기셔야죠. KIS는 미디어랩이 없지만, 저희는 세일 시스템이 갖춰져 있습니다. 500살 마녀야 초반에 논란이 있어서 잠깐 휘청였지만 방송 4회 만에 제작비 모두 회수했고 현재까지 수익률이 51프롭니다."

구체적인 숫자에 방 국장이 턱을 들었다.

"51프로면?"

"제작비에 곱하기 0.51… 55억이네요."

저 수익률은 시간이 갈수록 더 올라갈 것이다.

소림이 출연료를 너무 짜게 불렀나.

"그래서, 민 대표님 얘기는 60억으로 충분하다는 말입니까?"

"에스카 프로덕션에서도 한다고 했는데 저희가 못 하겠습니까? 오히려 저희의 제작력이 더 높다고 자부합니다. 다만……."

"다만?"

"판타지 요소가 들어가기 때문에 좀 더 써야 되지 않나 싶습니다. 한 10억 정도?"

"그건 곤란한데."

방 국장이 턱을 긁적인다. 그러자 민 대표가 회심의 미소를 지었다.

"수익금 분배 비율만 조정해 주신다면, 모자란 제작비는 저희가 전액을 투자하겠습니다."

"화음의 내년 상반기 라인업이 대여섯 작품은 되는 걸로 아는데, 여유가 됩니까?"

"이번에 대규모 유상증자를 계획 중입니다."

500살 마녀가 흥행에 성공하면서 민 대표에게도 기회가 됐다.

유상증자로 끌어온 돈으로 회당 10억 이상이 투입되는 대형 작품을 구상 중이라고 들었다.

"솔직히 미래를 갔다 온 여자를 텐트폴 수준으로 만들 수는 없습니다. 하지만 저희 제작 시스템이면 80억 선에서 충분히 텐트폴 수준의 퀄리티로 끌어올릴 수 있습니다. 500살 마녀는 운석이 쏟아지는데도 100억 컷에서 끝냈을 정도니까요."

민 대표는 자신만만해했다.

내가 아닌 대본을 믿기 때문에 가능한 눈빛이다.

"그리고, 공개오디션을 치를 생각입니다. 이미 캐스팅된 배우들을 제외한 단역부터 조연까지 전부요."

"무슨 생각인지는 알겠어요. 흠… 확답은 못 드립니다. 얘기도 더 해봐야 하고, 구체적인 안을 눈으로 확인해야 하고. 여기까지 왔는데 좋은 대답 못 드려서 미안합니다."

"아닙니다, 문턱 없이 국장님 만나 뵌 것 만으로도 최 대표한테 고맙게 생각합니다."

"응?"

방 국장이 눈살을 찌푸린다.

한마디 듣겠구나 싶은데, 민 대표가 이어 말했다.

"최 대표 말로는 국장님은 규율과 관습에 얽매이지 않는 열린 사고를 가지고 계시다고 들었습니다. 한마디로 현장 스타일이라고."

"뭐, 현장이야 워낙 변수가 많으니까."

"전유라 작가님이나 배우들에게는 참 다행입니다. 이럴 때 국장님이 상황을 컨트롤하고 계시니까요."

방 국장의 입꼬리가 미세하게 올라가는 것도 같은데.

내 시선을 눈치챘는지 괜히 인상을 쓰더니, 민 대표에게 넌지시 묻는다.

"근데 말입니다. 이상하지 않아요?"

"뭐가 말씀입니까?"

"왜 항상 최고남이 끼면 사건 사고가 일어나는 건지……."

글쎄. 나도 모르겠다.

그런데 민 대표가 어깨를 으쓱하고 말했다.

"워낙 이 바닥이 별의별 일이 다 있으니까요. 오죽하면 감독들도 요즘 영화 찍을 맛이 안 난다지 않습니까. 현실이 더 영화 같아서."

민 대표, 오늘 아주 칭찬해.

*　　　*　　　*

「일주일 후, 어느 술집.」

"에이, 또 꽝이네."

"그게 되겠냐?"

홍정욱 씨는 로또 용지를 구겨 버리는 친구를 핀잔하고 술집 천장에 달린 TV를 바라봤다. 연예가소식이 방송되고 있었다.

—한 주간 연예계 소식을 알려 드리는 연예가소식입니다. 지난 한 주 연예계를 뜨겁게 달군 '캐스팅 대가 금전수수' 의혹을 받고 있는 신재광 대표의 혐의가 속속들이 드러나고 있습니다. 익명의 공익 제보로 밝혀진 이번 사건은…….

"야, 저거 너희 회사 얘기 아니야?"

"조용히 해봐."

친구의 말을 자르고 다시 TV를 보는 홍정욱 씨.

—이 가운데 '매니저계의 미다스의 손'이라고 불리는 최고남 대표와 배우 강주희를 이용해서 홍보 기사를 낸 정황도 확인됐습니다. 또한 배우 강주희가 오디션을 고사하고 다른 작품을 선택하자 이에 앙심을 품고 강주희 씨 가족과 관련한 채권자를 부추겨서 언론에 제보, 빚투 논란을 촉발한 사실이 밝혀졌습니다.

—한편, 경찰은 신재광 대표에게 금품을 제공하고 드라마에 캐스팅된 배우들의 소속사도 수사하고 있습니다.

—지금도 단 한 컷을 위해서 기약 없는 오디션을 준비하는 수많은 배우들이 있습니다. 정당하지 못한 방법과 유혹으로 그들의 기회를 빼앗는 행위는 해서는 안 될 것입니다.

탁.

홍정욱 씨는 빈 잔을 내려놓았다. 친구가 서둘러 잔을 채웠다.

"천천히 마셔. 그래서, 경찰조사는 받았어?"

"응. 내 이름으로 입금이 됐으니까."

"너희 회사 진짜 더럽다. 어떻게 신입 이름으로 입금하냐?"

"우리 회사는 무슨. 사표 냈는데."

"그럼 남여울은 어떻게 되는 거야?"

그 이름에 홍정욱 씨는 술잔, 아니, 술병을 손에 쥐고 벌컥벌컥 마셨다.

"야야, 왜 그래?"

친구들이 서둘러 술병을 빼앗았다.

입술이 번드르르해져서 홍정욱 씨가 눈물을 찔끔 흘린다.

"난 말이야. 진짜, 진짜 걔한테 잘해주고 싶었거든? 진짜 열심히 해서 같이 성공하고 싶었단 말이야."

"근데, 남여울도 엄밀히 말해서 피해자 아니야? 출연하고 싶어서 드라마 제작사 대표한테 돈을 준 거고, 소속사 대표가 몰래 해서 남여울도 몰랐던 거 아니야? 되게 착하다며?"

"그런 게 아니야!"

홍정욱 씨는 술잔을 벌컥 비우고 잔을 탁, 놓았다.

"다… 가면이었어."

캐스팅이 불발된 사실을 알리자 남녀울은 돌변했다.

일 똑바로 못 한다고 고래고래 소리를 지르고, 소속사 대표한테 윽박지르고, 홍정욱 씨한테는…….

"그리고… 어차피 걔는 이거 안 터졌어도 출연 못 했어."

"그건 또 무슨 소리야?"

알 수 없는 소리를 하고, 홍정욱 씨는 다시 TV로 시선을 돌렸다.

—앞서 제작사의 공백으로 위기에 처한 〈미래를 갔다 온 여자〉에 대해서 말씀드렸는데요. 프로덕션 화음에서 제작을 맡는다는 기쁜 소식입니다. 화음의 민대용 대표는 올 하반기 〈이기적인 변호사들〉, 〈형사의 촉〉, 〈연상의 그녀는 500살 마녀〉까지 흥행에 성공하면서 드라마계의 미다스의 손이라고 불리는데요. KIS는 화음의 제작력을 높이 샀으며, 현재 문제가 되는 캐스팅 부분은 공개오디션을 통해서 논란을 불식하겠다는…….

*　　　*　　　*

[출석요구서]

남여울 귀하(닉네임 : 도도한여자)에 대한 정보통신망이용촉진및정보보호등에 관한 법률위반(명예훼손) 사건(접수번호:2018—***)에 관하여 문의할 일이 있으니 2018. 11. 30일 14:00에 사이버팀으로 출석하여 주시기 바랍니다.

〈사건의 요지〉

2018. 9. 15. 커뮤니티 카페 윤소림 안티 게시판 댓글에 '연습생 시절 생날라리여서 벼르는 사람 한둘이 아님', '와, 완전 이기주의 썅X이네' 그 외 웬디즈 관련 허위 사실…….

출석요구서를 손에 쥔 남여울의 손이 덜덜 떨린다.

부릅뜬 눈으로 출석요구서를 몇 번이나 읽고 또 읽던 그녀는 결국 비명을 내질렀다.

"꺄!"

닫힌 문이 덜컹거린다.

—여울아, 왜 그러니?

엄마의 목소리에 남여울은 몇 번이나 비명을 더 지르다 핸드폰을 손에 쥐었다. 액정에 금이 갈 정도로 꽉 누르면서 들어간 곳은 윤소림의 팬카페.

"왜 나한테만 그래? 내가 뭘 그렇게 잘못했는데? 윤소림 팬들도 불만 쏟잖아? 최고남 욕하잖아!"

입술을 꽉 깨물며 새로운 글들을 확인하는데…….

@소림아널좋아해 최고남이 짱이다! 최고남이 최고다! 주모!

"뭐, 뭐야?"

갑자기 분위기가 180도 바뀌었다.

ㄴ포토 카드라니! 갤주의 포토 카드라니! 최고남 당신은 센스쟁이!

ㄴ쾌지나칭칭나네!

ㄴ선착순이어도 좋다! 아이돌이었으면 포토 카드 얻으려고 음반 수십만 원어치 사야 했을 거니까!

ㄴ근데 서버 감당 되는 겁니까?

ㄴ쇼핑몰하고 제휴한답니다!

ㄴ심지어 소속사 직원들도 공정하게 쇼핑몰에서 구매할 예정이라고 함!

ㄴ최고남… 도대체 당신은!

ㄴ크! 여러분, 지금 퓨처엔터 SNS에 샘플 사진 올라왔어요!!!

"포, 포토 카드? 무슨 배우가 포토 카드야!"

서둘러 찾아 들어간 퓨처엔터 공식 SNS는 포토 카드 공지와 함께 샘플 사진이 올라와 있었다.

"이건……."

풋풋하고 젖살이 어린 얼굴의 사진은…….

"연습생 시절 사진."

남여울은 사진을 한눈에 알아볼 수 있었다.

한때는 같은 연습실에서 같은 땀을 흘렸으니까.

"왜! 왜! 윤소림만 왜 이렇게 챙기는데! 꺄아!"

* * *

「장산의 여인 촬영장」

"오디션 볼 거지?"

"당연하지. 이번에는 경력도 안 봐, 소속 회사도 안 봐, 외모도 안 봐, 오로지 실력만 본다며?"

"외모야 조금은 보겠지. 그래도 이런 기회가 어디야?"

"네티즌들 투표도 받는다며? 그래서 패자부활전도 있다는데?"

"장난 아니네."

보조출연자들은 곧 있을 오디션에 들떠 있었다.

이번 오디션은 기회이자 하나의 축제였다.

물론 다른 오디션도 많이 있지만 연줄이 없으면 좋은 작품의 오디션 기회를 얻는 것은 쉽지 않은 일이었다.

그런데 이번에는 올해 연타석홈런을 치고 있는 '화음'이 제작하고, 지금의 '윤소림'을 만든 〈공서〉의 전유라 작가 차기작.

더구나 네티즌들도 많은 관심을 쏟고 있는 상황이라서 잘만 하면, 오랜 무명의 세월을 벗어던질 수도 있었다.

이렇듯 보조출연자들이 들떠 있을 때, 배우 윤환은 또다시 풀리지 않는 연기 때문에 고심하고 있었다.

"충만한 기쁨, 그리고 환희"

이번에는 그 감정을 표현해야 하는데 이현미 감독은 준비해 온 그의 연기를 좀처럼 성에 차지 않아 했다.

처음에는 그런 깐깐함에 불만이 없지 않았지만, 직접 카메라에 담긴 자신의 연기와 이현미 감독의 코치로 달라진 연기 장면을 비교해 보고서야 윤환은 자신의 부족함을 알고 고민하기 시작했다.

마침내 유복희는 장산그룹을 손에 쥔다.

비서 윤환은 지난한 과정을 지켜봤기 때문에 그녀의 성공에 기뻐한다. 겉으로 드러낼 수는 없지만 마음에서 올라오는 충만한 기쁨.

그리고 유복희의 비서에서 장산그룹 비서실의 책임자가 되면서 기득권에 올라설 때의 환희.

그 두 가지의 감정.

"응?"

하염없이 촬영장을 서성이던 윤환의 시야에 지난번처럼 윤소림 소속사 대표가 눈에 들어왔다. 그런데 표정이…….

'충만한 기쁨!'

바로 그거였다.

최고남의 얼굴은 그냥 기뻐 보였다. 마치 수십억 로또에 당첨이라도 된 것처럼. 가만히 서 있는데도 기뻐 보였다.

그런 그가 전화가 왔는지 핸드폰을 꺼내 든다.

그런데 이번에는 얼굴이 환해졌다.

'환희!'

장산그룹 비서실장 자리와 견줄 만한 무언가를 쟁취한 듯한.

간절하게 바란 무언가를 쟁취한 듯한.

변화무쌍한 최고남의 얼굴 표정에서 윤환은 깨달음을 얻고 이현미 감독에게 달려갔다.

이젠 할 수 있다.

연기.

제3장

—

미쳐라, 그것이 무엇이든

「드라마 〈미래를 갔다 온 여자〉 오디션 당일」

"너희도 오디션 본다고 하지 않았어?"
성지훈이 고개를 돌려서 묻자 연습생들이 손만 꼼지락거린다.
박은혜가 눈치를 보며 입을 열었다.
"대표님이 토막연기 준비한 거 보시더니, 아직 멀었다고……."
"얼마나 못했길래 그래? 웬만하면 경험 삼아 내보낼 텐데."
"되게 못했어요."
확실한 대답.
"노래와 춤은?"
"눈만 깜빡이다가 일어나셨어요."
"큰일이네. 곡은 하나하나 나오는데 부를 가수가 이렇게 준비가 느려서야."

"곡이 나와요?"

넷이 화들짝 놀란 얼굴로 쳐다보자, 성지훈이 되레 반문했다.

"그럼 언제까지 세월아 네월아 연습만 시켜? 최 대표는 너희들 연습생으로 생각 안 해."

"그러면요?"

"데뷔조."

성지훈의 대답에 아이들의 목이 긴장으로 딱딱하게 굳었다.

이미 최고남은 팀명도 정해둔 상황.

퓨처엔터는 윤소림뿐 아니라 소속 아티스트 개개인의 비전을 향해 나아가고 있었다.

"뭐, 최 대표가 알아서 하겠지."

성지훈은 앞머리를 쓸어 올리고 인터뷰 질문지를 살폈다.

역시나, 이번에도 강주희 관련한 질문이 있었다.

Q. 성지훈 씨와 강주희 씨, 요즘 두 분 사이가 화제예요. 네티즌들은 지훈 씨를 백마 탄 왕자님이라고까지 하는데, 두 분 사이, 단순한 우정인가요?

어디서 이야기가 샌 것인지 모르겠지만, 이야기가 과장된 측면이 있었다. 10억을 다 갚아주겠다는 것도 아니었는데…….

"직진."

성지훈은 혼잣말을 하며 질문지를 내려놓았다.

운전 중인 오성식 매니저가 눈꼬리를 슬쩍 올렸다가 내려놓으며 묻는다.

"뭐가 직진이야?"

"직진하라고. 신호 떨어졌다."

"좌회전해야 하거든?"

"아, 근데 최고남 아침에 왜 그렇게 기분 좋아 보이는 거야?"

"말 돌리긴. 요즘 기분 매일 좋아 보이더구먼."

"오늘은 특히 더한 것 같던데?"

"아, 박하 씨가 포토 카드 선착순 구매에 성공해서 최 대표한테 선물로 줬다나 봐. 그래서 더 그런가 보네."

"아주 윤소림 덕후 나셨네."

"그래서 직진이 뭐냐고. 말 돌리지 말고."

"아, 형. 머리숱 관리 좀 해. 유 팀장한테 샴푸 좀 얻어서 써. 유 팀장 탈모 샴푸 광고모델이잖아."

"그러니까 직진이 뭐냐고."

"사고 난다. 운전 집중."

"그래서 직진이 뭐냐고."

"쓸데없는 걸 왜 그렇게 궁금해해?"

"나만 궁금해하냐?"

무슨 소리인가 싶어 뒤를 돌아보니 아이들이 눈을 동글동글 뜨고 있다.

소연우가 제 입술을 핥더니 음흉한 미소와 함께 묻는다.

"그래서, 직진이 뭐예요?"

*　　*　　*

—왜 이렇게 안 올라와?

"아, 주차 공간이 좁아서요. 금방 올라갈게요."

—이렇게 느려 터져서야. 빨리 와!

앙칼진 백은새의 목소리에 매니저는 땀을 삐질삐질 흘렸다.

가는 팔이 묵직한 핸들을 이리 돌리고 저리 돌리지만 도저히 주차각이 나오질 않는데…….

똑똑.

차창을 두드리는 소리에 멈춰서 돌아봤더니, 이 사람은?

그가 여기 왜 있을까.

'아, 오늘 강주희도 오디션에 심사 위원 자격으로 참여하지.'

스르르 차창을 열자 그가 물었다.

"제가 좀 도와드릴까요?"

"아, 괜찮은데."

"맡겨봐요."

머뭇거리며 차에서 내리자, 최고남이 차에 올라탔다.

그가 한 손은 조수석에 올리고 한 손은 핸들을 휘휘 돌리면서 차를 다시 뺀다.

말아 올려진 소매, 흰 셔츠 사이로 은은히 비치는 팔근육, 매서운 눈빛을 연이어 보여준 그는 앞으로도 주차하기 힘든 좁은 공간에서 후진으로 주차하는 기염을 토하고 차에서 내렸다.

"차 뺄 때 편하시라고."

그는 부드럽게 웃으며 말하고 아무 일 없었다는 듯이 뒤돌았다. 그런데, 몇 걸음 못 가고 그가 다시 돌아와서 명함을 내밀었다.

"제가 괜찮은 매니저를 보면 그냥 지나치질 못해요. 퓨처엔터라는 회사에 관심 있으면 연락 줘요."

"아……."

"고모 일을 잠깐 돕는다고 들어서 드리는 거니까, 불쾌하게 생각하지는 마세요."

"예."

명함과 멀어지는 최고남을 번갈아 볼 때 또다시 전화가 울린다.

.

.

.

"빨리 안 올라올래?"

―지금 바로 올라가겠습니다!

전화를 끊은 백은새는 한숨을 내리쉬었다.

기분이 좋지가 않았다. 언짢고 불쾌하다.

오디션장은 사람들로 붐볐다. 처음 보는 얼굴들, 어디서 스쳐본 것 같은 얼굴들이 뒤엉켜서 말 그대로 인산인해였다. 성격도 모습도 제각각인 배우들.

"안녕하십니까! 배우 송연우라고 합니다! 잘 부탁드립니다!"

긴장한 배우들도 있고, 저렇게 열정이 넘치는 배우들도 있었다.

"아이고, 많이들 오셨네."

노종오 피디가 심사 위원 대기실에 들어오며 혀를 내두른다. 그는 백은새의 옆자리에 털썩 앉았다.

"선배님도 놀라셨죠?"

"뭐가?"

"신재광 대표 말이에요."

"아, 뭐."

"어떻게 우리까지 그렇게 깜빡 속일 수가 있지."

잠깐 얼굴이 경직됐지만, 백은새는 이내 태연하게 대본을 넘기며 말했다.

"그러게 말이야."

"그래도 다행입니다. 이번 일로 유리 씨가 하차한다고 할까 봐 내심 걱정이었거든요."

주연배우 김유리.

스타두 엔터테인먼트 소속.

"내가 잘 얘기했어."

"그러니까요. 선배님 아니었으면 진짜 우리 드라마 답 없을 뻔했어요."

"빈말이라도 기분은 좋네."

"빈말이라니요. 김유리 캐스팅부터 선배님이 얼마나 많이 도와주셨는지 제가 모르나요. 그 누구야, 우예지 팀장? 그 깐깐한 여자가 중간에 태클 걸었을 때도… 호랑이도 제 말 하면 온다더니."

대기실 문이 열리고 안경 쓴 여자가 들어왔다.

어깨에 살짝 닿는 짧은 머리에 정장을 빼입었다.

날카로운 눈빛으로 중무장하고 들어온 그녀는 바로 이어 들어온 여배우를 챙겼다.

"안녕하세요."

"유리 씨!"

수수한 옷차림과 옅은 메이크업에도 눈이 부시는 여배우의 등장에 노 피디가 환하게 웃으며 일어났다. 그때, 김유리가 뒤이어 들어온 배우를 발견하고 고개를 숙였다.

"안녕하세요, 선배님."

"어, 유리 안녕!"

배우 강주희.

밝게 웃으며 들어온 그녀는 노 피디와 다른 사람들에게 인사를 하면서 안으로 들어왔다. 그녀의 시선이 마지막에 닿은 곳은 배우 백은새.

"은새도 오랜만이다."

한 발짝, 한 발짝 다가온 그녀는 백은새의 손을 맞잡았다.

남들의 눈에는 화기애애하게 비칠 때.

백은새는 싸늘하게 식은 강주희의 얼굴을 정면에서, 오직 혼자만 볼 수 있었다.

"은새야……."

"……."

"즐기고 있는 거니?"

"……"

모든 것을 아는 듯한 눈빛에 백은새는 입술이 굳어버려서 아무 말도 못 했다.

강주희는 마치 감상하듯 지켜보다가 곧 미소를 짓고 뒤돌았다. 그런데 그 순간, 백은새가 그녀의 팔을 꽉 잡았다.

"대체 뭐야."

"뭐가?"

"왜 항상 언니는 그렇게 여유 있는 건데? 대체 뭐야? 언니한테는 있고 나한테는 없는 것!"

어금니를 꽉 깨물면서 묻자, 강주희가 잠깐 대답을 생각하듯 눈을 깜빡이다가 대기실 입구를 돌아본다. 머리카락을 휘날리며 들어온 사람은.

"안녕하십니까, 퓨처엔터 대표 최고남입니다!"

*　　　*　　　*

[비하인드 Scene]

"뭐? 여울이가 기억상실이라고?"

—기억상실이라는 게 아니라, 그렇게 진단받을 수 없냐고.

"누나, 말도 안 되는 소리 좀 하지 마."

—너는 가족이 부탁하는데 그런 말을 하니?

"여울이 배우 만들어보겠다고 내가 무슨 짓을 했는지, 누나가 알아? 그렇게까지 했는데 왜 그렇게 바보 같은 짓을 해서."

—조카한테 바보가 뭐니?

"끊어."

서둘러 통화를 끝낸 백대식은 바인더를 펼쳐 평가표를 손에 쥐었다.

아카데미 연습생들의 월말 평가는 이름, 수강 항목, 평가와 보완 카테고리로 이뤄져 있었다.

그중에서 관심을 끄는 네 명.

[박은혜, 소연우, 권아라, 송지수]

아카데미 선생님들의 평가는…….

—빠르게 실력이 향상되고 있음. 넷 모두 습득이 빠르고 이해도가 높음. 특히 박은혜는 나이답지 않게 감정이 풍부해서…….

이번에는 N탑의 월말 평가.

AR팀의 최종 평가는.

—습득이 굉장히 빠른 편에 속함. 보컬 트레이너, 댄스 트레이너 선생님들 모두 같은 의견. 박은혜와 송지수는 연습생 경험이 있어서 바로 데뷔조에 넣어도 손색이 없으며, 소연우는 어렸을 때부터 배운 발레의 영향으로 하루가 다르게 달라지고 있음. 권아라는 음색이 다양해서 어느 파트든 소화가 가능할 것 같음, 다른 연습생 중에서 넷이 유난히 눈에 띄고 있다는 의견이 많음

"최고남… 대체 뭐야. 대체 뭐야! 어떻게 주워 온 애들까지……."

그리고 마지막 한 사람, 권하준.

이 녀석은 아카데미에서만 배우고 있는데, 평가지에 아주 짧은 말들만 적혀 있다.

—가르칠 게 없음.

—데뷔시켜야 합니다.

—왜, 아카데미에 있는 거죠?

"젠장!"

백대식은 바인더를 치워 버렸다.

읽을수록 머릿속이 짬뽕이 되는 기분이었다.

지끈거리는 관자놀이를 꾹 누르던 그는 문득 생각이 나서 지갑을 꺼내 들었다. 로또 용지 몇 장이 후드득 떨어진다.

키보드를 붙잡고 두드린다.

833회 로또?

"12… 오케이."

하나 있고.

"18, 30… 어 있네."

일단 오천 원 킵 하고.

"39? 어?"

가슴이 두근거리기 시작했다.

"41!"

마른침이 꿀꺽 넘어가고 손이 바르르 떨리는데.

마지막 당첨 번호는…….

[비하인드 Scene2]

"뭐? 백대식이 로또 3등에 당첨됐는데… 잃어버렸다고?"

—예. 지금 난리예요.

백승준 매니저의 말로는 백대식이 3등 당첨된 용지를 들고 다니면서 자랑 반 푸념 반을 늘어놓고 다녔는데, 그러다가 용지를 어디서 잃어버렸다는 소식이었다.

"아이고, 아깝겠네."

—번호 하나만 맞았으면 1등이네 2등이네 하더니만. 그러게 가지고 있는 거라도 제대로 챙겼어야지.

"점쟁이 같은 소리 그만하고, 유유는?"

—요즘 매일 무리해요. 콘서트 마친 지 얼마나 됐다고 매일 작업실에만 틀어박혀 있으니까.

"앵콜 콘서트 한다며?"

—예. 서울콘에 못 온 팬들이 많아서요. 내년에 월드 투어 하면 기회가 없으니까, 유유가 한 번 더 하자고 하더라고요.

"갑자기 너무 착해진 거 아니야?"

—그러니까요. 저도 불안해요. 근데, 어디세요? 어디 가는 길이세요?

"농협에."

—농협에는 왜요?

"그냥."

—그냥요? 근데 왜 그렇게 웃으세요?

"아니, 그냥 기분이 좋네."

구멍 난 바가지처럼 내 입에서 자꾸 웃음이 새어 나온다.

[비하인드 Scene3]

퇴근길 차 안에서 윤소림은 일찌감치 눈을 감았다.

"차 팀장은 어때? 전 작가 차기작에 주희 선배가 들어가는 거."

"시놉시스 얘기 듣자마자, 바로 언니 떠오를 정도? 근데 백은새도 그 역에 어울릴 것 같고요. 둘이 아는 사이죠?"

"응."

"그러면 주희 언니가 그냥 포기하려나, 하흠."

계속 눈을 감고 있던 윤소림은 실눈을 슬며시 떴다.

차가희가 하품을 길게 하면서 의자 시트에 등을 기댄다. 잠을 자려나 싶었는데, 어깨를 뒤척이더니 문득 생각이 났는지 입을 다시 열었다.

"근데, 정말 소림이가 1순위예요?"

"그게 무슨 말이야?"

최고남이 묻는다. 윤소림은 귀를 쫑긋 세웠다.

"아니, 아까 소림아널좋아해 님이 그랬잖아요. 관리가 미뤄지는 거 아니냐니까 대표님이 소림이는 항상 1순위라고."

"아, 그거. 대답을 잘못했네."

"그럼요?"

"잠이나 자."

차가희가 다시 하품하면서 잠이 들 때, 윤소림은 궁금해서 정신이 또렷해졌다. 그렇게 직원들을 내려주고 최고남이 직접 숙소까지 운전했다.

가는 길의 적막 속에서 윤소림은 일어날까, 아니면 깼다고 말할까 하다가 타이밍을 놓쳐 계속 눈을 감고 있었다. 가끔 최고남의 숨소리, 흥얼거리는 소리, 핸들을 톡톡 두드리는 소리를 들으면서 숙소에 도착했다.

숙소 앞에서 최고남은 그녀를 바로 깨우지 않았다.

깨우면 놀란 척해야지 마음먹었는데, 가까이 다가오는 기척이 느껴졌다가 멀어진다.

'후…….'

윤소림은 눈을 질끈 감았다. 히터가 너무 센 모양이었다.

얼굴이 뜨겁고 가슴이 두근거리는 걸 보면.

"소림아, 이제 일어나. 소림아."

"으음… 대표님?"

"어. 숙소 다 왔다. 빨리 내려, 나 가봐야 해."

갑자기 빨리 내리라고 재촉하는 모습에 조금 서운했지만, 윤소림은 차에서 내렸다. 최고남이 문 앞까지 바래다주고 돌아서려다가 멈칫.

"아, 소림아."

"예?"

"넌 0순위야."

"뭐가요?"

"그런 게 있어."

최고남이 웃으면서 떠난다. 윤소림은 그 모습이 사라질 때까지 지켜보고 문을 닫았다. 왠지 미소가 나와서, 차가운 문에 등을 기댄 채로 잠시 그대로 있었다.

히터 열기에 익은 얼굴이 식을 때까지.

*　　　*　　　*

〈미래를 갔다 온 여자〉의 오디션은 3차 오디션만을 남겨두고 있었다.

1, 2차 오디션의 전 과정은 유튜브를 통해 공개됐고, 아쉽게 탈락한 배우는 네티즌들의 투표를 받아서 재도전의 기회도 가졌다.

캐스팅이 빠르게 진행되면서 전 작가는 본격적인 대본 작업에 착수했고, 제작사인 화음은 분주해졌다. 그리고 퓨처엔터는…….

"편의점 맞은편이 맞는데."

백지우는 핸드폰으로 주소를 확인하면서 길목을 이리저리 살폈다.

'제가 괜찮은 매니저를 보면 그냥 지나치질 못해요. 퓨처엔터라는 회사에 관심 있으면 연락 줘요.'

지난번의 기억을 어렴풋이 떠올릴 때, 퓨처엔터 간판을 발견할 수 있었다.

두근거리는 마음으로 계단을 천천히 밟고 올라간 그녀는 문을 조심스럽게 열었다.

"실례합니다."

나직이 인사하며 들어갔는데, 안이 시장통처럼 왁자지껄했다.

그리고 웬 꼬마가 셀카 봉을 들고 큰 소리로 외친다.

"안녕하세요, 언니 오빠 이모 삼촌들! 오늘 저는 대표님을 찾으러 회사에 나왔습니다! 이름하여 대표님을 찾아라!"

작은 눈썹 위에 작은 손을 얹고 주위를 휘휘 둘러보더니.

"근데 대표님은 어디 계신 건지 보이지가 않아요, 흑흑."

눈물을 흘리는 시늉을 하고는 마치 미리 짜여 있던 것처럼 서 있는 네 명의 여자아이들에게 다가간다.

"언니들은 누구시죠?"

"아, 지금 시작하는 거야? 안녕하세요. 퓨처엔터 연습생 소연우라고 합니다!"

한 명이 발랄하게 인사한 것을 시작으로 나머지 세 명도 연달아 인사했다.

꼬마가 묻는다.

"연우 언니, 대표님은 도대체 어디 가신 건가요? 지금 언니 오빠 이모 삼촌들이 대표님을 간절하게 찾고 있어요!"

"글쎄요. 아마도 저희가 너무 못해서 멀리 떠나신 게 아닐까 싶습니다, 흑흑."

"앗, 얼마나 못했길래……."

"진짜 못했거든요."

"이런이런. 다음부터는 분발하시기 바랍니다. 자, 이번에는 요즘 화제의 유튜버죠. 〈퍼프의 신 차가희〉 채널을 운영 중이신 가희 님입니다!"

"안녕하세요, 은별나라 언니 오빠 이모 삼촌들! 퍼프의 신 차가희예요! 완벽한 변신을 원하시나요? 그렇다면 〈퍼프의 신 차가희〉 채널의 구독과 좋아요를……."

"가희 님은 아세요? 대표님이 어디계신지?"

"이런. 대표님을 찾으시는구나?"

퍼프의 신은 엄지와 검지를 쫙 벌려 턱을 얹고 말했다.

"그렇다면 잘 찾아왔습니다. 제가, 대표님의 행방을 알고 있거든요."

"앗, 정말인가요?"

"대표님은… 외근 나가셨습니다."

"아아."

세상을 잃은 것 같은 표정의 꼬마.

그때였다. 사무실 문이 열리더니 TV에서 보던 성지훈이 무언가에 쫓기듯이 안으로 들어왔다. 뒤이어 강주희가 쫓아 들어온다.

"오빠아!"

"하지 마, 하지 마!"

"왜에! 오빠아~ 같이 가!"

"하지 말라고! 징그러우니까, 오빠 소리 하지 마!"

성지훈이 고래고래 소리 지르다가 눈살을 찌푸린다.

"최 대표 어딨어?"

"대표님은 아까……."

목에 스카프를 두른 여자가 탕비실에서 나오면서 최고남의 행선지를 알려주다가 백지우와 눈이 마주쳤다.

"누구시죠?"

그 순간, 모두의 시선이 백지우에게 쏠렸다.

"아, 저는 오늘 최고남 대표님을 뵙기로 한 백지우라고 합니다."

"아, 잠시만요."

여자가 책상에서 일정표 같은 걸 확인하더니 다시 말했다.

"14일에 약속이시네요."

"오늘이 14일… 아."

그제야 날짜를 착각했음을 깨달은 백지우는 무안해서 눈을 질끈 감았다가 떴다. 그러자 스카프 두른 여자가 옅게 웃으며 손을 내밀었다.

"김나영 팀장이라고 합니다."

"백지우라고 합니다."

"만나서 반가워요. 안으로 들어가서 얘기할까요?"

꼿꼿한 스카프를 좇아서 백지우가 사라지자, 다시금 사무실이 분주해졌다.

*　　　*　　　*

"오늘 왔다고?"

―예. 고모 일은 정리를 했다고 하더라고요.

"그러면 내일 다시 오는 건 번거로울 테니까, 내가 며칠 있다가 연락한다고 해."

—예. 언제 들어오실 거예요? 은별이가 대표님 잡으러 왔었어요.

그러고 보니 요즘 통 은별나라 스튜디오에 가지를 못했다.

하긴, 은별이 방학하면 자주 볼 테니까.

"오늘은 현장에서 퇴근할 거야. 나영 씨도 일 없으면 바로 퇴근해."

—퇴근하지 말라는 거죠?

"퇴근하라는 얘기야."

웃으면서 전화를 끊고 차에서 내렸다. 서울과 달리 이곳에는 눈이 조금씩 내리고 있었다.

캠퍼스에 학생들이 보인다. 방학 시즌인 줄 알았는데.

그건 그렇고 자꾸 날 힐끗힐끗 쳐다보길래 왜 그런가 싶었더니.

저승이가 인상을 찌푸리고 제 눈썹을 툭툭 두드린다.

아, 선글라스.

벗어서 대충 주머니에 넣고 앙상한 나무들이 줄지어 선 길을 걸었다.

학생들이 좀 더 많아졌다.

가슴에 책을 껴안은 학생도 있었고, 빈손인 학생도 있다.

그중에서 남자 셋 여자 셋이 수다를 떠는 게 보이길래 슬쩍 다가가서 물었다.

"학생들, 매니지먼트 학과에 가려면 어디로 가야 해요?"

"저희도 지금 가고 있는데, 같이 가시면 돼요."

동그란 얼굴의 여자애가 미소 짓고 날 쳐다본다.

역시, 내가 감이 좋다니까.

"아, 그래요? 다행이네."

나는 잠깐 일행에 끼었다. 저승이가 묻는다.

[매니지먼트 학과에서 뭘 배우는데요?]

'뭐, 엔터 산업의 전반적인 걸 배우겠지. 회사 운영, 마케팅, 현장실습 같은 거? 솔직히 나도 잘 몰라.'

요즘이야 관련 학과가 있고 체계적인 수업이 존재하지만 나 때는 그냥 현장에서 배웠으니까. 사실 지금도 크게 다르진 않고.

결국에는 현장에서 일할 때를 대비해서 배우는 거 아닐까.

대답이 불만인지 저승이가 뚱한 표정을 짓는다.

하지만 알은척을 하려 해도 대학 문턱이라도 밟아봤어야지.

"저기, 매니지먼트 학과는 무슨 일 때문에 가시는 거예요?"

여자애들이 날 올려다본다.

"고석천 교수님 좀 만나 뵈려고요."

"앗. 교수님 지인이세요?"

빙긋 웃자, 서로 눈치를 보더니 또 질문한다.

"그럼, 오빠도 현직에 계세요?"

"오빠는 아니고. 현직에 있는 건 맞아요."

"어디 기획사에 계시는데요?"

"연예인 누구 맡고 계세요?"

"교수님이랑 같이 일하셨어요?"

미래의 선배라는 걸 깨닫자 질문이 갑자기 늘었다.

밥이라도 사야 할 것 같은데, 다행인 건 나를 몰라보고 있었다.

3인칭시점 출연도 했고 기사도 많이 떠서 걱정했는데, 누가 알아볼 정도까지는 안 되는 모양이다.

"학생들은, 그럼 매니저가 되려는 거예요?"

"남자애들은 그런데, 저희는 달라요. 저는 AR 파트에서 일하고 싶어요."

"전 크리에이티브 디렉터가 되고 싶어요."

"저는 비주얼 디렉터요."

들뜬 여자애들과 달리 남자애들은 눈만 껌뻑인다.

"아저씨, 요즘에도 신입 매니저들 월급 백만 원도 못 받아요?"

여섯 명 중에서 키가 제일 큰 남학생이 물었다.

그러자 동그란 얼굴의 여자애가 눈을 흘긴다. 단발머리를 펄럭이면서.

"야, 무슨 질문이 그래?"

"현실적인 질문이잖아."

남자애가 대답을 듣겠다는 듯 고집스럽게 날 쳐다본다.

아무튼 질문이 몇 개 더 오가는 동안 도착한 강의실에는 오늘 만날 고석천 교수가 강의 준비를 하고 있었다.

그는 '스타두 엔터테인먼트' 창립 멤버였지만 이런저런 사유로 현직에서 물러났다. 사실상 쫓겨났다고 봐야 한다.

그때 꽤 많은 스타들이 스타두를 떠났는데, 이유인즉 고석천은 믿어도 회사는 못 믿는다는 것이었다.

"오늘은 스타메이킹에 대한……."

고석천이 강의실을 빙 둘러보다가 나를 보고 흰 눈썹을 크게 올렸다.

그 바람에 앉아 있던 학생들도 고개를 돌려 나를 쳐다봤다.

나는 고개를 살짝 숙이고 빈자리에 앉았다.

고석천이 박수를 두어 번 치더니 수업을 진행했다.

"여러분이 스타를 만들려면 어떻게 해야 할까?"

"스타가 될 재목부터 캐스팅해야 합니다."

한 학생이 대답했다. 고석천이 고개를 끄덕인다.

"맞아. 그건 가장 기본이면서, 가장 핵심적인 포인트지."

원석을 발굴하는 좋은 눈은 매니저의 기본 소양이라고 할 수 있다.

처음에는 예쁘고 잘생긴 애, 혹은 눈에 띄는 애를 찾게 된다.

그러면서 눈이 조금 높아지면 팔릴 것 같은 애들을 찾게 된다. 점차 자기 생각도 들어가고, 트렌드와 같은 전략도 들어간다.

그다음 단계에 이르면 감이다.

그냥 감이 온다. 얘는 될지 안 될지.

"그럼 캐스팅됐다고 가정을 하자고. 지금 가장 핫한 애가 누구지?"

좀 전의 학생에게 질문하자 학생이 머뭇거리다가 말했다.

"윤소림입니다!"

"교수님, 쟤 윤소림 팬클럽 가입했어요!"

"야."

강의실에 웃음소리가 들린다. 겨울인데도 풋풋함이 느껴진다.

"윤소림이 요즘 인기긴 하지. 좋아, 그럼 윤소림을 여러분이 캐스팅했어. 그러면 무조건 성공은 따놓은 당상인 건가?"

아니었지.

내게는 계획도 있고, 전략도 있었지만 변수가 있었다.

그래서 20년을 돌아왔다.

"다이아몬드도 세공하기까지는 그냥 돌덩이인 것처럼, 스타가 빛나기까지는 거칠 과정이 많아요. 그렇기 때문에 엔터테인먼트 회사는 연기 수업, 노래 수업, 프로필사진을 찍는 기본적인 과정부터 시스템화하기 위해 부단히도 노력을 합니다."

고석천 교수는 스타두 엔터와 N탑의 예를 들면서 캐스팅, 트레이닝, 프로듀싱, 마케팅 시스템에 대해서 설명했다.

물론 스타라는 존재가 공장에서 만드는 초콜릿 같은 거라면 시스템으로 충분하다.

포장만 잘해서 팔면 되는 거니까.

그러나 불행히도 스타는 공산품이 될 수 없다.

일정한 틀과 기준에 맞춰도 필드에 나가면 변수가 발생하고, 캐스팅 디렉터의 기준이 저마다 다르고, 대중의 취향도 그때그때 달라지기 때문이다.

고석촌 교수도 그 점을 첨언하면서 결국 스타메이킹의 핵심은 인재라고 결론을 내렸다.

시스템의 중심에 있는 인재들이 변화를 빠르게 캐치하고, 트렌드에 유연하게 대처하며, 필드에서 즉각 대응할 수 있어야지 준비된 원석을 적재적소에 드러내고 활용할 수 있다는 얘기.

한마디로, 지루하다.

아니, 이 얘기를 무슨 한 시간 동안이나 해.

하품이 나올 뻔해서 얼굴을 쓸어내리는데, 고석천이 빙긋 웃더니 말했다.

"잠깐 쉴까?"

내게 턱짓하며 말하길래 나는 자리에서 일어났다.

아까 나를 안내해 줬던 학생들이 힐끗 쳐다보길래 살짝 고갯짓을 하고 나왔다.

강의실을 나오자 고석천이 복도 끝에서 손을 흔들고 있었다. 그는 흡연 구역에서 담배를 입에 물더니 고개를 갸웃했다.

"N탑 부문장이야. 유명했으니 처음 봐도 알겠는데, 우리가 연락도 없이 불쑥 찾아올 정도로 친한 사이였나?"

고개를 끄덕이며 말했다.

"그런 사이는 아니죠."

"그러게. 깜짝 놀랐네. 스타두 때문에 온 겁니까?"

"김유리 때문에 왔습니다."

"유리는 왜? 아, 〈미래를 갔다 온 여자〉에 캐스팅됐지? 그 일 때문에요?"

"자세히 알고 싶은 게 있어서요."

내가 알기로 김유리는 사건 사고만 줄곧 일으키다가 세상에서 사라져 버렸다. 소문은 무성했지만 그 어떤 것도 확실한 게 없었다.

그런데 그녀의 이름이 내 명부에 아주 선명하게 적혀 있다지 않나.

그래서 고석천을 찾아왔다.

김유리를 캐스팅하고 키웠던 사람이니까.

"알면, 나한테 한 대 맞아야 하는데."

그는 웃음기 가신 얼굴이 됐다.

"그럼 맞아야죠."

"패는 건 관두고, 부탁 좀 합시다."

"부탁이요?"

*　　　*　　　*

"야, 아까 그 사람 누구야?"

"교수님이랑 같이 일했던 사이인 것 같던데?"

"근데 무슨 매니저가 저렇게 생겼어? 키도 크고."

여자애들의 수다에 남학생들은 심기가 불편해졌다.

"별로 크지도 않더만."

"너보다 한 뼘은 클걸?"

"저 사람은 구두 신었잖아!"

"넌 깔창 꼈잖아?"

발끈한 남학생을 보면서 여학생들이 까르르 웃는다.

"근데 난 왜 저 사람 어디서 본 것 같지?"

안경 쓴 여학생이 고개를 갸웃할 때, 고석천 교수와 의문의 남자가 다시 들어왔다.

"여러분, 이 사람의 정체가 궁금하지? 이 사람은 퓨처엔터……."

* * *

"학과장님, 연극과 경쟁률이 갈수록 떨어지고 있네요?"

재작년 이 학교 연극과 정시모집 경쟁률 21:1.

작년 정시모집 경쟁률은 12:1.

그리고 올해는 아직 한 자릿수.

한마디로, 해마다 큰 폭으로 떨어지고 있다는 얘기였다.

그래서인지 학장의 두툼한 눈살이 오늘따라 더 처져 있었다.

"그래도 아직은……."

부학장이 뿔테 안경에 손을 대며 운을 뗀 순간, 학장의 눈이 조금 커졌다.

"물론 지금도 경쟁률이 높기는 하죠. 하지만 이런 추세라면 내후년쯤에는 학과의 존폐가 거론될 수도 있어요."

"지당하신 말씀입니다!"

"원인이 뭐라고 생각하십니까?"

학장의 질문에 부학장이 대답을 못 하고 미적거렸다.

사실 두 사람 다 답을 뻔히 알고 있었다.

스타의 부재.

결정타가 된 건 몇 해 전 터진 연예인 입학 비리였다.

부정 입학, 특례 입학같이 바쁜 연예인의 편의를 관례처럼 봐주던 게 문제가 되면서 한바탕 홍역을 치러야 했다.

이후로 거짓말처럼 연예인들이 캠퍼스에서 사라져 버렸고, 스타 배출 역시 되지 않으니 타 대학에 비해 경쟁력이 떨어지는 악순환이 이어지고 있었다.

"아니면, 영화과랑 통합하는 건 어떻게 생각하세요?"

학장은 넌지시 얘기를 꺼내면서 옆을 돌아봤다. 연극과 안정국 교수가 멍한 얼굴로 앉아 있었다.

안 교수의 시선은 테이블에 놓인 신문에 꽂혀 있었다.

배우 윤소림의 악플 혐의로 현직 방송국 피디가 입건되었다는 내용인데, 사진에 윤소림과 소속사 대표가 함께 있었다.

사진 밑에 작은 글씨로 '윤소림을 키운 미다스의 손 최고남 대표'라고 적혀 있다.

"윤소림이 아니라, 우리에게 더 필요한 사람인데."

"뭐라고?"

"아, 아닙니다."

혼잣말을 중얼거리던 안 교수가 화들짝 놀라서 자세를 바로 했다.

"오늘 연극과 실습 평가 있다고 하지 않았나요?"

"예, 내년 1월에 있을 대학로 연극 무대에 올릴 학생을 뽑는 평가입니다. 실력이 부족한 애들은 스태프로 참여시킬 계획이고요."

현장 체험의 일환이었다.

"한번 가볼까요?"

"학장님이요?"

"왜요? 내가 참관하면 안 됩니까?"

눈을 껌뻑이며 되묻자, 안 교수의 목울대가 출렁거린다.

'쯧쯧, 연기자라는 사람이 이렇게 표정이 티가 나서야.'

먼저 일어난 학장이 뒷짐을 졌다. 그런데, 부학장이 어딘가에서 걸려온 전화를 받더니 화들짝 놀라서 학장에게 귓속말을 속삭인다.

"뭐예요? 미다스의 손이 우리 학교에?"

학장의 두툼한 눈이 부릅떠졌다.

* * *

"아."

윤소림과 화상통화를 마치자, 학생들이 한목소리로 아쉬워한다.

"자자, 아쉬워한다고 시간이 거슬러 가진 않습니다. 나라면 지금 이 순간에 집중할 텐데, 질문도 좀 하고 말이야."

고석천의 말이 떨어지기 무섭게 곧바로 질문 공세가 시작됐다.

매니지먼트 회사의 처우부터 시작해서 현장에서의 에피소드처럼, 지금은 아니지만 앞으로 경험해 볼 것들이 궁금한 학생들은 눈과 귀를 크게 열고 내 얼굴에 시선을 고정했다.

"대표님, 어떻게 해야 대표님 같은 미다스의 손이 될 수 있을까요?"

아까 길을 안내해 준 학생들 중 하나가 질문했다.

"글쎄요, 내가 미다스의 손인지는 모르겠지만……."

[그렇게 생각하시잖아요?]

예의상 밑밥 까는 거야.

"미치면 됩니다. 어떤 분야든 하루 24시간이 모자랄 정도로 빠져들면 성공할 수밖에 없습니다."

밥 먹다가도 우리 배우들 생각하고, 똥 싸다가도 스케줄 생각하는 날이 오게 될 때, 내가 진정 이 일이 재밌구나 싶게 된다.

아니라면 빨리 딴 일 알아봐야지.

짧은 문답 시간이 끝나고 고석천이 시간을 살폈다. 그때 내 핸드폰이 다시 떨린다.

"아까 매니저가 되면 특별히 달라지는 게 있냐던 질문에 하나 더 추가하자면……."

나는 핸드폰 화면을 살짝 보여주면서 이어 말했다.

"가끔 이렇게 톱 아이돌이 전화도 걸어옵니다."

하지만 나는 학생들 앞에서 통화 거절을 했고, 전화를 받을 수 없다는 메시지가 자동으로 전송됐다.

"그리고 미다스의 손이 되면 스타의 전화도 거절할 수 있습니다."

웃으면서 핸드폰을 보는데 문자가 도착했다.

[곧 폐기 처분 합니다.]

"실례 좀 할게요. 급한 전환가 보네."

얼른 밖에 나가서 전화했더니 별것도 아닌 얘기였다.
구시렁거리면서 전화를 끊는데, 이상한 기분에 고개를 돌렸다가 멀리서 오는 세 명의 남자를 보고 눈살을 찌푸렸다.
그들은 이쪽 강의실로 오고 있었다.

* * *

"야, 안 교수님 김유리하고 연영과 동기래."
"아, 불쌍해. 동기는 톱급 연예인인데 교수님은 TV 한 번 못 나오시고."
"말로는 연극이 좋아서 연극만 팠다는데, 솔직히 배우가 TV 한 번 안 나온 건 문제 있는 거 아니야?"
"그러니까. 이런다고 이게 무슨 의미가 있어."
한창 실습 평가를 준비 중인 연극과 학생들 틈에서 여학생이 불평하며 바닥에 쭈그려 앉았다. 다리를 모으는 그녀에게 같은 조 조장이 묻는다.
"뭐가 또 그렇게 불만이야?"
"나 수능 다시 볼까 봐. 교수님도 십수 년 활동하면서 연극 판만 돌다가 지방대 외래교수 하는데, 나는 언제 데뷔하고 언제 스타 되냐고. 차라리 인서울이면 몰라."
"그렇게 간절하면 인서울 가지 그랬냐."
"성적이 안 되니까 여기 왔지!"
미간을 찌푸리는 여학생의 모습에 같은 조 학생들이 낄낄거리며 웃었다. 그때였다. 남학생 한 명이 고개를 숙여 핸드폰을 들여다보며 중얼거렸다.

"야, 대박! 윤소림 소속사 대표가 왔대."

"소속사 대표가 왜?"

"고석천 교수님 만나러 왔다는데?"

"윤소림 소속사 대표면, 미다스의 손 말하는 거지?"

학생들이 웅성거린다. 그때였다. 조교가 헐레벌떡 강의실에 들어왔다.

"다들 주목!"

.

.

.

'아휴, 학장님도 참… 쪽팔리게.'

안 교수는 누가 들을세라 나직이 한숨 쉬며 강의실로 앞장섰다.

학장이 최고남이란 사람에게 실습 평가에 참여해 주기를 부탁했기 때문이다.

더 나아가 과정을 촬영할 생각으로 이미 방송과 교수까지 불러서 연극과 강의실에 카메라 세팅을 지시했다.

분명 그걸로 입시 홍보를 하겠다는 거지.

'저렇게 좋으실까.'

학장의 입가에서 웃음이 떠나질 않는다. 하여간 유명한 사람만 보면 저런다니까.

'그래도 다행이네. 나 기억 못 하는 걸 보니.'

사실 안 교수는 최고남과 안면이 있었다. 그리고 N탑과 계약 직전까지 갈 뻔한 적이 있었다.

하지만 그때는 둘 다 어렸었다. 안 교수는 좀 더 큰 회사를 희망했고, 최고남은 확신이 없었다.

세월이 흘러 누가 정답이었는지는 분명하게 알 수 있었다.

'부족했지, 한참.'

연기가 좋아서, 미치긴 했는데, 부족했다.

돌아보면 뭣도 없이 미치기만 했던 것 같다.

아무튼 최고남을 끼고 연극과로 향하는 길이었다.

"교수님은 연극 쪽에만 계셨다고 하던데요."

최고남이 넌지시 말을 붙여왔다. 흠칫 놀란 안 교수는 마른침을 삼키고 말했다.

"예, 연극이 좋아서요."

"실례지만 올해 나이가……."

"서른일곱입니다."

"그럼 연극 일하고 병행하셔서 하는 건가요?"

질문이 계속 이어진다. 아무래도 학장이 쉴 새 없이 말을 붙이려고 하니 일부러 질문을 하는 것 같았다. 몇 가지 질문을 더 하고 최고남은 뭔가 생각에 잠긴 것처럼 입을 다물었다.

'제발 나 기억하지 마라. 제발.'

힐끗 보며 생각했더니, 눈썹을 치켜올리면서 마주 본다.

'뭐야? 기억났나? 에이.'

괜스레 좌절감을 느끼면서 안 교수는 강의실에 들어갔다.

그를 본 학생들은 처음에는 눈만 동그랗게 뜨다가 뒤이은 최고남의 등장에 입을 쩍 벌린다.

"자, 오늘 실습 평가는 퓨처엔터 최고남 대표님이 함께해 주시기로 했습니다."

"안녕하십니까, 퓨처엔터 대표 최고남입니다."

박수가 쏟아지는 동안 그는 학장의 부탁으로 강의실 칠판에 간단한 약력을 적었다.

그런데 적는 이름마다 굵직굵직하다.

최서준부터 시작해서 주이래와 윤소림까지. 연이어 적히는 이름에 학생들보다 안 교수가 더 놀라고 있었다.

"교수님, 실례가 안 되면 평가 순서를 좀 바꿔도 될까요?"

"순서를요? 뭐, 상관은 없습니다."

양해를 구한 최고남은 학생들이 가슴에 단 명찰과 출석 명단을 비교하면서 순서를 조정하기 시작했다. 그 모습을 옆에서 힐끗 보던 안 교수는 조금 놀라서 눈을 깜빡였다.

'뭐야. 잘하는 애들이 죄다 앞이네?'

사실 학생들을 평가할 때는 집중력이 높을 때 잘하는 학생을 조금 더 유심히 보는 게 낫다.

아니, 그런데… 오늘 처음 봤는데, 심지어 연기를 본 것도 아닌데 얼굴만 보고 저렇게 족집게로 집듯 집어낼 수가 있단 말인가.

'눈에 측정 장비라도 달렸나? 역시… 괜히 미다스의 손이 아니네.'

그것 말고는 설명할 길이 없었다.

"조별로 하는 건가요?"

"예, 조별로 연출도 하고 연기도 합니다. 중간중간 제가 끼어들기도 하고요."

"그럼 교수님 연기도 볼 수 있겠네요? 이거, 기대되는데요."

아니야. 기대하지 마!

안 교수는 입술이 바싹 타들어갔다. 기대된다는 말에, 괜히 학생들처럼 마음이 들뜬다.

순서를 짠 최고남은 바로 평가에 들어갔다.

잘하는 학생들은 평소보다 훨씬 집중해서 준비한 연기를 선보였다.

물론 긴장해서 좀처럼 하지 않던 실수도 있었다.

"울먹이며 대사 치는 버릇은 고치는 게 좋을 것 같아요. 톡톡 쏘아대면서 말하는 것도 고치시고."

연기가 끝나면 이따금 최고남은 코멘트를 해주고 마이크를 내려놓았다.

안 교수가 지적했던 부분이랑 일맥상통하는 부분이 있을 때는 학생들의 시선이 안 교수에게도 닿았다.

'자식들이… 내가 얘기할 때는 귓등으로도 안 듣더니. 근데… 확실히 필드에서 뛰는 현역이라서 그런가? 감이 장난 아니네.'

안 교수로서는 놀라움의 연속이었다.

그렇게 모든 평가가 끝나고 최고남이 좋은 점수를 매긴 학생들은 안 교수의 예상과 거의 흡사했다.

"어떻게… 오늘 본 학생들 중에 S급 인재가 있나요?"

학장이 넌지시 물었다. 그러자 최고남이 티 나지 않게 고개를 끄덕인다.

"학생들이 다들 잘 배웠네요. 근데……."

"근데?"

"안 교수님은 자리가 안 어울리네요."

무슨 말인가 싶어 학장이 고개를 갸웃하자, 최고남은 다시 마이크를 잡았다.

"그 누가 말했죠. 배우가 되는 것은 세상에서 가장 외로운 일이다. 가진 것은 집중력과 상상력뿐이다… 하지만 그 두 가지만 있어도 충분합니다. 두드려서 날카롭게 만드세요. 그러면 언젠가, 저 같은 사람이 노력한 여러분을 찾아갈 겁니다."

그때, 학생 하나가 손을 든다.

"저, 질문드려도 될까요?"

"예."

"실은 겁이 나서요. 배우가 되려는 게 스타가 되는 것만이 목적은 아니지만 그래도 어느 정도 성과가 있어야 할 텐데, 그게 언제가 될지 알 수 없잖아요? 그러다가 나이만 먹고… 대표님이 보시기에는 배우가 가치를 온전히 인정받을 수 있는 나이대는 어디까지라고 생각하세요?"

순간, 안 교수는 학생의 모습에서 십수 년 전의 자신을 투영했다.

그때 자신도 저런 생각을 가졌었다.

불안했고, 그 불안은 세월이 흘러 적중했다.

처음에는 연극이 좋았지만, 돈은 없고, 나이는 먹어갔다.

연극 판이라고 새로운 얼굴들이 안 들어올까. 물갈이는 해마다 있어왔고, 이제는 슬슬 떠날 때임을 직감했다.

"예전에는 여배우 나이 서른이면 역할에 제약이 생겼습니다. 청춘물은 고사하고 주연으로서의 입지도 흔들렸죠."

최고남이 숨을 한 번 고르고 마이크를 꽉 쥐었다.

"하지만 지금은 삼십 대 후반도 로맨스 드라마의 주인공이 될 수 있습니다. 그리고 사십 대에 접어들어도 몸에 맞는 역을 찾는다면 충분히 주연배우로서 활약할 수 있는 기회가 있고요."

최고남은 그 이상의 얘기는 하지 않았다.

나이가 더 들면 화려한 스포트라이트와 거리가 멀어진다는 것은 굳이 얘기하지 않아도 아는 일.

그때에는 배우 스스로 답을 찾아야 한다.

무대를 떠날지, 계속 버틸지… 안 교수가 선택했던 것처럼.

씁쓸한 미소를 지으며 이제 정리를 하려는데, 최고남이 다시 입을 열었다.

"제가 좀 전에 말했죠? 언젠가, 저 같은 사람이 여러분을 찾아갈 거라고."

그는 말하고 나서 지갑에서 명함을 꺼냈다.

그러더니 안 교수에게 건넸다.

"이걸 왜……."

"교직을 잠깐 떠나실 계획이 있으시거나, 연기를 계속하실 생각이면 저하고 같이 일해주셨으면 해서 드리는 겁니다. 교수님 연기에 반했거든요."

"예?"

머리가 멍해지는 소리에 안 교수는 아무 생각도 떠올리지 못했다. 그저, 학생들의 웅성거리는 소리와 환호하는 소리 정도?

.

.

.

[이런 곳에서 S급을 맞닥뜨릴 줄이야.]

저승이가 복도 창 너머를 바라보며 속삭인다. 창백한 하늘에 눈이 조금씩 내리고 있었다.

[근데 쓸데없는 짓이었다는 거 아시죠?]

안 교수, 아니, 안정국은 나와 접점이 없는 배우였다.

내 업보와 상관이 없다는 얘기다.

"길에 떨어져 있는 S급을 안 주울 수는 없잖아."

뭐, 안정국은 퓨처엔터 소속이 되지 않아도 언젠가는 필드에 올라오니까.

[그래도 업보 해결에 좀 더 집중해 주시길!]

잔소리쟁이를 지나쳐서, 나는 고석천의 개인 사무실 문을 두드렸다.

"고생했어요."

차 한 잔을 내온 그가 얼굴을 살짝 찌푸리며 웃고 나서 말을 이었다.

"그래서, 뭐가 궁금한 겁니까?"

"스캔들 얘기부터 하죠."

예전에, 여섯소년들 멤버 갓슈가 음주 운전을 한 적이 있다.

그걸 무마하려고 N탑은 여배우 스캔들을 터뜨렸다.

쓰레기 같은 짓이었고, 업보 가득 채운 선택이었다.

"스캔들이 궁금한 거예요? 찌라시가 궁금한 거예요?"

"찌라시요."

그녀에게 엮인 내 업보는, 분명 그것과 관련이 있을 것이다.

*　　　*　　　*

ㄴ미팅 영상이여? 영화여? 역시 김유리 연기 쩌네.

ㄴ벌써부터 기대되네요, 갓유리!

ㄴ근데여, 언니 스캔들은 진짜였어요? 대학교 때 남친이랑 동거했다는 거. 찌라시도 졸라 충격이었잖아요? 애 있다고!!

ㄴ(캡쳐.jpg)님 소속사에 메일 보냈어요!

"뭐라고? 예지야, 아까 뭐라고 했어?"

우예지 팀장은 핸드폰을 얼른 내려놓고 뒤를 돌아봤다.

웃옷을 갈아입은 김유리가 헝클어진 머리를 쓸어내리며 쳐다본다.

"고 대표님, 아니, 교수님이 최고남 만났다고요."

조심스럽게 얘기했지만, 곧바로 우 팀장은 아차 싶었다. 사슴 눈망울처럼 순하기만 하던 김유리의 눈동자에 날이 선 탓이다.

"무슨 얘기 했대?"

"자세한 건 말씀 안 하시는데, 그 학교에 언니 동기도 강의하지 않아요?"

"정국이?"

"예. 그 사람한테 명함을 줬다나 봐요."

얘기를 듣고, 이렇게 전하는 우 팀장도 이해할 수 없는 일이었다.

김유리급이면 몰라도 은퇴해서 애들이나 가르치는 사람에게 연예 기획사 대표가 명함을?

김유리 나이 올해 서른일곱.

사실상 로코 여주도 이번이 마지막일지 모른다는 생각을 가지고 있을 만큼 배우에게는 현실적인 나이.

"정국이가 아쉽긴 하지. 연기 잘하고, 아직도 현역인데."

"그래요? 저는 모르겠는데. 남자 배우라고 해도……."

"이제 곧 사십 대지."

말꼬리를 흐린 게 무색하게 김유리가 뒷말을 이어 붙여서, 우 팀장은 적당히 웃음으로 어색함을 때웠다.

김유리가 넌지시 묻는다.

"너도 얼마 전에 최고남 만났다며?"

"예, 플레이리스트 촬영 때문에."

정진모와 윤소림이 함께 촬영한 음악 예능.

"어떤 사람 같았어?"

"잘 모르겠어요. 일은 잘하는 것 같은데, 적당히 운대도 잘 맞는 것 같고, 근데 도통 무슨 생각을 하는지 모르겠더라고요."

우 팀장은 혹여 김유리를 자극할까 봐 적당히 어휘를 골라가며 얘기했다. 사실 제대로 기억나는 것도 없었다. 마주칠 때마다 노려보기 바빴으니까.

"무슨 얘기를 했는지 궁금하시면, 교수님께 한 번 더 전화해 볼까요?"

"됐어. 이제 그 이름 얘기하지 말자."

눈을 감은 김유리가 입술을 깨물며 중얼거린다.

"그 이름만 들으면… 미칠 것 같으니까."

*　　　*　　　*

햇살 잘 들어오는 사무실에서 찻잔 테이블을 사이에 두고 전유라 작가와 민대용 대표가 마주 앉았다.

왜 클래식 음악을 틀어놨는지 모르겠지만, 잔잔한 피아노 음이 먼지와 함께 햇살 사이를 둥둥 떠다녔다.

"작가님, 오디션 3차도 참여하실 거죠?"

"예."

전 작가는 행복한 미소를 지으며 고개를 끄덕였다.

평가를 위해서라기보다는 현장 돌아가는 것을 좀 더 눈에 익히고 싶었기 때문이다.

'겸사겸사 최고남 대표도 보면 좋고…….'

호로록, 차를 마시고 민 대표를 바라봤다.

처음에는 사납고 무서워 보였는데 자주 보니 착한 사람 같았다. 금목걸이는 여전히 어색해 보이지만, 새삼 놀랍기도 하다.

이런 사람과 마주 앉아서 얘기를 하는 날이 오다니.

이게 다 최고남 덕분.

"공개오디션 평가가 반응이 좋은데, 댓글 읽어보셨어요?"

"예."

1, 2차 오디션 영상에 네티즌 댓글이 많이 붙었다.

전 작가는 특히 주연배우 미팅 영상을 몇 번이나 돌려 봤다. 그중에서 김유리의 영상은 스무 번도 넘게 본 것 같다.

"역시 김유리더라고요. 저 김유리 배우 예전부터 좋아했거든요."

"그래요?"

민 대표의 두툼한 손에 찻잔이 앙증맞게 달라붙었다.

"근데, 대표님. 미팅 영상이요. 거기서 김유리 씨가 리딩 한 대본, 원래 밝은 씬이죠?"

미팅 때 자리에 없었던 전 작가가 궁금해하며 물었다.

"예, 그랬던 것 같아요."

"근데, 김유리 씨의 연기가 왜 그렇게 슬퍼 보이죠?"

"글쎄요. 딱히 어떻게 해야 한다고 선을 그었던 건 아니라서. 배우의 해석이 다를 수도 있는 거니까."

민 대표는 에둘러서 얘기하고 전유라 작가를 바라봤다.

화음이 제작에 뛰어든 것은, 갑작스럽기는 했지만 놓치고 싶지 않은 대본이기 때문이었다. 그리고 최고남. 한 치 앞을 모르는 이 바닥에서 운을 가진 남자.

그 두 요소가 아니었으면 캐스팅 스캔들과 여배우 스캔들을 동시에 가진 작품은 쳐다도 보지 않았을 거다.

"아무튼 이번 작품 잘해보자고요. 최 대표도 신경 많이 쓰던데."

"예, 최 대표님한테 신세만 지네요."

"최 대표 좋은 사람이죠?"

넌지시 물었더니, 전 작가가 찻잔을 두 손에 쥐고 배시시 웃는다.

"예, 정말 좋은 분이세요."

* * *

[〈미래를 갔다 온 여자〉 3차 오디션]

일시: 2018.12.14.(금) 10:00~15:00

장소: 4층 강당

"그렇게 좋으세요?"

햇볕 잘 드는 옥상에서 전 작가는 기지개를 쭉쭉 켰다.

느즈막에 키를 한 뼘 정도 더 키울 생각인 모양이다.

"저 김유리 팬이었거든요. 저랑 이름도 비슷하잖아요? 전유라, 김유리. 후후, 언젠가 김유리가 내 드라마에 출연하면 비명 질러야지 했었는데."

"그래서 비명 질렀어요?"

"베개에 얼굴 파묻고요."

전 작가는 콧노래까지 흥얼거렸다.

그렇게 좋은가.

다행히 업보 지수도 꾸준히 내려가고 있었다.

"근데, 민 대표님도 그렇고 감독님도 그렇고 유리 씨 얘기는 잘 안 하시더라고요."

그럴 수밖에.

민 대표는 이미 한채희에게 한 번 데었기 때문에 가능한 문제 있는 걸 피하고 싶을 거다. 그런데 김유리는 이미 스캔들 전적이 있는 상황이니 성에 차지 않을 수밖에.

뭐 아무튼.

"딴 거 다 필요 없고, 이번에는 연기만 보는 겁니다, 연기만."

나는 신신당부하고 전 작가와 함께 옥상에서 내려왔다.

오디션장이 사람들로 붐빈다.

강주희는 이미 자리에 앉아서 안경을 코에 걸치고 있었고, 민 대표는 배우들을 눈여겨보며 목에 두른 금목걸이를 만지작거리고 있었다.

근데, 송연우가 아직까지 있네?

저 호빠 자식이 제법 끈질기다. 저력은 있다는 건가.

"오디션 시작하겠습니다."

스태프의 목소리에 심사 위원들을 제외하고는 다들 벽에 붙은 철제 의자에 앉았다.

나도 의자 하나를 차지했다.

어느 때보다 진지하고 엄숙한 분위기 속에서, 이번 3차 오디션이 마지막인 만큼 배우들은 실수 하나 없이 완벽한 모습을 보이려고 노력했다.

그러다보니 배고픔을 느낄 새도 없이 시간이 훌쩍 지나갔다.

마지막 배우인 송연우의 연기까지 끝나자 심사 위원들은 탈락자를 추려 나갔다.

나가면서 송연우가 날 향해 눈을 찡긋한다. 뭐지.

아무튼 희비가 교차하는 순간이다.

오디션에 떨어졌다고 인생이 끝나는 건 아니지만, 떨어진 배우에게 오늘 하루는 정말 최악으로 남게 될 것이다.

"그럼 이렇게 정리하죠."

강주희가 한숨 돌린 표정으로 말했다.

민 대표가 내게도 합격자 명단을 한번 보라는 듯 눈짓했지만 나는 강주희 매니저로 따라온 것뿐이니 고개를 살짝 가로젓고 다시 자리에 앉았다.

이제 남은 건 이번 오디션과 상관없이 캐스팅된 주조연 배우들 오디션 영상인데, 미팅 때 영상 말고는 준비되어 있지 않아서 댓글에 조금 논란이 있길래 최대 2분 분량의 짧은 씬을 재촬영하기로 했다.

시간에 맞춰 주조연 배우들이 도착했다.

백은새도 자리에 앉아서 대기하고 있었다. 저렇게 얼굴에 철판 깔고 앉아 있는 것을 보면 역시 여배우는 대단하다.

"네티즌들 사이에서 또 논란이 발생할 수 있어서 짧게 찍어 올릴 겁니다."

스태프가 설명하고 배우를 호명했다.

"유리 씨, 먼저 나와주시겠어요?"

그녀는 청바지에 줄무늬 셔츠 차림으로 카메라 앞에 섰다.

머리도 대충 묶어 올린 채였지만, 오히려 그 때문에 존재감이 더 돋보인다.

"상대역이 있었으면 좋겠는데요."

의외의 청에 민 대표가 눈꼬리를 올린다.

굳이? 그런 의미려나.

"누가 좋으려나."

그가 배우들을 돌아보는데, 김유리가 말했다.

"저분이 해주셨으면 좋겠어요. 키도 적당하고."

김유리의 검지가 가리킨 사람은, 나다.

키가 적당하긴. 내가 머리 두 개는 더 크구만.

"서 있기만 해주시면 되요."

"아니, 배우 놔두고 굳이……."

"알겠습니다."

민 대표의 만류에도 나는 자리에서 일어나 김유리의 앞에 마주 섰다.

그녀의 둥근 두상이, 가르마가 한눈에 내려다보인다.

날 올려다보는 눈빛은 건조하면서도 시리다.

"기억나? 당신이 날 이상한 여자 만들었잖아."

그랬었다.

"주변에서 날 뭐라고 그랬는지, 당신은 상상도 못 할 거야."

내가 그녀에게 한 짓이 있어서 실제인지 연기인지 분간이 가질 않았다.

"왜 그랬어? 내가 뭘 잘못했는데?"

잘못한 건 없었다.

우리는 갓슈의 음주 운전 사실을 덮을 게 필요했고, N탑이 알고 있는 수많은 스캔들 중 하나를 터뜨렸을 뿐이다.

김유리의 스캔들은 N탑에게 있어 분위기 전환용, 그 이상도 이하도 아니었다.

이런 내가 윤소림의 스캔들에는 분개했다.

"매일이, 숨이 막혀서 죽을 것만 같았어. 그런데 당신은 뻔뻔하게 내 앞에 잘만 서 있네?"

급기야 김유리의 눈동자에 눈물이 핑그르르 돌더니 떨리는 입술에 닿고 바닥에 무참하게 떨어졌다.

"하긴. 당신은 그래도 되는 사람이지. 자신이 신인 줄 아는 사람이니까. 세상 사람들은 당신이 좋은 사람인 줄 아니까. 그렇지?"

왠지, 지금 순간 윤소림이 떠올랐다.

"뭐라고 말 좀……."

"미안합니다."

그 말이 떨어지기 무섭게 김유리의 얼굴이 일그러졌다.

바로 이어 나는 고개를 돌렸다. 뺨이 얼얼했다.

조용했던 장내가 공기마저도 사라진 것처럼 아무 소리도 들리지 않았다.

툭, 하고 뭔가 떨어지는 소리가 들리고서야 나는 전 작가가 벌떡 일어나 있는 모습을 볼 수 있었다. 바닥에는 전 작가의 커피가 엎어져 있었다.

.

.

.

"제가 본 연기 중 가장 최악의 연기였어요."

전 작가는 연고 뚜껑을 열면서 화를 씩씩 냈다.

손끝에 힘 조절을 잘못해서 연고가 길쭉하게 나왔다.

나는 휴지를 건넸다.

손을 닦은 전 작가는 손가락 끝에 연고를 조금 묻히더니 내 얼굴을 요리조리 살폈다. 입술 끝이 아리다.

"아니, 대사를 쳤는데 왜 때려? 때렸으면 사과를 하든가. 그냥 나가 버리는 건 아니잖아요?"

김유리는 그대로 오디션장을 나가 버렸다.

"배우가 무슨 벼슬인가? 대표님은 왜 맞고만 계셨어요?"

"대사 친 거… 맞으려고 그런 거였어요."

"예?"

"미안하다고 하면, 때릴 거 알았거든요."

솔직히 체념 상태다.

나라는 쓰레기는 겨우 분리수거를 하면 새로운 게 튀어나오니 말이다.

나는 입술에 닿은 전 작가의 새끼손가락에 눈살을 찌푸리면서 고석천의 얘기를 떠올렸다.

'실은 찌라시가 맞아요. 유리한테 아이가 있었고, 가족이 키웠

지. 근데…….'

*　　　*　　　*

"오늘 언니가 좀 흥분하셨어요."

우 팀장의 얘기에 김유리 모친은 낯빛이 어두워졌다.

벌써 밤이 깊었지만 김유리는 회사 연습실에 틀어박혀서 나오질 않고 있었다.

"병원에서는 뭐래?"

"약 먹으라는 얘기뿐이죠."

"그래, 예지 씨가 고생 많았어."

"언니 그냥 두세요. 그 인간이 나쁜 인간이니까."

"그래. 고마워."

"들어가 보세요. 제가 지킬 테니까."

"아니야, 예지 씨야말로 들어가. 내가 픽업해서 집에 데려갈게."

우 팀장을 억지로 떠밀고 김유리 모친은 연습실 앞을 서성였다.

안에서 괴성과 울음소리가 뒤엉켜 들린다.

망설이다가 결국 조심스럽게 문을 열었다.

"엄마… 나가줘."

가까이 가면 또 터질지 몰라서, 모친은 다시 문을 닫고 속삭였다.

"미련한 것… 언제까지 죽은 애 붙잡고 살려고."

*　　　*　　　*

「장산의 여인 촬영장」

"최 대표 뺨을 때렸다고?"

촬영감독의 얘기에 이현미 감독이 모자를 고쳐쓰다 말고 고개를 돌렸다.

"어. 워낙 순식간이어서 피할 틈도 없었다나 봐."

"대체 어떤 연기를 했길래 합도 없이 뺨을 때렸어? 그 정도로 몰입했다는 거잖아?"

"원래 김유리 걔가 연기에 미친 애잖아."

악역을 맡았을 때 옆집 사람이 반말로 말 걸어오길래 죽여 버리고 싶다는 생각이 들었다는 일화가 있을 만큼, 김유리는 작품을 들어가면 몰입하기 위해서 수단과 방법을 가리지 않는다고 한다.

"근데 그 후가 조금 이상했다고 그러더라고. 김유리가 도망치듯이 현장을 떠났다나? 매니저도 당황해서 얼렁뚱땅 사과만 하다가 사라지고."

"최 대표 벙쪘겠네."

"근데 또 그렇지도 않나 봐. 쿨하게 넘겼다고 하던데? 오히려 윤소림 얘기했대."

"그건 또 무슨 소리야?"

"소림이 뺨 맞는 씬은 앞으로 못 보겠다고. 자기도 이렇게 아픈데 소림이는 얼마나 아프겠냐고. 장산의 여인 괜히 했나 등등……."

"아주 윤소림한테 미쳤네."

고개를 절레절레 흔든 이현미 감독은 촬영 동선에 서 있는 배우들을 바라봤다.

롱 패딩을 입은 윤소림과 장도진 역의 배우 박승태가 추위 속에서 대본을 숙지하며 호흡을 맞춰보는 중이었다.

이어질 씬은 유복희가 장산그룹 장남 장도진의 뺨을 내리갈기는 장면.

극 중에서 두 사람은 철천지원수로 나오지만, 카메라가 꺼지면 세상 사이좋은 선후배의 모습이었다.

"소림아, 우리 한 방에 가자. 그냥 미친 사람처럼 휘둘러. 알았지?"

"예."

박승태는 여유 있게 웃으며 윤소림에게 농담을 건넸다.

그때 이현미 감독도 다가와서 두 사람 사이에 끼어들었다.

"둘이 치고받고 해야 하는데 농담 따먹기 하고 있으면 어떻게 해?"

"치고받기는 무슨. 내가 일방적으로 맞는 거지, 하하."

"소림아, 박승태의 무력함, 유복희의 카리스마를 드러내는 씬이니까 망설이면 안 돼. 알았지?"

신신당부에 윤소림은 고개를 끄덕였다.

하지만 한 대도 아니고 세 대나 연거푸 때려야 하기 때문에 부담이 될 수밖에 없었다.

손을 들었다가 내려놓으면 고개를 갸웃하는 모습에, 박승태가 난색을 비친다.

"감독님, 안 되겠는데? 나 오늘 볼 터지는 거 아니에요?"

"터지면 터져야지 뭐 어떻게 해."

"남의 볼이라고 너무 쉽게 얘기하시네."

"난 그런 거 모르고, 연출만 잘 나오면 됩니다! 5분 뒤에 슛 갈게요!"

이현미 감독이 크게 웃으면서 물러나자 박승태가 윤소림을 향해 어깨를 으쓱했다.

"영화 망할 걱정은 안 해도 되겠네."

그러고 나서 주위를 둘러보며 물었다.

"근데 오늘은 너희 대표랑 안 왔어?"

눈에 확 띄는 사람이라서 왔으면 바로 알았을 텐데 보이지가 않아서.

"바쁘셔서요."

"말 좀 잘해줘. 나 너희 회사 갈 거니까."

한쪽 눈을 찡긋하는 그의 모습에 윤소림은 웃기만 했다.

"진짜야. 너희 대표 유명하잖아? 출연작이 하나같이 다 화제가 되는 데다가 역할도 골고루고. 보통 밝은 역 다음으로 바로 이렇게 무거운 거 하기 쉽지 않거든."

이미지 변신은 자칫하면 극과 극의 평가를 받을 수도 있기 때문에 사실 좋은 선택이 아니다.

"너도 부담되지 않았어?"

"대표님이 그러셨거든요. 비슷한 캐릭터만 전전하다가는 함몰될 수 있다고. 그때부터는 시청자들에게 배우의 이미지는 기대감이 아닌 스트레스가 된다고요."

물론 자신만의 캐릭터성을 확고히 함으로써 스스로를 하나의 캐릭터화한 배우들도 있다.

하지만 최고남은 이 말도 덧붙였다.

'그런 선택을 하기에 넌 아직 젊으니까. 가능성을 닫을 필요는 없어.'

윤소림은 최고남의 목소리를 떠올리며 눈을 지그시 감았다.

집중해야 한다.

눈앞에 있는 사람은 선배가 아니라 자신의 일을 사사건건 방해하는 장산그룹 장남 장도진이다.

하지만 이번에는 좀처럼 집중이 되질 않는다.

하필 어제 박승태가 딸을 촬영장에 데려와서 보여줬는데, 그때 딸과 볼을 비비던 모습이 자꾸 떠오른다. 그 뺨을 연거푸 세 대나 때려야 하다니.

한 방에 가야 한다는 부담감도 한몫하고 있었다.

NG를 내면 부은 얼굴 달래는 데 시간도 걸리고, 맞는 배우 입장에서도 본능적으로 움찔하게 된다.

"왜 그렇게 한숨이야? 맞는 사람 무섭게."

"갑자기 따님하고 볼 비비던 게 생각나서요."

"야, 그걸 왜 생각해! 당장 머릿속에서 지워!"

박승태가 엄살을 피우며 호통칠 때, 이현미 감독이 다시 왔다.

"소림 씨 스타일리스트, 화장 좀 고쳐줘요!"

스타일리스트가 카메라 안으로 들어오자, 박승태가 감독에게 하소연한다.

"감독님, 아무래도 나 오늘 죽는 날인가 보다. 그리고 소림이 뺨 때리는 거 처음이래."

"실전이 처음이지 연기 연습 하면서 많이 해봤겠지."

"아, 그냥 시늉만 하자고 할걸."

"진짜 맞겠다고 한 사람이 누군데 그래."

"요즘 윤소림 소속사 대표가 자주 오길래, 한 방에 딱 끝내겠다 싶었지."

현장 사람들은 이제 알고 있었다.

윤소림이 대표와 함께 촬영장에 온 날은 집중도가 훨씬 높다는 것을.

"걱정 마. 한 방에 끝날 거니까."

"뭘 믿고?"

"여태 잘했잖아?"

"배우가 무슨 기곈 줄 아나. 아무리 연기라도 사람 때리는 거 쉬운 일 아니야. 거기다가 감정 대폭발하는 씬인데."

"나랑 내기할래?"

"뭔 내기?"

"한 방에 끝날지 안 끝날지."

"그건 내가 불리하지. 연출 마음인데."

"그건 그러네. 아무튼, 한 방에 끝낼 수 있을 거야. 윤소림도 김유리 못지않게 연기에 미친 애니까."

"김유리? 뜬금없이 걔가 왜 나와?"

빙긋 웃은 이현미 감독은 윤소림에게 다가갔다.

무슨 얘기를 하나 싶어서, 입술을 삐죽 내밀고 쳐다보던 박승태는 고개를 갸웃하며 지켜봤다. 그때, 윤소림의 눈빛이 갑자기 확 달라졌다.

심지어 작은 주먹을 꽉 쥐더니 미간을 찌푸린다.

"뭐야."

대체 무슨 얘기를 했길래.

*　　　*　　　*

「MNC 예능국 회의실」

"할 말 있어?"

"죄송합니다."

정윤찬 피디는 고개가 땅에 닿을 정도로 숙이고 있었다.

"나가봐."

꼴 보기 싫은 낯짝이 물러나자 예능본부장은 한숨을 쉬면서 정윤찬 피디가 놓고 간 경위서를 손에 쥐었다.

왜 윤소림의 안티카페에 가입했는지, 왜 악성 댓글을 달았는지에 대한 경위가 온갖 변명과 함께 적혀 있었다.

"사람 고쳐 쓰는 거 아니라더니. 지난번에 단도리를 쳤어야 했는데."

"사장님이 뭐래요?"

예능 2국장이 눈치를 보며 물었다.

"현직 피디가 악플로 입건된 건 최초 아니냐고 묻던데?"

"후우."

MNC가 발칵 뒤집히면서 예능 2국장은 특히 죽을 맛이었다.

지난번 〈두근두근〉 스캔들 때도 정 피디가 언플 한 거 눈감아 주고 감싸준 게 자신이었기 때문이다.

"홍보부랑 얘기해 봤는데, 정 피디가 가입한 안티카페에 남여울도 있었답니다. 걔도 입건됐고요. 그래서 곧 터질 거라는데……."

"우리가 먼저 터뜨리자고?"

"예, 어차피 터질 기사니까요. 그거 터뜨리면 정 피디 건은 묻힐 겁니다."

2국장 의견에 본부장은 못마땅한 듯 쳐다봤다.

"두근두근 건 잊었어? 그때도 언플 실컷 하다가 역풍 먹었잖아?"

"그거는 조작이었고, 이번 건은 팩트잖아요."

"됐어. 그놈이 그놈인데 잘도 가라앉겠다. 그리고 남여울 걔가 그런 급이나 돼?"

타박을 실컷 하고, 본부장이 다시 말했다.

"아무튼, 사장님은 퓨처엔터하고 아무 일 없는 것처럼 보이게끔 좋은 그림 만들려고 하니까 빨리 의견 좀 모아봐."

댓글창이 난리다. 퓨처엔터가 MNC에 찍혔다느니, MNC의 보복이라느니, 피디 혼자 한 일이 아니라느니.

대외적으로 회사 이미지가 엉망진창이었다.

"그럼 윤소림을 잡아 와야 하는데… 우리는 왜 이렇게 퓨처엔터하고 끈이 없지? SBC는 손주영 본부장이 퓨처엔터 대표하고 만나서 인기차트 무대에 올린 거라면서?"

KIS는 방기룡 국장, TVX는 노용길 본부장이 퓨처엔터 대표와 직라인이라는 소문도 있다.

"왜겠어요. 전 사장님이 정권과 결탁했을 때 피디들이 많이 인사 조치 되면서……."

"어허!"

금기시되는 얘기에 본부장이 곧바로 화제를 돌렸다.

"지금 예정된 게 뭐 있지?"

"윤소림 쪽에서 예능 안 한다고 했다는데, 하겠어요?"

"입맛에 맞는 거 내주면 젓가락질이라도 하지 않겠어?"

에휴.

"어디 보자. 일단 아육대는 배우라서 안 되고, 깨방정 터는 것도 안 한다고 할 테고… 뭐가 있을까?"

2국장의 시선이 회의 테이블 끝자락에 닿았다.

퓨처엔터와 좋은 관계를 유지하고 있는 MNC 피디.

〈3인칭시점〉 조태환 피디였다.

"도네이션 프로그램이 하나 있는데, 그건 어떨까요? 가수뿐 아니라 배우들도 섭외 대상인데."

MNC 특별기획 프로그램 미혼모에게 희망을.

"섭외된 배우 누가 있어?"

"일단 주이래 출연한다고 했고요, 정진모는 고민 좀 해본다고 하고… 그리고 김유리 섭외하려고요."

"김유리?"

"김유리 배우가 미혼모 역으로 데뷔했잖습니까. 기부도 많이 한다고 들었고."

"그건 알아서 하고. 근데, 거기 윤소림이 나와서 뭐 하는데?"

"노래 한 곡 부르고 내려가는 거죠. 근데, 잘만 되면 괜찮은 그림 나오지 않을까 싶습니다. 섭외 대상에 강주희하고 성지훈도 있어서 퓨처엔터에 제안하기도 좋고, 윤소림이 제대로 된 무대에 서는 것도 처음이잖아요."

"하긴. 지금 팬들 윤소림한테 제대로 미쳐 있을 때지. 프로그램이 뭐가 중요해."

위기는 곧 기회.

"근데 자신 있어? 퓨처엔터 대표 설득할 자신 말이야."

"수단과 방법을… 가리지 않겠습니다."

조 피디가 고개를 끄덕이자, 본부장이 의자를 밀어내고 일어났다. 그는 조 피디의 어깨에 손을 턱 올리며 말했다.

"해봐. 필요한 거 있으면 다 말하고. MNC의 운명은 너에게 달렸다."

*　　　　*　　　　*

ㄴ앗싸! 주연배우들 오디션 영상도 올라왔다!

ㄴ유리 언니 연기는 진짜 저세상 클라쓰다. 어떻게 저렇게 삽시간에 몰입하지?

ㄴ상대역 윤소림 소속사 대표라네요. 근데, 미안하다는 한마디가 왜 저렇게 뭉클하죠? 목소리 찐이다.

ㄴ스캔들만 없었으면 진짜 탑인데.

ㄴ또 그 얘기 나오네. 언니가 아니라고 했거든요? 스캔들도 찌라시도.

ㄴ스캔들은 진짜였는데요?

ㄴ당사자가 아니라는데 무슨 헛소리?

주연배우 오디션 영상에 붙은 댓글을 보다가 고개를 들었다.

저승이가 앞에 앉아서 싱글벙글 웃고 있다.

"나 빰 맞은 게 그렇게 재밌냐?"

[재밌다기보다는, 업을 해결하려는 노력이 가상해서요.]

낄낄거리더니.

[근데, 진짜 미안해서 맞으셨어요? 아저씨는 그런 캐릭터 아닌데.]

비아냥거리기까지.

"이유야 어찌 됐든 가족을 건드렸으니까. 맞아도 싸지."

물론 스캔들은 어차피 터질 거였다. N탑이 아니었어도.

세상 어느 연예부 기자가 열애설 스캔들을 컴퓨터에만 담아둘까.

문제는 그 스캔들 이후 김유리한테 아이가 있다는 찌라시가 터졌는데, 고석천에게 확인했더니 그게 사실이라는 것이었다.

대학생 때 아이를 출산했는데 부모님이 대신 키웠다.

아이가 그녀를 엄마로 알았는지 언니로 알고 자랐는지는 모르겠지만 찌라시 이후로 김유리는 아이를 거의 보지 않았다는 것 같다.

아이가 세상에 드러나면 단순한 열애 스캔들 그 이상의 파급이 있을 테니 조심한 모양인데, 작년에 아이가 사고사하면서…….

결국 오갈 데 없는 원망이 향한 곳이 나란 얘기.

[그래서, 계획이 뭐예요?]

이제 어떻게 김유리의 업보를 풀 것인가.

[이번에는 쉽지 않을 것 같은데… 일단 눈 딱 감고 사과부터 하는 건 어때요?]

"그렇게 쉬우면 이 고생을 하겠냐?"

업을 해결하는 것이 용서를 받는 것을 의미하는 건 아니다.

그 사람의 문제를 해결하고 S급 운명으로 나아가게 만들어주는 것이지.

"일단 김유리의 현재 문제점부터 파악해야지."

그러려면 김유리와 가까운 사람을 포섭해야 한다.

[매니저?]

"그날 못 봤냐?"

나를 짐승같이 쳐다보던 김유리 매니저의 눈빛.

협조는커녕 저주나 안 하면 다행이지.

[그럼 매니저 말고 또 누가 있길래…….]

딸랑딸랑.

식당 문에서 종소리가 들리자 저승이가 고개를 돌린다.

마스크에 선글라스를 쓰고, 모자를 푹 눌러쓴 남자가 식당에 들어왔다. 그는 주위를 한번 둘러보더니 곧장 내 자리에 합석했다.

"오랜만이네요, 대표님."

* * *

배우 정진모.

마주 앉은 그가 마스크를 살짝 내려 반듯한 턱에 걸쳤다.

TV에서나 볼 법한 진한 눈동자에 내 모습이 선명하게 비치길래 빙긋 웃었다.

"전화받고 놀랐어요. 갑자기 보자고 하셔서요."

"진모 씨가 유리 씨와 친하다는 얘기를 들어서요. 같은 소속사이시기도 하고."

"친하죠. 선배가 절 많이 예뻐하시거든요. 제가 어디 가서 미움받는 스타일은 아니잖아요? 하하."

"그래서 부탁 좀 드리려고 합니다."

내 말에 정진모가 테이블에 상체를 기대며 고개를 가까이 했다. 그러더니 개구쟁이처럼 눈이 휘게 웃으며 날 잠깐 쳐다봤다.

"진짜세요? 유리 선배를 영입하려고 하신다는 게?"

"예. 제가 김유리 배우한테 미쳤거든요."

나는 고개를 끄덕이며 말했다.

그러자 저승이가 무슨 소리냐는 듯 쳐다본다.

[진짜 계약할 거예요? 연습생들은 아직 데뷔도 못 했는데? 무슨 몸이 열 개는 되시나 봐요?]

'적당히 핑계 댄 거야.'

그냥 무턱대고 보자고 할 수는 없는 노릇이니까.

하지만 업보가 해결이 안 되면 가까이 둬야 할지도 모르는 일.

"쉽지 않으실 텐데요. 회사가 안 놔줄걸요?"

"플레이리스트 때 잊었어요?"

삼고초려 끝에 성지훈의 마음을 돌렸다.

윤소림과 프로그램을 같이한 정진모는 누구보다 그 사실을 잘 알 것이다.

"근데 이러면, 제가 회사 배신하는 건데……."

"배신이라뇨. 배우가 계약 끝나고 회사 옮기는 건 당연한 권리인데."

"흠, 계약금은 얼마나 생각하고 계신대요?"

글쎄, 지금 김유리급이면 이 정도?

다섯 손가락을 쫙 펴서 내밀자, 정진모는 눈썹을 추켜올리고 저승이는 혀를 내두른다.

[5억이면… 짬뽕이 몇 그릇이야.]

'김유리 정도면 계약금보다는 정산 비율이 더 중요하지.'

아무튼, 아랫입술을 괴롭히며 고민하는 정진모를 두고 나는 메뉴판을 집었다.

“전화로 얘기했듯이 거절하셔도 됩니다. 어차피 진모 씨한테 밥 한번 살 생각이었으니까. 일단, 식사 먼저 하고 얘기할까요?”

메뉴판을 펼치려는데.

“그 전에 말씀하신 것부터… 가져오셨죠?”

나는 메뉴판을 든 채로 굳어버렸다.

“정말 꼭… 그거여야 합니까?”

“제가 가지려는 게 아니라 제 동생 때문이라니까요.”

“하지만…….”

“지난번에도 말씀드렸지만, 제 동생이 팬클럽에도 가입된 진골팬이에요. 아주 미쳤어요, 미쳤어. 형이 톱스탄데, 나는 아주 똥으로 본다니까요?”

한숨 한번 쉬고 별수 없이 안주머니에서 그걸 꺼냈다.

느릿느릿 내미는데 손이 떨린다.

역시 이건 아니다. 아무리 생각해도 이건.

후회하는 그 순간, 정진모가 포토 카드를 딱 붙잡고 눈을 희번덕거린다.

“낙.장.불.입.”

젠장.

*　　　*　　　*

「N탑 홍보 2팀」

'찌라시요?'

'응. 그때 김유리 스캔들 기사 내고 바로 찌라시 떴잖아. 그거 출처가 어디였는지 좀 알아봐 줘.'

홍보 2팀 박수경 팀장은 모니터 화면에 김유리의 사진을 띄워놓고 최고남과의 전화 통화를 떠올렸다.

'할 수 있겠어?'

'어려운 건 아닌데, 대표님이 아는 기자들 통해도 금방 아실 수 있을 텐데요.'

'그렇긴 한데, 이번 일은 외부에서 알게 하고 싶지 않아서 말이야. 갓슈 음주 운전 덮으려다가 벌어진 일이기도 하고. 수경 씨가 좀 도와줘.'

일단, 그래서 부탁을 받긴 했는데…….

지금 와서 찌라시의 출처를 알려는 이유가 뭘까.

안다고 달라질 것도 없고, 그걸로 뭘 할 수 있는 것도 아닌데.

궁금해서 입술만 빨아들이고 있을 때, 파티션 너머에서 얼굴이 불쑥 들어왔다.

언제 왔는지 매니지먼트 사업부 1팀장이 첩보요원처럼 주위를 살피며 쭈뼛쭈뼛 서 있었다. 그러더니 은밀하게 묻는다.

"진짜야? 최 대표님한테 연락 왔다는 게?"

"딴 사람한테 얘기 안 했죠?"

"안 했지. 그래서 뭐래?"

"갑자기 예전에 김유리 찌라시 돌았던 거 있잖아요? 그거 출처 좀 알아봐 달라고 하시더라고요."

왜인지 모르겠지만, 박 팀장도 속삭여서 말했다.

"이유는?"

"그걸 모르겠다는 거죠."

"뭐 딴 거 얘기한 거는 없고?"

재차 묻자, 박 팀장이 손가락을 튕겼다.

"외부에서 알게 하고 싶지 않다고 하더라고요."

"그럼 뭔가 은밀히 추진하는 게 있다는 건데."

뭘까, 미다스의 손이 남몰래 하려는 게.

"아, 기사 봤어? 성지훈 1억 기부한 거."

그 말인즉 컴백하고 불과 두어 달 만에 억, 그 이상의 수익이 났다는 얘기.

"1억이야 뭐."

"하긴, 지금 돈을 쓸어 담는데 1억은 우습지. 류 작사가 걔는 고시원 생활 청산하고 집 계약했다더만."

"고시원이야 유유가 수정 씨 데려온 날 바로 정리해 줬잖아요?"

"말이 그렇다는 거야. 아무튼 성지훈은 예상보다 롱런할 것 같아."

"발라드는 올라가기 어려워서 그렇지 한번 올라가면 추세가 기니까요. 성지훈 신곡 아직도 톱텐에 있잖아요."

"진짜 대단하다. 이런 말은 좀 그렇지만, 한물간 스타를 끌어온 것도 대단한데, 톱티어로 만들었잖아? 이건 그냥 미친 거야."

그러니 최고남이겠지만.

1팀장은 침까지 튀겨가며 얘기를 계속했다.

"이 추세면 회사 몸집 불리는 거 순식간인데… 이쯤에서 대형 스타 하나 영입하면 딱이겠네."

"대형 스타요?"

"그래. 화제 될 만한 급의 배우 하나 영입하면 회사 네임 밸류도 빡 올라가고, 이슈도 되고 말이야."

"아."

순간, 1팀장과 박수경 팀장은 서로를 보며 동시에 탄성을 터뜨렸다.

최고남이 김유리에 대해서 알아보는 이유가 그래서였구나 싶은데, 박 팀장이 눈을 말똥말똥 뜬다.

"근데, 너무 서두르는 거 아닐까요? 퓨처엔터 이제 겨우 적자 벗어났을 텐데."

"내 생각에는 말이야."

귀를 쫑긋.

"지금 유유가 작업하는 곡도 최 대표님 애들 거잖아? 근데 우리 대표님이 둘이 작업하는 걸 그냥 내버려 두는 거 보면 말이지… 우리가 퓨처엔터와 합병할 수도 있지 않을까? 그렇게 되면 퓨처엔터 입장에서도 몸집 불려서 몸값 높여야 할 테고."

놀라운 사실을 캐치했다는 표정으로 1팀장은 다시 말했다.

"만약 그렇게 되면… 최고남 대표는 실질적인 N탑의 2인자가 되는 거지."

"설마……."

"흙먼지를 일으키며 떠난 탕아가 N탑에 돌아온다?"

1팀장이 주위를 한번 둘러보고 속삭인다.

"줄을 잘 서야지."

*　　　*　　　*

"그러니까, 윤소림 소속사 대표를 왜 만났냐고."

옆에 앉아서 레이저를 쏘아대는 매니저의 모습에 정진모는 두 귀를 막고 소리쳤다.

"아아아아!"

"얘기해!"

매니저가 완력으로 정진모의 손을 귀에서 떼려고 하는 바람에 두 사람은 소파에서 한바탕 뒹굴다가 서로 지쳐 떨어졌다.

"에잇, 말하지 마! 언제는 서로 비밀 같은 거 없이 터놓자더니만!"

"비밀은 형이 먼저 만들었지. 나 몰래 이건혁 팀하고 미팅을 가지셨던데? 내가 모를 줄 알았지?"

"당연한 거 아니야? 나 엄청 잘나가는 매니저야! 그러니까 탐을 내지."

"오오, 그러세요? 그래서 옮기기로 하셨나 봐요?"

"퍽이나! 싫다 그랬지! 내 배우 두고 어딜 가냐?"

"진짜야?"

정진모의 못 미더워하는 시선에 매니저는 괜스레 목을 쓸었다.

실은 계산을 해보니 이건혁 팀에 가면 하나부터 열까지 다시 배우에게 맞춰줘야 하니 귀찮을 것 같아서…….

"팀장님한테 가서 물어봐라! 내가 어떤 사람인지. 의리와 신뢰 빼면 저체중이야, 저체중!"

아무튼 기세등등하게 혀를 찬 매니저는 정진모를 찌를 듯이 턱을 뾰족하게 내밀었다.

"그랬는데, 배우는 그런 매니저의 깊은 속마음도 모르고 이렇게 비밀을 꽁꽁 만들고……."

"알았어, 알았어! 얘기할게."

정진모가 자세를 바로 했다.

그렇게 한참 동안 입을 꾹 다물고 눈만 껌뻑거리다가 입을 열었다.

"비밀이야. 우리 둘만 아는."

"오케이, 비밀."

약속하고.

"실은… 최고남 대표님 만나고 왔어."

"윤소림 소속사 대표?"

"어."

"그 사람이 왜?"

"유리 선배하고 계약하고 싶다는 거야. 선배 이번 드라마 끝나면 계약만료잖아. 그래서 뭐 이것저것 물어보더라고."

"선배 데려가려면 계약금 한두 푼으로 안 될 텐데."

"10억은 베이스로 깔고 있던데?"

"10억?"

"어. 오른손을 이렇게 두 번 내밀더라고. 아니, 세 번이었나?"

그때의 상황을 재연하는 정진모를 바라보는 매니저.

하긴, 잘나가는 배우에게 계약금 10억은 우스운 일.

김유리가 한창 잘나갈 때는 광고 한 편에 그 정도 금액이 오갈 때도 있었으니까.

하지만 활동을 쉰 기간이 좀 되는 데다가 요즘 치고 올라오는 새 얼굴들도 많아서 10억은 과한 면이 있었다.

더구나 재작년 터진 스캔들로 광고도 많이 끊겼고.

그래서 회사 내부에서도 김유리에게 목매지 않고 있었는데…….

"그래서 무슨 얘기 했어?"

"이상한 걸 물어보더라."

"뭐?"

"가족하고 사이가 좋은지, 왕래는 자주 하는지. 뭐 그런 거?"

정진모의 얘기에 매니저는 고개를 끄덕이며 속삭였다.

"가족부터 공략하겠다는 거구나."

퓨처엔터가 김유리를 영입하기 위해서 본격적으로 뛰어들겠다는 신호라고 봐도 무방할 것 같았다.

"형, 이거 비밀이다."

"어."

매니저의 대답에 정진모가 인상을 찌푸린다.

"천장 보지 말고!"

.

.

.

"뭐? 15억?"

"예, 진모 말로는 10억 얘기했다는데, 대놓고 오픈할 정도면 15억까지는 봐야 하는 거 아닐까요?"

경영이사의 얼굴이 자못 심각해졌다.

계약 방식이야 다양하지만, 보통 큰 계약은 스타가 3년간 벌어들일 금액의 30프로 정도 선에서 계약금을 제시한다.

그러니까, 퓨처엔터 대표는 김유리를 40~50억짜리로 봤다는 건데…….

"김유리 걔는 연기 뭘 안 나온다고 1년에 한 작품 할까 말까 한 앤데. 더구나 스캔들 터지고 나서 광고도 다 잘렸고 말이야."

혹시나 해서 이번에 컴백할 때 물어봤다.

스캔들 터진 지도 좀 됐으니까 활발한 활동을 기대해도 되겠냐고.

아니나 다를까, 김유리는 드라마 외에는 활동하지 않겠다고 차갑게 선을 그었다.

"그런 애를 데리고 무슨 50억을 벌어들여?"

"근데, 상대가 최고남 대표잖아요."

경영이사의 시름이 깊어진다.

"15억이라."

퓨처엔터에서 15억을 제시했다면, 스타두 엔터가 김유리와 재계약을 하기 위해서는 못해도 그 이상을 제시해야 한다는 얘기.

"그럼, 벌써 접촉했으려나?"

"아마도."

*　　　*　　　*

뛰어놀던 꼬마가 나와 부딪치고 이마를 매만진다.

"괜찮아?"

나는 선글라스를 벗으며 꼬마를 내려다봤다.

꼬마가 눈치를 보다가 도망치듯 멀어진다. 그 모습을 잠깐 보다가 눈앞의 식당을 바라봤다.

한적한 길가에 있는 작은 냉면집이었다.

[여배우 어머니가 하는 식당 같지는 않네요.]

저승이가 옆에서 스윽 모습을 드러낸다.

함께 식당으로 들어갔다. 문을 열고 들어가자 훈훈한 온기가 확 다가온다.

널린 게 빈자리라 아무 데나 앉아서 기다려도 사람이 나오질 않는다.

잠깐 기다렸더니 문이 열리고 머리가 희끗희끗한 여자가 들어왔다.

추위 때문에 몸을 한번 떨고 나서 나를 쳐다본다.

"아이고, 손님 계셨네. 오래 기다렸어요?"

"방금 왔습니다. 비빔냉면하고 고기 100그램 세트 하나 주세요."

"금방 나오니까 조금만 기다려요."

그녀가 리모컨을 들고 TV를 켰다.

혹시나 윤소림이 나올까 싶어서 봤지만 보험 광고만 나오고 있었다.

묻지도 따지지도 않는다는…….

"쉬는 중이셨어요? 손님이 없네요."

넌지시 물었더니, 주방에서 달그락거리는 소리와 함께 목소리가 이어졌다.

"그러게요. 날이 추우니까 발길이 뚝 떨어지네. 그래도 우리 집이 여름에는 장사가 잘돼요. 맛집으로 소문났다니까."

"저도 인터넷 리뷰 보고 왔어요."

"그래요? 이거 많이 드려야겠네."

그 말에 저승이가 입맛을 다신다.

[먹고 하면 안 될까요?]

'우리 일하러 왔다.'

눈살을 찌푸렸더니, 저승이가 불만을 한가득 쏟아내고 입술을 푸르르 떤다. 꺾어진 앞 머리카락이 바람에 흔들리듯 들떴다가 내려앉는다.

'이번에는 성공해라.'

[거참, 믿지를 못하시네. 김유리는 내면이 워낙 어두워서 실패했던 거라니까요. 기억을 들여다보는 것은 저승사자의 권한입니다.]

그리고 날 도와주는 것은 관리자로서의 의무.

마주 앉아 있던 저승이가 천천히 내 몸에 들어온다.

반빙의 상태가 됐을 때, 입안에 침 고이게 하는 비주얼의 비빔냉면과 고기가 테이블에 놓였다.

"자, 여기 있습니다."

식기를 내려놓는 때를 맞춰 나는 그녀의 손과 우연을 가장해 부딪쳤다.

순간, 그녀의 기억들이 눈앞에 펼쳐진다.

―미친것아! 연기에 미쳐서 지 딸내미도 안 보겠다는 게 지금 그 입으로 할 말이야!?

*　　*　　*

"미친것아! 연기에 미쳐서 지 딸내미도 안 보겠다는 게 지금 그 입으로 할 말이야!?"

언성이 높아지자 또다시 딸은 눈을 질끈 감았다.

"안 보겠다는 게 아니잖아. 조심해야 한다고."

"그래서? 애를 미국에 보내라고?"

"요즘 애들 조기유학 하는 거 특별한 일도 아니야. 엄마도 같이 가서 지내면 되잖아? 내가 생활비 다 보내줄게. 언제까지 이런 구닥다리 같은 곳에서 냉면이나 팔 거야?"

딸이 신경질적으로 가게를 둘러본다.

낡은 인테리어, 때 타고 칠이 벗겨진 의자, 세월이 묻은 주방 식기들을 볼 때마다 딸은 인상을 찌푸렸다. 그리고 이런 얘기가 나올 때마다 오가는 대화는 도돌이표처럼 항상 같았다.

"냉면 팔아서 너 키우고 대학 보낸 거야, 이것아! 젖먹이 아이 등에 업고 하루가 어떻게 지나가는지도 모를 정도로 일해서……."

"그러니까! 그러니까 이제 그만하고 예빈이하고 같이 미국에서 편히 지내라고!"

결국 또 딸을 화나게 하고 말았다. 안 되겠다 싶어서 설득을 해본다.

"그럼 예빈이 중학교 졸업할 때까지만 있자. 지금도 네 얼굴 한 달에 한 번 볼까 말까 한데, 애 크면 너 원망받아, 이것아."

"그때라고 다를 것 없어. 그냥 빨리 가."

"애 아빠는 뭐라는데?"

"그 사람이 여기서 왜 나와?"

"왜 나오냐니! 엄마 아빠라는 인간들이 애가 어떻게 살고 있는지, 마음이 어떤지 같은 거 궁금하지도 않아? 니들이 사람이야?"

"그만 좀 해. 나도 지쳐."

"네가 뭐가 지쳐? 예빈이 기저귀 한 번을 갈아봤어, 젖병을 한 번 소독해 봤어? 낳자마자 촬영 들어간다고 여기 맡기고 도망친 게 너야."

"엄마가 뭘 알아? 나라고 여기까지 쉽게 올라온 줄 알아? 지금도 기회 한 번 잡지 못하고 극단에 붙어사는 친구들이 수두룩해! 연기는 쉬운 줄 알아? 일상에 조금만 변화가 생겨도 집중을 못 해. 그러니까 제발, 내가 일만 할 수 있게 해줘. 어?"

"그럼 아예 예빈이가 네 눈앞에서 영영 안 보이면 속이 시원하겠니?"

"제발 좀 그래 줘!"

그때였다.

문 너머에서 뭔가가 툭, 떨어지는 소리가 났다.

두 사람은 동시에 고개를 돌렸고 작은 발소리가 멀어졌다.

.

.

.

"할머니, 엄마 예쁘다."

아이는 TV에서 눈을 떼지 못했다.

"엄마 나오니까 좋니?"

"응."

"너 보러 오지도 않는데 뭐가 좋아?"

"엄마는 배우니까."

배우가 뭔지는 알까 싶은데, 예빈이는 방실방실 웃기만 한다.

"설거지만 끝내고 들어가자. TV 보고 있어."

엄마 소리 한번 하지 못하는 손녀딸이 불쌍해서 가슴이 답답하다. 주방을 대충 치우고 가게 문을 닫을 생각이었다.

그런데 이것저것 하다 보니 또 시간이 흘렀다.

"어휴, 내 정신 좀 봐. 예빈이 기다릴 텐데."

급하게 손을 닦고 주방을 나왔다.

"얘는 아직도 밖에서 노는 거야?"

가게 안에 없길래 밖으로 나가봤지만 아이는 보이지 않았다.

대신 멀찍이 떨어진 도로에 사람들이 둥글게 모여서 웅성거리는 게 보인다.

하늘에서는 눈이 내리고 있었다.

*　　　*　　　*

[톱스타와 함께하는 산티아고 순롓길팀 회의 중]

부욱.

회의실에 붙어 있던 안내 용지가 쭉 찢어지면서 너덜너덜해졌다.

[특별기획 '미혼모에게 희망을'팀 회의 중]

조태환 피디는 떼어낸 자리에 새로운 안내 용지를 붙이고 생각했다.

'어떻게 해야 최 대표를 설득할까.'

사실 정윤찬 피디의 악플 문제야 욕 좀 먹고 시간 좀 지나면 흐지부지될 일이다.

방송국 놈들 욕먹는 거 하루 이틀 일도 아니고, 대중들 기억력이야 아메바 수준이니까.

오히려 조 피디는 이번 일을 기회라고 생각하고 있었다.

최고남도 정윤찬 피디가 악플러란 사실은 의외였을 것이다.

MNC와 겨우 관계 개선이 이뤄진 상황에서 꽤나 난감할 터.

그러니 이쪽에서 먼저 숙여주면서 제안을 한다면 저쪽은 아무리 바빠도 출연을 고려할 수밖에 없을 거다. 알아보니 영화 촬영도 슬슬 마무리 단계에 이른 것 같고.

"응?"

문을 열고 들어간 조 피디는 멈칫했다.

정 피디가 안에서 멍때린 채 앉아 있었기 때문이다.

그 앞에는 산티아고 순롓길을 조사한 자료들이 한 무더기.

"선배."

다가가자, 그가 힘없이 고개를 든다.

그 모습을 보고 조 피디는 측은해져서 물었다.

"왜 그러셨어요?"

"나도 모르겠어. 어느 순간부터 멈출 수가 없더라고."

정 피디는 두 손으로 머리를 감쌌다.

처음에는 최고남에 대한 분노였는데, 어느 순간 윤소림 안티카페에 드나드는 것이 일상이 되어버렸던 지난날.

"내가 돌았지. 최고남이 도대체 뭐라고."

정신을 차린 것은 경찰서에서 걸려온 전화 한 통을 받은 뒤.

등줄기에 식은땀이 흐르면서 아차 싶었던…….

뒤늦은 후회에 한숨을 내쉬는 그때, 경쾌한 목소리가 문 밖에서 이어졌다.

"어? 벌써 떼버렸네?"

"에이, 내가 떼려고 했는데."

"솔직히 산티아고가 말이 돼요? 돈은 돈대로 들고, 시청률은 역대 최저 시청률로 기록됐을걸요?"

"감이 떨어져서 그래, 감이."

힘찬 발걸음으로 들어오는 버섯처럼 동그란 머리의 여자, 파마머리의 여자, 두꺼운 안경을 쓴 여자, 그 외 기타 등등.

〈두근두근〉 메인피디에서 내려올 때 데려온 작가들이었다.

입들이 거칠고, 틈만 나면 영수증 처리해 달라고 징징 짜지만, 그래도 의리 있게 따라와 줬던 작가들이 왜 여기에?

"니들… 그새 배신한 거냐?"

"그게 어때서요?"

"야! 내가 니들한테 얼마나 잘해줬는데!"

"우리도 먹고살아야죠!"

소리 질렀던 정 피디가 되레 움찔한다.

"피디님은 숨만 쉬어도 월급 나오지만 우리는 프로그램 잘려서 원고료도 못 받았거든요? 영수증도 빠꾸 먹고!"

정직원인 피디와 달리 방송작가들은 상근직이나 다름없는 프리랜서라서 프로그램에서 잘리면 오갈 데 없는 신세가 된다. 중간에 낙오된 철새 같은 신세가 되는 것이다.

"그래, 너희들 마음대로 해라! 아, 너 방송작가 그만두고 네 글 쓴다고 그랬지? 어디 한번 그거 잘되나 보자!"

"잘될 거거든요? 감 없는 누구와 달리 저는 아직 아이디어가 샘솟거든요?"

"아후!"

서로 으르렁거리는 그들의 모습에 조 피디는 한숨을 나직이 쉬었다.

'개판이네.'

그리고 꼭 이럴 때 중요한 사람이 도착한다.

"아, 오셨어요?"

언제 왔는지 최고남 대표가 문 앞에 서 있다.

정 피디가 눈동자를 굴리다가 자리에서 일어났다. 지옥에 끌려가는 듯한 얼굴로 최고남에게 다가가 손을 내미려는데 그냥 스윽 지나쳐 버린다.

멋쩍었는지 정 피디가 제 머리를 쓸어 올리며 밖으로 나가려고 했다. 그런데 최고남이 그를 불렀다.

"정 피디님."

"예?"

세상 밝아진 얼굴로 돌아본 그에게 최고남이 한 무더기의 서류를 불쑥 내민다.

"이거 피디님 것 아닙니까? 피 같은 자료일 텐데, 가져가셔야죠."

조 피디는 얼굴을 찌푸렸다.

빙긋 웃는 최고남의 웃음이 너무 잔인해 보여서.

*　　　*　　　*

"클립 영상 조회수가 그냥 대박이에요."

조 피디가 내민 태블릿에서 〈3인칭시점〉의 클립 영상이 나오고 있었다.

유병재가 엄청 큰 양고기 스테이크를 썰고 있다.

옆에서는 은별이가 플라스틱 포크를 양손에 쥐고 군침을 흘리고 있고.

방송이 나가고 나서 양고기 가게 매출이 급상승하고 몇 달 예약이 꽉 찼을 정도라고 하니 말 다 했지.

"병재 씨, 반고정 제안 생각해 보셨어요?"

조 피디는 그뿐 아니라 성지훈과 오성식 매니저의 출연까지 제안했다.

보통 방송국 놈들이 이렇게 후한 제안을 할 때는 두 가지의 경우다.

시청률이 잘 나오거나, 부탁할 게 있을 때.

"이거 왠지, 넙죽 받으면 탈 날 것 같은데요?"

"아하하."

뒷머리를 긁으며 멋쩍어하던 조 피디가 기획안 하나를 수줍게 내밀고 눈썹을 껑충 올린다.

역시, 탈 날 것 같다.

조 피디가 내민 기획안은 교양 프로그램이었다.

그런데 하필 주제가 미혼모일까.

[운명은 자석 같은 거니까요.]

내가 김유리의 일에 관여하면서 이 기획안이 나에게 달라붙었단 얘기인걸까.

일단 프로그램 구성부터 살폈다.

크게 두 개 섹션으로 나뉘어 있었다.

출연자들 무대, 미혼모 사연.

"전화 모금이면, 한 통에 얼마 하는 그런 거 말인가요?"

"그건 최소 단위고요, 계좌 입금도 가능합니다."

조 피디가 진지하게 이야기를 꺼냈다.

프로그램 기획의도에서부터 소외받은 계층에서 벌어지는 일들 같이 무거운 얘기들이 흘러나왔다.

"소림 씨가 스케줄이 바쁜 건 알지만, 이번에 꼭 출연해 주셨으면 합니다."

"방송은 언제예요?"

"크리스마스에 방송할 겁니다."

그쯤이면 〈장산의 여인〉 촬영도 끝물이고, 솔직히 연말쯤에 방송에 얼굴을 한번 비칠 생각도 있지만…….

굳이 MNC에? 그래야만 하는 이유가?

심드렁하게 턱만 받치고 쳐다보고 있자, 작가들이 서로 눈짓하고 입을 열었다.

"전국에 미혼모와 미혼부 숫자가 3만 명 정도 된다고 하더라고요. 소림 씨가 출연하면 그분들에게 큰 힘이 될 거예요. 아무래도 어떤 스타가 출연하느냐에 따라서 기부금 액수가 달라지니까요."

재차 눈만 껌뻑이자, 작가들이 바빠졌다.

"돈 얘기가 좀 거북하시죠?"

"아닙니다. 돈으로 젖값을 대신하기도 하는 세상이잖아요. 저 역시 최대한 많이 후원받아서 사회적약자들에게 돌아갔으면 좋겠습니다. 근데……."

"예?"

"그것도 시청률이 제법 될 때나 얘기죠."

만약 천만 명이 보는 프로그램이라면 1프로만 전화를 해도 2천 원 곱하기 10만 명이니 2억의 기부금이 생기겠지만, 만 명도 안 보는 프로그램에서 1프로라면 방송국 오가는 기름값도 안 나온다.

"솔직히 소림이가 나간다고 의미가 있을까 모르겠네요."

"대표님은 소림 씨를 너무 과소평가하시네요. 올 한 해 윤소림만큼 두드러진 성장세를 보인 연예인도 없었어요. 분명 화제가 될 겁니다."

나는 확답을 하지 않고 질질 끌면서 기획안을 바라봤다.

젠장, 이게 또 빛이 나네.

도네이션 프로그램이 빛이 날 이유가 있을까?

더구나 단발성 프로그램인데.

과연 여기 출연한다고 윤소림이 화제 될 일이 있을까 싶었다.

잠깐. 내가 어떻게 빛을 볼 수 있는 거지?

"대표님?"

"그러니까, 기획의도도 좋고, MNC의 배려도 고맙지만… 글쎄요. 단발성 프로그램에 피디님이 어느 정도 쏟고 있는지도 모르고."

순간 조 피디의 표정이 변했다.

"대표님, 이 프로그램 생색내기용 아닙니다. 저 정말 심혈을 기울일 각오가 돼 있습니다."

어라? 빛이 조금 더 진해지잖아?

나는 다시 물었다.

"근데 주제도 그렇고, 프로그램 접근 자체가 너무 무거워요. 연휴에 시청자들이 편하게 볼 수가 없겠는데요?"

"대표님 생각은 어떠신데요?"

눈을 깜빡거리던 조 피디가 기획안을 재차 훑어보며 물었다.

"제가 뭘 알겠어요. 그냥 시청자 입장에서는 재밌는 걸 보고 싶은 거죠. 요즘은 투표 방송도 재밌게 하는 시대잖아요? 아바타 나오고, 게임처럼 후보들끼리 싸우기도 하고."

"재밌게라."

"예. 어두운 면보다는 밝은 면을 부각하자는 거죠."

"저도 그 생각을 안 해본 건 아닌데, 도네이션 프로그램 형식상……."

정장 빼입은 MC와 마네킹 같은 방청객들, 그리고 절로 채널을 돌리고 싶어지는 진지하고 차분한 분위기.

"글쎄요. 여기 작가님들, 예능 쪽에서 한 가닥 하셨던 분들 아닙니까?"

나는 마주 앉은 작가들을 바라보며 다시 얘기했다.

"그런 인재들을 두고 굳이 흔한 패턴을 답습할 필요가 있을까 싶네요. 피디님이 알아서 잘하시겠지만요."

조 피디가 기획안을 덮는다.

파란빛을 넘어서 하얀 빛이 눈부시게 흘러넘쳤다.

*　　　*　　　*

「스타두 엔터테인먼트 임원회의실」

"뭐? 최고남이 김유리 모친 가게도 찾아가고, 고석천도 만났었다고?"

"예. 진짜 김유리 데려갈 생각인 모양입니다."

본격적인 움직임.

"미꾸라지 한 마리가 흙탕물을 만들고 있네."

임원들이 눈살을 찌푸린다.

신생기획사들이 가끔 무리해서 일을 벌일 때가 있다.

이렇게 되면 배우들 몸값이 천정부지로 올라가는 데다가 대중들도 좋게 보지 않는다.

반평생 열심히 살아봐야 월급으로 집 한 채 사기 힘든 세상인데, 연예인이 계약금으로 십수 억을 받는다고 하면 좋을 리가 있나.

"퓨처엔터가 그럴 만한 돈이 있나?"

"N탑에서 그런 소문이 돈답니다."

경영이사는 미간을 잔뜩 찌푸리고 말했다.

"무슨 소문?"

"퓨처엔터가 N탑에 합병된다는 소문이요."

"그거네! 합병되기 전에 몸집 불리겠다는 거네."

임원들이 고개를 주억거린다.

"그런데 왜 김유리야? 윤소림이나 돌리지."

"그렇지 않아도 윤소림이 MNC랑 손잡고 본격적으로 방송활동한다는 소문이 자자합니다."

상암의 박쥐들이 열심히 퍼 나르는 소문.

"문제는, 김유리가 넘어가면 다른 배우들이 동요할 거라는 거죠. 스타두가 퓨처엔터에 밀리는 그림이 만들어질 수도 있고."

임원들의 눈이 번쩍 뜨인다.

"그래서, 저쪽이 김유리 몸값으로 얼마 생각하고 있다고?"

경영이사는 오른손을 천천히 들었다.

다섯 손가락을 쫙 펴고, 천천히 세 번 흔들자 누군가의 분개한 목소리가 흘러나왔다.

"미쳤구만."

*　　　*　　　*

—형님, 그럼 또 전화드릴게요, 항상 몸 건강하시고요! 싸랑합니다!!

전화가 끊어지고, 나는 고개를 갸웃했다.

"뭐지."

갑자기 N탑 직원들에게서 안부 인사가 걸려오는 이유가 뭘까.

심지어 매니저들뿐 아니라 AR팀 직원까지.

도무지 알 수 없는 전화 행렬에 의아해할 때 한 통의 전화가 더 걸려왔다.

[정진모]

전화를 받기 무섭게 흥분한 목소리가 흘러나왔다.

—대표님, 오늘 MNC 작가들하고 만나기로 했거든요? 거기에 누나도 참석하니까 근처 지나다가 들른 것처럼…….

"아니, 안 그래도 되는데."

김유리에 대해서는 지금까지 충분히 알아봤다.

그녀의 문제점을 알기 위해서 고석천도 만나봤고, 모친이 장사하는 가게도 찾아가 봤으니까.

—걱정 마세요. 제가 우 팀장님도 정리할 테니까. 그러니까 이번에 꼭 잡으세요. 제가 드리는 기회입니다!

"아니, 진모 씨."

일방적으로 얘기하고 정진모는 전화를 끊어버렸다.

얘는 왜 이렇게 오버하는 걸까, 생각하며 핸드폰을 내려놓고 TV를 바라봤다.

야외 촬영이 잦은 영화 촬영의 특성상 배우 매니저라면 일기예보는 빼놓지 말고 살펴야 한다.

—기상청은 올겨울 들어 두 번째 한파주의보를 발표했으며, 서울과 경기 남부에도 대설주의보가 발령되었습니다.

*　　　*　　　*

「청담동, 한식당 앞」

선팅이 짙은 차 안에는 기자들이 타고 있었다.

특종을 건지기 위해서였다.

"여기 맞아? 왜 이렇게 안 와?"

"김유리하고 정진모가 자주 오는 곳이래요. 지배인이 식당 직원들한테 입조심하라고 신신당부했다고 하더라고요."

"하여간 김유리 대단하네. 이번에는 연하라니."

"덕분에 신년 1월 1일은 떠들썩하겠네요."

기자들은 S급 배우들의 열애설을 기대하며 무료한 시간을 핸드폰 게임으로 달랬다.

하늘에서 눈이 조금씩 흩뿌려질 즈음에야 고급 세단이 헤드라이트 불빛과 함께 주차장에 들어왔다.

"오케이, 정진모 도착."

카메라 뷰파인더에 눈을 가져간 기자는 차에서 내린 연예인을 보며 회심의 미소를 지었다.

바로 이어서 하얀 밴이 식당에 들어왔다.

그 안에서 내린 연예인은 김유리.

두 연예인이 주차장 한가운데서 당당히 얘기를 나눈다.

곁에는 매니저로 보이는 여자가 있었는데, 딱히 제지하지 않고 있었다.

"뭐야. 아닌가."

분위기가 예상과 다르게 흘러가자 카메라 셔터를 누르던 기자는 눈살을 찌푸렸다.

그때 또 다른 차가 들어오더니 이번에는 여자들이 우르르 내렸다.

기자는 차창을 잠깐 내려서 귀를 기울였다.

"벌써들 오셨어요?"

"어서오세요, 작가님!"

반갑게 인사들을 나누고 식당으로 들어가는 그들을 보면서 기자는 카메라를 내려놓았다.

"뭐야. 프로그램 미팅인 것 같은데?"

.

.

.

"저 화장실 좀."

얼굴이 빨개진 정진모가 휘청거리며 일어났다.

"너 괜찮아? 급하게 마시더라니."

김유리의 타박에도 헤, 하고 웃더니 콧잔등을 찡긋한다.

"제가요, 요즘 기분이 좋아요."

"어휴, 그래?"

"제가 포토 카드를 얻었거든요. 그거, 진짜로 구하기 힘든 건데."

"포토 카드?"

"헤. 포.토.카.드. 포토 카드!"

완전히 맛이 가서 헤롱거리는 정진모.

김유리가 우예지 팀장에게 눈짓했다.

"예지야, 안 되겠다. 얘 빨리 데려가."

"언니는요?"

"난 술 안 마셨잖아."

"그럼, 진모 매니저 집이 이 근처니까 거기 떨구고 다시 올게요."

"그래."

"나 안 가. 오늘 기분 째져, 누나!"

"야, 작가님들 계신 거 안 보여?"

정진모가 우 팀장에게 끌려 나간다.

"진모가 많이 취했네요. 이런 적이 없는데."

"두 분이 진짜 친하신가 봐요?"

"진모가 선배들한테 잘해요. 저도 딱히 친한 연예인은 없는데, 진모랑은 가끔 만나서 얘기하고 그러거든요."

자리가 정리되고 김유리는 작가들과 다시 자리에 앉았다.

"그래도 정말 다행이네요. 저희는 유리 씨가 스케줄 때문에 못 할까 봐 걱정했는데. 원래 유리 씨 연기 들어가면 집중하느라 다른 거 절대 안 한다고 들었거든요."

그러자 김유리가 손사래를 친다.

"옛날 얘기에요. 요즘에는 할 거 다 해요. 술도 마시고, 영화도 보고, 잠도 실컷 자고. 지난번에는 이틀을 내리 잤다니까요? 후후."

최고남의 뺨을 때린 날.

연습실에서 밤을 새우고 일어나서 정신의학과에서 타 온 약과 수면제를 한 움큼 먹고 잠들었다. 깨어보니 이틀이 지나 있었다.

"근데, 달라진 기획안 재밌네요. 처음 보여주신 건 딱딱했었는데."

김유리가 프로그램 기획안을 흥미롭게 들춰보는 이때, 작가들 입에서 귀에 거슬리는 이름이 흘러나왔다.

"윤소림 소속사 대표가 보통이 아니더라고요. 프로그램 기획안 슥 보자마자 아이디어 제안하고, 조 피디님하고 우리 은근히 자극해서 기획안 수정하게 하고."

"맞아요. 뭔가 당하는 것 같으면서 사람 기분 좋게 만드는 게 있더라고요."

김유리가 물었다.

"윤소림 소속사 대표요?"

"아, 얼마 전에 미팅했었거든요."

"혹시 거기도 프로그램에 출연하나요?"

"아직 확답을 받지 못했어요. 아무래도 영화 촬영 중이라서 스케줄을 고려해야 한다고 하더라고요."

메인작가는 아무 일도 아니라는 것처럼 손바닥을 가볍게 흔들면서 김유리의 반응을 살피고 다시 말했다.

"근데 저희는 유리 씨가 메인이니까. 유리 씨는 한부모가정 홍보대사도 했잖아요?"

"예전에요."

데뷔작에서 김유리는 미혼모 역을 훌륭히 소화하면서 단숨에 충무로 블루칩으로 떠올랐었다.

당시 평론가들은 연기인지 실제인지 분간이 가지 않을 정도로 완벽한 연기라고 찬사를 했었다.

그러면서 자연스럽게 관련 기관에서 그녀에게 홍보대사를 제안하면서 성사된 일이었다.

"관객 수가 460만에 이례적으로 일본에서도 흥행했었죠?"

"예, 그쯤 나왔었죠."

"그때 일본에서 유명한 감독한테 캐스팅 제안도 들어왔다면서요?"

김유리가 고개를 끄덕인다.

"선희란 캐릭터가 그 감독의 취향이었나 봐요."

"약간 반전 캐릭터잖아요?"

"그렇죠. 그 시절 미혼모라고 하면 주변 시선에 힘들고 외롭고 지치는 그런 이미지였는데, 영화 속 선희는 당차고 계획도 있고 항상 미소를 잃지 않으면서 매사에 똑 부러졌으니까."

"그러니까요. 보면서 눈살이 찌푸려지는 게 아니라 응원하게 되잖아요."

"후후. 작가님 조사 많이 하셨네요? 일본 감독의 캐스팅 제안은 크게 알려지지 않은 사실인데."

김유리의 속삭임에 메인작가가 멋쩍어하며 말했다.

"아, 실은 이거 다 윤소림 소속사 대표한테 들은 얘기예요."

"예?"

"미팅 중에 유리 씨 얘기가 나왔는데, 유리 씨에 대해서 모르는 게 없더라고요. 대학은 어디 나왔고, 학교 다닐 때 어떤 연극을 했는지."

미간을 찌푸린 김유리가 입을 열려고 할 때였다. 문이 열리고 낯익은 얼굴이 들어왔다.

*　　*　　*

프로그램 메인작가가 자리에서 일어나 날 반겼다.

버섯 머리가 들썩거렸다.

"대표님이 여긴 어쩐 일이세요?"

"이 근처에 볼일이 있어서 들렀다가 진모 씨가 있다길래 인사나 하려고 들렀습니다. 근데 진모 씨는 안 보이네요?"

나는 능구렁이 흉내를 내면서 룸 안을 둘러봤다.

칠흑 같은 흑발이 흔들리더니 하얀 얼굴이 나를 돌아봤다.

경계심 많은 야생동물처럼, 김유리의 눈빛이 흔들린다.

"유리 씨도 계셨네요. 안녕하세요."

"예."

짧은 고갯짓.

"프로그램 얘기하고 계셨나 보네요."

"예. 마침 유리 씨가 시간이 된다고 해서요."

"아, 그래요? 그럼, 유리 씨."

이름을 불렀더니, 대꾸 없이 눈꺼풀만 올린다.

"우리 소림이 잘 부탁해요."

"아, 소림 씨 하시는 거예요?"

작가들이 반기는데, 김유리가 물컵을 손에 쥐며 속삭인다.

"영화 촬영 중이라고 들었는데, 여유가 있나 봐요?"

"〈장산의 여인〉 촬영은 곧 크랭크아웃 할 것 같습니다."

"그러면 더 집중해야 할 때 아닌가."

"집중한다고 연기가 잘 나오는 건 아니죠."

"아하, 대단한 배우네요."

"설마요. 아직 한참 모자랍니다. 다만, 누구처럼 감정에 휩쓸려서 다짜고짜 뺨을 때리고 하지는 않죠."

김유리 볼이 움찔한다.

"실은, 눈이 많이 온다고 해서 영화 촬영이 잠깐 보류됐어요. 그래서 스케줄이 여유가 되네요."

운명은 정말 자석 같은 걸까?

폭설 주의보가 뜨면서 〈장산의 여인〉은 촬영을 잠시 멈추기로 했다.

그래서 윤소림에게 의사를 물었더니 좋은 일이면 하고 싶다고 해서 제작사에 양해를 구했다.

"아, 유리 씨."

"……."

"그날 사과는 받은 걸로 할게요."

빙긋 웃으면서 테이블에 놓인 계산서를 챙기고 나오려고 했다. 그런데.

"술 좀 하세요?"

그녀의 질문에 잠깐 대답을 망설일 때, 저승이가 옆에서 흐흐 웃으며 속삭인다.

[여기 좋은 와인 있나 모르겠네.]

.

.

.

"야."

지금 상황이 어떠냐 하면, 김유리가 내 볼을 꼬집고 있다.

"누나라고 해봐."

"…많이 취하신 것 같은데."

"해봐."

[까짓것 해줘요.]

작가들도 흥미롭게 쳐다본다.

"…나."

"뭐? 안 들려."

"누… 나."

"제대로 안 말할래?"

이렇게까지 해서 업보를 해결해야 하는 거냐?

갑자기 현타가 온다. 그냥 지옥 가버릴까.

“누나.”

“오야.”

흐린 눈, 살짝 붉어진 볼, 와인 잔을 흔드는 축 늘어진 손.

취기가 제대로 오른 김유리는 내 볼을 툭툭 두드리며 방실방실 웃었다.

“작가님들, 그거 알아요? 얘가 나 스캔들 기사 낸 거.”

그래, 이쯤에서 이 얘기 나와야지.

“진짜요?”

“N탑에 있을 때… 예. 제가 그랬습니다.”

“내 말이 맞죠? 작가님들, 얘 되게 유명해요. 싫어하는 사람들도 엄청 많아.”

김유리가 고개를 가까이 들이밀고 눈을 흘긴다. 술 냄새 대신에 달콤한 향수 냄새가 와 닿았다.

“자, 반성한다고 말하면 누나가 용서해 줄게.”

“굳이?”

어깨를 으쓱했다. 그러자 김유리가 흐느적거리며 내 귓가에 두 손을 모으고 속삭인다.

“개싸가지.”

그 말을 끝으로 김유리는 와인 잔을 깨끗이 비우고 화장실에 다녀온다며 일어났다.

비틀거리며 일어난 그녀가 밖으로 나간다.

*　　　　　*　　　　　*

저승이는 최고남의 몸에서 떨어져서 김유리의 뒤를 따라갔다.

처음에는 걸음이 위태로웠다.

그런데 몇 걸음 더 가자 김유리의 걸음은 똑바르고 흔들림 없이 곧았다.

그녀는 화장실이 아닌 주차장으로 나갔고, 밖에는 함박눈이 내리고 있었다.

길 잃은 사슴처럼 긴 목을 젖혀 하늘을 바라본다.

속삭임과 함께 하얀 입김이 하늘로 퍼져 나갔다.

"기다려, 엄마가 곧 갈게."

언제 나왔는지 그 모습을 최고남이 보고 있었다.

쌓인 눈에 발자국을 만들며 천천히 다가오더니 코트를 벗어 그녀의 어깨에 감싸준다.

함께 있는 두 사람의 모습은 묘하게 어울렸다.

그 모습을 지켜보던 저승이는 문득 고개를 돌렸다.

[날파리가 있네.]

아마도 내일 또 세상이 시끄러울 것 같았다.

*　　　　　*　　　　　*

"도대체 어디 있는 거야."

차가희는 대표실 바닥을 샅샅이 뒤졌다.

집 구하기 전에 회사에서 며칠 신세를 진 적이 있었다.

아마도 그때인 것 같다. 예전 남자 친구가 준 반지를 잃어버린 게.

"어디에 있는 거야. 지금 금값 대박인데. 팔아야 하는데."

울먹거리면서 소파 틈을 뒤적거리던 차가희.

그녀의 눈에 마침내 수줍게 숨어 있는 반지가 비쳤다.

"유레카!"

기뻐하며 반지를 손에 든 그녀가 싱글벙글 웃으며 대표실을 나오다가 멈칫했다.

마치 자석에 끌리듯 그녀는 책상 위에 놓인 플라스틱 필통에 손을 넣었다.

꺼낸 것은 빛이 나는 구슬이었다.

"되게 예쁘네."

마치 구슬 안에 우주가 펼쳐진 것 같았다. 보고 있으면 빠져들 것 같았다.

"차 팀장, 아직 멀었어?"

유병재의 목소리에 정신을 차린 그녀는 서둘러 구슬을 내려놓고 대표실을 빠져나왔다.

*　　　*　　　*

"뭐야, 오늘 눈 쏟아진다니."

일찌감치 미혼모 시설에 도착한 촬영 스태프들은 저마다 고개를 젖히고 중얼거렸다.

일기예보와 달리 맑고 쾌청한 하늘이 펼쳐져 있었다.

"이거 야외 촬영 안 하면 섭섭하겠는데?"

"그러게요. 날이 너무 좋네."

"근데, 잡상인들은 왜 이렇게 많아?"

촬영감독은 주위를 둘러보며 조태환 피디에게 물었다.

카메라를 들고 서성거리는 기자들이 눈에 거슬렸기 때문이다.

"일부러 부른 거예요. 홍보 좀 하려고."

"그럼 기사도 조 피디가 한 거야?"

"물꼬만 텄죠."

윤소림과 김유리의 캐스팅이 확정되자마자 홍보 기사를 내긴 했지만, 이후의 기사는 MNC가 손 쓸 필요가 없었다.

김유리와 퓨처엔터 대표의 심야의 회동설, 15억 몸값설 같은 프로그램과 전혀 상관없는 기사들이 갑자기 이어지면서 한동안 포털사이트 연예 카테고리가 어수선했다.

물론 조 피디 입장에서는 좋은 신호였다.

대중의 관심은 곧 시청률이니까.

"대단하네. 하긴, 그러니 위에서 퓨처엔터를 이렇게 챙기지. 예능 피디를 투입하질 않나, 작가를 한 무더기를 데려오질 않나. 기부 프로그램에 작가가 열 명이 넘는 건 처음 봤어."

"그러니까 시청률 잘 나와야 해요. 잘 나와야지 또 기부금도 많이 채우지."

"이런 프로는 기획의도에 의의를 가지는 거지. 다들 사는 거 어려워서 기부할 여유나 있나. 올겨울은 특히 구세군 종소리가 쓸쓸하다잖아."

촬영감독의 회의적인 반응에, 조 피디는 어깨를 으쓱거렸다.

"혹시 알아요? 이번에 우리 프로그램을 시작으로 기부가 확 늘어날지. 그리고 요즘 연예인 팬들 얼마나 화끈한데요."

"팬은 뭐 입에 풀칠하고 살아?"

"윤소림 팬들 단합력 좋기로 소문났어요. 악플 제보한 거 봐요? 조직적으로 pdf 따고 소속사에 알리고. 그래서 정 선배도……."

조 피디는 이마를 긁적이며 시선을 돌렸다.

출연자 일행이 눈에 비친다.

"분위기가… 왜 저렇게 극과 극이지?"

김유리를 비롯한 연예인 패널들은 눈 쌓인 겨울 산처럼 적막했다. 그런데 윤소림 쪽은.

"저긴 벌써 봄이네."

보기 좋아서 미소 짓고 있는데, 촬영감독이 끼어들었다.

"가만 보면 저 대표 인물이 좋아. 방송 나가도 되겠어."

"방송이요?"

무심코 되물었던 조 피디는 잠깐 생각했다.

안 될 이유를.

*　　　*　　　*

"대표님, 저한테 구슬 파시라니까요?"

"얼마 줄 건데?"

"오천 원?"

"차 팀장, 영이 몇 개 빠졌다는 생각은 안 들어?"

"날강도네."

나참. 그게 왜 날강도야.

5천 원에 S급 보상을 가져가려는 게 날강도지.

그나저나, 구슬이 빛이 났다고? 그건 또 무슨 소리야.

"에이, 치사해서 안 가져요."

차가희는 노랑머리를 휙 돌리며 다시 윤소림에게 집중했다.

그녀의 손놀림이 빨라지고, 브러쉬가 춤추면서 여배우 윤소림이 완성된다. 볼록한 이마에 흘러내린 머리카락 한 올이 바람에 아까부터 살살 흔들거리길래 나는 손을 내밀어 옆으로 넘겨주었다.

슬며시 눈을 뜬 윤소림이 옅은 미소를 보인다.

"유복희로 사는 거 어때?"

"재밌어요. 뺨도 때려보고, 욕도 하고, 소리도 지르고. 의외로 스트레스도 풀리더라고요."

"스트레스?"

"마녀는 밝은 면이 있어서 저도 항상 밝을 수 있었는데, 복희는 어두운 면이 많아서인지 요즘 기분이 항상 다운되더라고요."

그럴 수 있지.

내가 고개를 끄덕이자 윤소림이 다시 말한다.

"대표님이 지난번에 말씀하셨잖아요? 일하고 생활은 분리해야 한다고. 그게 무슨 의미였는지 이제 알 것 같아요."

"무언가에 몰입하는 것도 좋지만 가끔 쉬면서 주변도 돌아봐야 해. 그래야 길을 잃지 않지."

그러니 오늘은 잠시 유복희를 내려놓으라는 얘기인데, 거대한 그림자가 내게 드리워진다. 유병재였다.

"대표님, 지금 조 짜야 한다는 데요?"

"조?"

"예, 오전에 대청소하고, 점심 먹은 후에 시설에 거주하는 미혼모분들하고 게임한다고 하더라고요. 그거 끝나면 요리 대결 한다고 하고. 그래서 2인 1조로 움직인답니다."

"연예인들은 다 왔어?"

〈미혼모에게 희망을〉 프로그램은 오늘 현장 촬영을 하고, 크리스마스 때 생방송 무대를 진행한다.

그래서 생방송 때는 가수들이 대거 출연하지만 오늘은 그중 일부만 함께한다.

"마침, 다들 오네요."

유병재가 주차장 쪽을 바라본다.

연예인 출연자들이 하나둘 보이고 있었다.

*　　　*　　　*

"소림 씨, 오랜만이다."

"안녕하세요, 선배님."

KIS 〈연예가 소식〉 길거리 데이트 코너에서 리포터로 활약하는 개그맨 손봉석이 오늘 MC를 맡아 진행한다.

그리고 배우 김유리, 주이래, 남자 아이돌그룹 '비비7'의 리더 우차빈, 트로트 가수 장정기가 오늘 윤소림과 함께한다.

게임도 하고 요리 대결도 해야 하기 때문에 출연자들은 청바지 색만 다를 뿐 편한 겨울 옷차림이었다.

두꺼운 안경을 쓴 막내 작가가 손에 쥔 대본을 펄럭거리면서 연예인들을 모았다. 그런데.

"청소하고 그러면 힘쓰는 일이 좀 많을 것 같아서, 매니저분들도 촬영에 합류하셔야 해요."

"아니, 그런 얘기는 없으셨잖아요?"

"난 머리도 안 감았어."

"에이, 우리가 뭘 해요."

계획에 없던 제안이다. 출연이라니. 매니저들이 손사래를 쳤지만 막무가내다.

피디가 하겠다는데 안 할 수도 없는 노릇이라서, 매니저들은 울며 겨자 먹기로 하소연만 늘어놨다.

뭐, 나는 대표니까.

그래서 옆을 슥 돌아봤는데 나를 가려주는 그림자가 온데간데 없다.

"병재 어디 갔어?"

[튀었어요.]

이이!

곰 같은 놈이 하여간 이럴 때는 족제비보다 빠르다.

결국 매니저들은 각자의 연예인 옆에서 어정쩡하게 서야 했다.

물론 나도.

그래도 방송 출연이라고 매니저들이 구시렁거리면서 옷매무새를 매만지고 있을 때, 모두의 원망을 받고 있는 조 피디가 씨익 웃으며 나타났다.

"아주, 그림이 좋네요."

"아후, 피디님!"

"저희들 나가면 시청률 떨어져요!"

"자자, 슛 들어갑니다."

귀를 닫은 피디는 무소불위의 권력을 휘두르는 현장의 왕.

카메라가 돌아가자 손봉석이 튀는 목소리로 진행을 시작했다.

"혹시나! 나는 다른 연예인의 매니저와 팀을 이루고 싶다, 하시는 분 있으시면 지금 손 들어주세요!"

당연히 아무도 안 들 줄 알았다.

그냥 빨리 끝나기를 바라는 매니저들과, 아직 몸이 덜 풀린 연예인들 사이에서 나는 윤소림과 마주 보고 빙긋 웃었다.

그런데 생각지도 못한 사람이 손을 들었다.

"전, 윤소림 씨 매니저님하고 한번 해보고 싶은데요?"

지난여름에 병원에서 보고 처음 보는 주이래가 미소를 띠고 나를 쳐다본다.

쟤는 또 왜 저러는 거야.

"소림 씨, 양보할 의향 있으세요?"

손봉석의 질문에 윤소림이 자신만만하게 선언했다.

"아니요."

"어어? 이러면 선택권은 소림 씨 매니저님한테 갑니다?"

윤소림의 눈동자가 다시 나를 향한다. 당연히 자기를 선택할 거라고 생각하는 듯한 확신에 찬 미소는 덤이다.

"잠깐. 저도, 소림 씨 매니저님이랑 하고 싶습니다."

왜들 이러는 걸까. 이번에는 느긋하게 있던 장정기까지 끼어들었다.

한 사람이 더 늘어서인지 손봉석은 신이 났다.

"와, 매니저님 인기가 엄청나네요! 참고로 윤소림 씨 매니저는 업계에서 미다스의 손이라고 불리는 최고남 대표님입니다! 그럼, 지금 차빈 씨와 유리 씨 빼고 전부 매니저님을 원하는데……."

"저도……."

내 옆에 서 있던 하얀 얼굴의 소년이 손을 살짝 들고 날 향해 수줍게 웃는다.

이제는 될 대로 되라 싶다.

"차빈 씨 손 들었고, 유리 씨는 어떠세요? 탐나지 않으세요?"

"저는 양보할게요. 제 매니저가 최고니까."

술에 취해 내 볼을 붙잡는 추태를 저질렀던 김유리는 단박에 나를 거절했다. 그녀의 매니저로 나온 우예지 팀장이 내게 어필하듯 턱을 살짝 치켜든다.

이거, 기분이 안 좋네.

"에이, 그럼 다른 분들은 뭐가 돼요. 그렇죠, 이래 씨?"

"저는 매니저하고 합의했어요. 저희 매니저는 소림 씨 팬이거든요."

"저도 한번 실검에 오르고 싶습니다!"

불쑥 치고 들어온 장정기의 외침에 스태프들이 어깨를 들썩거리고 있다.

빨리 아무나 선택하고 다음으로 넘어갔으면 싶은데, 손봉석이 그냥 넘어갈 리가 없지. 능글맞게 웃으면서 우차빈에게 다가온다.

"차빈 씨는요?"

"여섯소년들 선배님들처럼 키워주세요!"

우차빈은 아예 내 쪽으로 기도까지 하고, 매니저는 쪽팔린지 제 얼굴을 가린다.

"소림 씨, 양보하실 생각 없으시죠?"

"양보를 왜 해요? 대표님은 저 선택할 텐데."

"오, 그럴 줄 알고 방식을 바꾸기로 했습니다. 사다리 타기를 하겠습니다!"

윤소림의 입이 떡 벌어졌다.

"소림 씨, 저 원망하셔도 어쩔 수 없습니다. 공정해야 하니까."

얼렁뚱땅, 코너 속 코너가 만들어졌다.

손봉석이 자체 BGM을 흥얼거리면서 사다리를 출발한다.

"띠리리리리리 띠리리리… 앗, 정기 씨는 김유리 씨 매니저님 당첨!"

장정기보다 우 팀장의 얼굴이 더 충격 먹은 것 같다.

게임은 계속된다.

"띠리리리리리 띠리리리… 소림 씨는 이래 씨 매니저님!"

윤소림의 얼굴이 재가 돼 아스러진다.

손봉석이 앞에서 깐죽거린다. 설마, 손이 나가진 않겠지만, 그래도 경계를 늦추지 않고 있는데 카메라 밖에서 유병재가 낄낄거리고 있다.

"자, 이제 세 분 남았습니다. 이래 씨냐, 유리 씨냐, 차빈 씨냐!"

사다리가 출발한다.

띠리리리리리 띠리리리…….

각 팀은 구역을 맡아 미혼모 시설의 대청소를 시작했다.

시설 내부의 미혼모의 방은 단조로웠다. 아기용품을 제외하고는 개인용품이 거의 없어 보였다.

내 파트너는 얼굴에 마스크를 끼고 앞치마를 허리에 두르며 열심히 청소만 했다.

이마에 땀방울이 송골송골 맺힌다.

카메라가 우리 쪽에서 멀어졌을 때, 그녀에게 말을 붙였다.

"유리 씨는 원래 예능 같은 거 안 하셨던 것 같은데."

"의자 좀 잡아줘요."

퉁명한 목소리만 돌아왔다.

나는 고개를 들어 천장을 봤다. 못이 살짝 튀어나와 있었는데, 김유리가 빗자루를 들고 의자에 올라갔다. 상체와 달리 얇기만 한 그녀의 다리가 위태로워 보인다.

"제가 할게요. 망치로 해야 하니까."

"연극할 때 무대 부수고 만드는 게 일이었어요. 이 정도는 아무것도 아니에요."

그러더니 빗자루 몸체로 못을 툭툭 친다.

몇 번 후려치자 못이 쏙 들어갔다. 마무리를 하려는 듯 한 번 더 크게 휘두를 때였다.

김유리가 자세 그대로 멈췄다. 뭔가 싶은데, 멀리서 아이 울음소리가 들렸다.

"유리 씨?"

"아."

정신을 차린 김유리가 머뭇거리다가 의자 위에서 휘청거렸다.

다행히 떨어지는 그녀를 바로 안을 수 있었다.

그러고 보니 예전에 소연우가 학교 담에서 떨어질 때도 딱 이 포즈였는데. 김유리의 볼이 발개지는 동안 나는 그 생각이 나서 피식 웃었다.

그런데 이때, 문 앞에서 뭔가가 툭 떨어지는 소리가 났다.

윤소림이 멍한 얼굴로 서 있었다.

·

·

·

대청소 후에 미혼모와 연예인이 팀을 이루고 매니저들이 모두 한 팀이 돼 족구를 했다.

촬영장에서 죽치는 게 일상인 매니저들에게 족구는 식은 죽 먹기라서, 결국 여자들의 강력한 항의로 피구와 무궁화 꽃이 피었습니다가 게임에 추가됐다.

눈이 온다더니.

기상이변이라는 생각이 들 정도로 날이 따뜻했다.

땀을 흠뻑 빼고 잠깐 쉰 뒤에 요리 대결에 들어갔다.

"여러분이 손수 만든 한 끼는 오늘 생일을 맞은 네 분의 미혼모에게 대접할 겁니다. 제한 시간은 한 시간입니다, 재료는 있는 거 마음껏 쓰시면 되고요, 뭘 만드실지는 각 조에서 결정하시면 됩니다. 그럼, 시작합니다!"

벨이 울리기 무섭게 윤소림은 주이래 매니저와 함께 고심했다.

그리고 주이래는 요리 프로그램을 했던 전적이 있어서인지 바로 소매를 걷어붙였고, 장정기와 우 팀장은 수제비를 하네 라면을 끓이네 실랑이를 하고 있다.

아무튼 다른 팀이 분주하게 움직이는 동안 우리만 세월아 네월아다.

"요리 좀 하세요?"

"음… 김치찌개?"

내내 뻣뻣했던 김유리가 이번만은 자신 없는 얼굴이다.

"김치찌개 좋죠. 생일상으로 김치찌개를 받으면 아주 그냥 기분 좋겠네."

"원래 그렇게 잘 비꼬고 그래요?"

"예, 아직도 볼이 얼얼해서요. 누가 꼬집었거든요."

"그건… 미안해요. 기억은 잘 안 나는데, 작가님이 내가 그랬다고 그러더라고요. 그날 제가 많이 취했나 봐요."

취하긴.

소주 7병이 주량이라는 여자가 그날 딱 한 병 마셨으면서.

그 말인즉, 그녀는 취하지 않았고 나는 모른 척 그녀의 연기를 받아줬다는 얘기지.

"그럼 냉면 만들까요?"

"냉면이요?"

나는 찌푸려진 얼굴을 향해 웃으며 말했다.

"얼마 전에 제가 끝내주는 냉면을 먹었거든요."

*　　　*　　　*

"대박."

요리 막바지에 맛을 보러 온 손봉석이 놀란 얼굴로 김유리와 나를 번갈아 쳐다봤다.

"이거 말이 안 되는데?"

"맛있죠?"

믿기 어려운 표정으로 날 본 손봉석이 재차 국물을 한 수저 뜬다.

"맛있죠가 아니라, 맛집인데요? 아니, 대체 못하는 게 뭐예요?"

감탄이 계속되자 눈동자가 흔들리고 있던 김유리가 수저를 들었다.

냉면 그릇으로 향한 수저가 별로 기대감이 없어 보이는데.

국물 한 모금을 입에 머금은 그녀가 젓가락을 떨어뜨렸다.

나는 재빨리 손을 뻗었다.

.

.

.

"산모님, 조금만 더 힘내세요, 거의 다 왔어요."

의사의 목소리에 산모는 다시 한번 고통에 몸부림쳤다.

어금니에 금이 갈 정도로 악다문 입에서 신음이 흘러나왔다.

"한 번만 더요, 진짜 마지막이에요!"

"으으아!"

마지막 신음을 뱉는 순간, 산모는 정신을 잠깐 놓쳤고 지난 열 달의 시간이 주마등처럼 스쳐갔다.

수많은 후회와 고민 속에서 흘려보냈던 시간들.

현재와 미래, 그리고 꿈, 주변의 시선들을 피해 숨고 또 숨었던 시간들은 어둡고 깊은 수렁 같았다.

그 안에서 그녀를 꺼내준 것은 소리였다.

응애, 응애!

힘찬 울음소리가 들리자 땀과 눈물에 젖은 산모의 눈꺼풀이 힘없이 움직였다. 눈앞에는 아기가 있었다.

"예쁜 공주님이네요."

간호사가 그녀의 품에 아이를 놓았다. 핏덩이가 그녀의 품에서 꼼지락거렸고, 그녀의 시선은 한없이 따듯했다.

.

.

.

타닥.

젓가락이 내 손을 지나쳐서 바닥에 떨어지고서야, 나는 정신을 차릴 수 있었다.

내가 지금 김유리의 기억 한 토막을 본 건가.

"자, 5분 남았습니다. 이제 마무리해 주세요!"

요리를 할 수 있는 제한 시간이 끝났다.

생일을 맞은 미혼모들이 연예인들이 준비한 요리를 맛있게 먹는 모습을 끝으로 촬영이 끝났다.

물론 제일 맛있는 요리는 냉면과 고기 세트였다.

* * *

「MNC 〈미혼모에게 희망을〉 팀 편집 회의」

현장 촬영본의 편집이 끝나고 시사를 위해 관계자들이 한자리에 모였다.

방송에 내보내기 전 제작팀이 자막의 문제점이나 구성, 보완점을 찾기 위한 자리지만 오늘은 예능 본부장뿐 아니라 얼굴 보기 힘든 높은 분까지 들르는 바람에 다들 자리에서 일어났다.

"부사장님!"

"앉아, 앉아!"

부드러운 인상의 부사장이 손을 흔들며 자리에 앉았다.

"바로 시작하자고."

"예."

본부장이 눈짓하자, 실내에 불이 꺼지고 화면에 편집본 영상이 띄워졌다.

저마다 화면에 집중했다. 흐뭇하게 영상을 시청하는 스태프도 있고, 담당 피디인 조태환처럼 매의 눈을 뜨고 한시도 눈을 떼지 않는 스태프도 있다.

영상이 모두 끝나고 다시 불이 켜졌다.

침묵 속에서 다들 눈치만 볼 때, 부사장이 입을 열었다.

"최고남 저 인간은 요리도 잘해? 조 피디, 저 냉면 진짜 먹을 만했어?"

"예, 진짜 맛있더라고요."

양을 많이 해서 스태프들도 맛을 볼 수 있었다.

다들 감탄하면서 먹었었다.

"능력도 있고, 요리도 잘하면 못하는 게 대체 뭐야."

"그러게요. 의외로 협조도 잘하고. 물론 우리도 많이 양보하긴 했죠. 윤소림에 성지훈에 강주희까지. 퓨처엔터 식구들 많이 꽂아 줬으니까."

"윤소림은 그럼 생방 때 노래 부르는 거야?"

"예, 배우들은 동요나 기성곡 부르기로 했습니다. 윤소림은 유유 노래 부른다고 합니다, 무슨 곡이지?"

본부장의 질문에 조 피디가 바로 대답했다.

"힘을 내, 입니다."

"선곡 괜찮네. 그럼 노래 부르는 동안 전화 오면 바로 반영 되는 거야?"

"예. ARS 한 통당 5천 원 반영되고요, 10만 원 이상은 별도 연락처로 전화해서 신분 확인하고 기부받을 예정입니다. 물론 그것도 바로 반영됩니다. 기술팀 협조받아서 문제없게 하겠습니다."

"이런 건 딜레이 없게 해야 해. 그래야 나중에 잡음 안 나와. 근데, 숫자만 올라가면 심심하잖아?"

"그래서 응원 메시지도 무대 중간중간 하단에 띄울 겁니다."

"고액 기부자들 메시지는 눈에 띄게 넣어. 알았지?"

"예. 알겠습니다."

부사장이 흡족한 얼굴로 자리에서 일어났다. 그런데, 그가 문 앞에서 잠깐 멈춰 뒤돌아봤다.

"아까, 미혼모 방 청소하는 부분 다시 봐봐. 김유리 나오는 컷."

화면이 빠르게 되돌려지고.

"왜 저렇게 멍때리고 있는 거야?"

카메라가 다른 연예인을 잡을 때 김유리가 잠깐 스친다.

그런데 벽을 보고 멍하게 있는 장면을 부사장이 캐치한 것이다.

조 피디가 머뭇거릴 때, 현장에 나갔었던 FD가 끼어들었다.

"아, 저기 벽에 낙서 같은 게 적혀 있더라고요. 그걸 유리 씨가 본 것 같습니다. 날리기에는 비비7 멤버랑 컷이 겹쳐서 뒀습니다. 예쁘게 나오기도 했고… 자를까요?"

부사장이 입맛을 다시고 말했다.

"예쁘긴 하네. 근데, 김유리 팬들이 아직 많나? 연기는 잘해도 전에 스캔들로 제법 떨어져 나갔을 텐데."

부사장이 중얼거리며 밖으로 나가자 본부장이 쫄래쫄래 쫓아 나간다.

조 피디는 한숨을 쉬고 몇 가지 고칠 점을 스태프들과 공유한 뒤에 스태프에게 지시했다.

"클립 따서 올려."

*　　　　*　　　　*

['미혼모에게 희망을'팀 클립 영상 공개]

[종합] '윤소림' X '우차빈', 화수분처럼 터진 매력 발산!

[투데이IS] 배우 김유리, 15억 이적설의 퓨처엔터 대표와 손발 맞춘 사연은?

[부제] 그날 윤소림은 매니저를 빼앗겨서 통한의 눈물을 흘렸다.

[기자의 수다] 화제의 윤소림에, 비비7 우차빈, 거기에 김유리까지 가세했다. 과연 기부액은 얼마나 모일까?

ㄴ여러분, 비상입니다! 우차빈 팬들, 지금 기사에 똥 싸지르고 있습니다!

ㄴ안 돼! 어디서 발광이야!

ㄴ댓글 가관이네요, 윤소림 팬들은 찌질한 아저씨 팬뿐이라서 기부할 여력이 없다나 뭐라나.

ㄴ아저씨 팬들 우습게 보네.

ㄴ헐, 나 졸지에 아저씨 된 거예요? 나 여고 다니는데.

ㄴ까짓것 술 한 번 안 먹고 말랍니다!

·

·

·

「2018년 12월 25일, 〈미혼모에게 희망을〉 생방송 중」

여러 화제와 논란 속에서 마침내 오늘이 왔다.

어수선한 대기실에서 우리는 천장에 달린 TV를 체크하며 준비했다.

출연자 무대와 지난번 촬영한 영상이 번갈아가며 이어지고 있었다.

앞서 신인 아이돌그룹과 신인배우가 합동무대에서 동요를 불렀는데, 아직까지 시청자 반응은 미미한 것 같았다.

현재 기부금 액수 「900,000원」

미혼모 시설에서 촬영한 영상이 흘러나오는 동안 윤소림에게 다가갔다.

리허설도 잘 마쳤고, 지난번에 〈플레이리스트〉에서 성지훈과 호흡을 맞춘 무대를 선보였기 때문에 오늘도 잘 해낼 거라고 믿는다.

"긴장돼?"

"예. 떨려서 죽을 것 같아요."

"소림아, 죽으면 안 돼. 우리 이사 가야지."

"그래, 우리 이제 살맛 난단 말이야."

"그렇다면… 살아 돌아오겠습니다!"

직원들의 성화에 윤소림이 주먹을 불끈 쥐었다.

그때, 한쪽에서 다음 무대를 준비 중이던 성지훈이 다가오더니 나를 갑자기 무작정 구석으로 끌고 갔다.

"야, 이따가 나 노래 부를 때 5백만 원만 기부해라. 아니, 천만 원. 내가 나중에 줄게."

"지금, 조작을 하자는 거예요?"

"전화 한 통도 안 오면 쪽팔리잖아."

"형님."

"왜?"

"오 매니저님은 얼마 넣기로 했어요?"

나한테 얘기할 정도면 이미 주변에도 시켰겠지, 라는 예상은 정확히 들어맞았다.

성지훈의 입술이 동그래진다.

"오백."

"다른 사람은요?"

"없어. 성식이 형이랑 너한테만 부탁하는 거야. 좀 넣어줘."

못 이기는 척 고개를 끄덕였더니 성지훈이 히히 웃으면서 화장실 간다고 대기실을 나갔다. 문이 닫히기 직전, 밖에서 스태프의 목소리가 들린다.

"비비7 무대 올라갑니다!"

데뷔 1년 차인 비비7이 올라간다.

요즘 심상치 않은 반응을 보이는 아이돌그룹이다.

공식 팬클럽 '비비들'의 숫자도 빠르게 상승하면서 관계자들 사이에서는 여섯소년들을 이을 아이돌그룹으로 평가받고 있는 것 같다.

잠시 뒤에 대기실 TV 화면에 비비7이 나왔다.

벌써부터 시청자 반응이 심상치 않다.

[kdiekd** : 오빠들, 사랑해요!]

[비비있는** : 크리스마스에 오빠들 있어서 따듯해요!]

[강한나** : 오빠들 덕분에 좋은 일에 동참합니다]

현재 기부금 액수「1,800,000원」

현재 기부금 액수「2,030,000원」

현재 기부금 액수「2,540,000원」

무대가 시작되고 윤소림이 내 옆에 다가와 고개를 든다.

모니터를 바라보는 녀석의 진지한 옆모습을 보면서 나 역시 무대에 집중했다.

*　　*　　*

「세러데이 서울」

한자리에 모여 방송을 모니터링하는 기자들.

방금 전 비비7 무대가 끝났다.

현재 기부금 액수「22,890,000원」

"와, 비비들 화력 쩌네."

직전 출연자 무대에 비해 무려 2천만 원이 넘는 수치가 올라갔다.

화면 하단에 기부자들이 보낸 메시지는 온통 비비들이 보낸 것들이었다.

개중에 백만 원 이상의 고액 기부자의 메시지는 화면에 조금 더 부각되기도 했다.

"이거, 이러면 완전 내 돌 기 세워주기인데요?"

"여섯소년들도 단톡방 사건으로 주춤하겠다, 이참에 팬들이 비비7 톱티어로 밀려고 작정했네."

"역시 돈 되는 건 남돌이야. 팬들 충성심이 장난 아니라니까."

"이거, 윤소림이 밀리겠는데?"

"아무리 잘나가도 아이돌그룹에는 안 되지. 이번에는 미다스의 손이 실수했네."

기자들은 입으로 떠들면서 열심히 타이핑을 했다.

연예부 신입 기자는 비비7 팬들의 화력에 대해서, 경제부 기자는 올 한 해 경제성장률과 줄어든 기부의 상관관계에 대해서, 정치부 기자는 제도적인 문제점을, 사회부는 프로그램이 사회에 미치는 영향같이 각자의 관점에서 열심히 기사를 작성한다.

그사이 이어진 성지훈의 무대.

그룹인 비비7과 달리 솔로임에도 불구하고 천만 원대의 기부금 액수가 올라갔다.

현재 기부금 액수 「34,900,000원」

"와, 올 하반기는 성지훈이 다 먹었네."

성지훈이 무대에서 내려올 때, 숫자가 또다시 바뀌면서 화면에 고액 기부자의 메시지가 나타났다.

현재 기부금 액수 「44,900,000원」

[성지훈 : 모두에게 따뜻한 겨울이 됐으면 합니다. 파이팅.]

"이야, 성지훈 멋있다."

감탄하는 사이 화면에는 미혼모 시설에서 펼쳐지는 요리 대결 영상이 나오고 있었다.

기자들의 손이 다시 분주해진다.

[미다스의 손, 이번에는 냉면집 사장님?]

[밀가루값이 내려가면 경제에 미치는 영향은?]

[연일 계속되는 여야 신경전, 잠깐 냉면 먹고 합시다!]

[냉면 한 그릇도 맘 편히 못 먹는 미혼모의 슬픔. 더는 외면해선 안 돼.]

정신없이 요란하던 기자들의 타이핑이 멈췄다.

일제히 고개를 돌린다. 윤소림이 어린이 합창단과 함께 무대에 올라왔다.

선곡은 여섯소년들의 1집 수록곡 〈힘을 내〉.

노래가 시작되자마자 숫자가 빠르게 올라간다.

현재 기부금 액수 「49,900,000원」

현재 기부금 액수 「58,000,000원」
현재 기부금 액수 「67,000,000원」
현재 기부금 액수 「73,000,000원」

"뭐, 뭐야?"
"씨발, 저거 고장 난 거 아니야?"

[enliw** : 윤소림 지금 부르는 노래 편곡 버전인가요? 궁금해서 기부합니다!]
[민수야누나** : 원곡은 원래 신나요, 그런데 이 곡은 되게 청아하게 들리네요. 앗, 알려주려고 기부합니다.]
[버지니아** : 퓨처엔터 SNS에 방금 올라왔어요!! 유유가 직접 편곡한 버전이랍니다!!]
현재 기부금 액수 「84,000,000원」
현재 기부금 액수 「91,000,000원」

"미쳤다, 미쳤어!"

[소림아널** : 소림아, 너 하고 싶은 거 다 해!]
[sss11** : 올겨울 모두가 따뜻하기를. 윤소림 내년에도 흥해라!]
[0sunk** : 누나 덕분에 생애 처음으로 기부합니다.]
현재 기부금 액수 「100,000,000원」

"1, 1억… 뭔 놈의 팬들이 저래?"

현재 기부금 액수 「108,000,000원」
현재 기부금 액수 「123,000,000원」

무대가 끝났을 때는…….

현재 기부금 액수 「153,000,000원」
[윤소림 : 힘을 내 노랫말처럼 항상 곁에 있겠습니다. 응원합니다.]

*　　　*　　　*

비비7의 존재도, 성지훈의 존재도 말끔히 지워 버린 무대의 여파는 엄청났다.

5분도 안 되는 무대에 숫자 단위가 바뀌면서 당장 포털사이트 실검과 SNS는 난리가 났다.

"다음 출연자는 죽을 맛이겠네."

기자들이 한목소리로 염려할 때, 김유리가 무대에 올라왔다.

MC가 그녀에게 마이크를 건넸다.

―유리 씨, 시설에서 미혼모분들과 함께하셨는데 어떠셨어요?

―춥더라고요.

―하하, 겨울이니까요.

―…찾아올 사람도, 기다리는 사람도 없이 혼자서 아이와 함께 있는 미혼모분들을 생각하니까, 마음이 쓸쓸하더라고요.

—아, 그래도 유리 씨와 함께한 날은 즐거웠을 겁니다. 청소도 하고 요리 대결도 펼치셨는데, 어떤 게 기억에 더 남으셨어요?

—누군가 벽에 시를 적어놨더라고요. 기성 시인의 시인지, 아니면 머물다 떠난 누군가의 시인지는 모르겠지만, 꽤 오래된 것 같았어요.

—아까 잠깐 벽을 보고 계시던 장면이 그 순간이었나 보네요.

“쟤 왜 저렇게 동문서답이야?”

“윤소림 무대에 놀랐나 보지.”

기자들은 헛웃음을 실실 흘리며 화면을 바라봤다.

앞의 무대에 비해 너무 맥 빠지기도 하는 데다, 김유리가 자꾸 동문서답만 하고 있어서 그런지 기부금 액수도 크게 변동이 없었다.

단지, 김유리의 외모만 눈에 들어오는데…….

—유리 씨, 혹시 기억나세요? 그 시.

—예.

고개를 끄덕인 김유리는 마이크를 조심스럽게 잡았다.

기자들이 심드렁하게 턱을 받치고 TV를 바라보는데…….

은하수 쏟아지던 밤
별들이 길을 잃어 네 눈에 안착했다
그래서 너는 별을 담았고
나는 경이롭게 바라본다
너를 말이다

낭독이 끝나고 기자들은 멍한 얼굴이 됐다.

열심히 타이핑을 하다가 뒤늦게 고개를 든 기자 하나가 컵을 입에 대며 중얼거린다.

"갑자기 왜들 이렇게 조용한……."

무심코 화면을 본 기자.

다음 순간 그는 노트북 위에 컵을 떨어뜨리고 말았다.

현재 기부금 액수 「147,700,000원」

현재 기부금 액수 「647,700,000원」

[김유리팬** : 유리 씨의 팬입니다. 항상 응원합니다. 행복하세요.]

「며칠 후, 스타두 엔터테인먼트」

대표이사 한상엽은 신문 1면에 채워진 김유리의 사진을 보면서 눈을 찌푸렸다.

좋아하는 배우를 위해 5억을 기부한 익명의 팬.

화제가 안 되는 것이 이상한 일이었다.

그날 이후 김유리를 향한 네티즌의 관심이 집중되면서 거취 문제가 뜨거운 화제가 되고 있었다.

15억설까지 붙으면서 김유리의 존재감은 수직 상승.

"연기 말고는 안 하던 애가, 뭔 바람이 들어서 TV 한번 나가더니 이렇게 뒤통수를 쳐?"

"그러게 말입니다."

경영이사가 고개를 끄덕거린다.

"5억 기부한 팬, 누군지 몰라? 그 정도 골수팬이면 매니저들은 인지하고 있어야 하는 거 아니야?"

"그렇지 않아도 팬카페 훑어봤는데, 익명이라서 찾을 길이 없더라고요."

"아, 그냥 보내기에는 아까운데."

원래 재계약을 포기한 배우였다.

스캔들도 있었고, 컨트롤이 쉽지 않은 배우, 더구나 나이도 있어서 여배우로서 메리트가 전혀 없었다. 아니, 그렇게 다들 생각했다.

똑똑, 노크 소리가 들리고 문이 열렸다.

김유리가 도착하자 한상엽 대표가 소파를 가리켰다.

소파 가죽이 늘어지는 소리가 들리고, 두 대표는 김유리와 마주 볼 수 있었다.

"축하해. 방송 반응 좋더라."

"고맙습니다."

"그래서, 이제 재계약을 해야 하잖아?"

대표의 입에서 그 말이 떨어진 순간, 김유리는 미혼모 시설에서의 촬영 날, 최고남이 했던 말을 떠올렸다.

'찌라시 말이에요, 그거 유리 씨 회사에서 한 짓이더라고요.'

'회사가요? 우리 회사가 그럴 리가…….'

'그러기에는 큰 회사이기는 한데, 그랬더라고요. 저도 이상해서 더블 체크까지 했습니다.'

'이걸, 왜 알려주는 거예요? 설마 진짜 나하고 계약하려고? 아니면 미안해서?'

'계약은 낭설이고, 미안한 건 사실입니다. 그래서 빚 좀 갚아보려고 했죠.'

'지금 와서 옛날 일 들추는 게 빚 갚는 건가요?'

'더한 것도 해드리려고 유리 씨에 대해서 알아봤는데…….'

'…….'

'관뒀어요. 유리 씨는 나보다 본인을 더 미워하는 것 같아서.'

최고남은 마지막으로 그 말을 덧붙였다.

'고 대표님은 그 일을 반대했던 것 같더라고요. 하지만 막을 수 없었고, 회사에서 나가는 조건으로 유리 씨를 지켜준 것 같습니다. 이건 그냥 TMI.'

김유리는 고개를 다시 들었다.

무릎 위의 빈주먹에 힘이 들어간다.

"계약할 거지?"

"그동안 감사했습니다, 대표님."

한 대표의 눈꼬리가 삐뚤어졌다. 흠, 하고 신음하더니 눈을 매섭게 뜬다.

"괜찮겠어? 우리가 그때 스캔들 간신히 막았잖아? 그거 아직도 입맛 다시는 기자들 많아. 우리도 나간 사람까지 돌봐줄 수는 없는 노릇이고."

'회유가 안 되면 협박'이라는 흔한 수법에 김유리는 피식 웃고 말했다.

"저 이제 몸값 떨어질 거예요."

"무슨 소리야?"

김유리는 손목시계를 한 번 보고 다시 한 대표를 바라봤다.

"이런 이슈, 잠깐이잖아요. 겨울 찬바람처럼 매섭다가도 언제 그랬냐는 듯이 잠잠해지고 또 다른 이슈가 들썩이겠죠. 그러니까, 저

잡고 후회하지 마세요. 곧 1억도 아까워질 테니까."

빙긋 웃고, 김유리는 자리에서 일어났다.

뒤에서 그녀를 불렀지만 김유리는 그대로 문을 향해 손을 뻗는다.

*　　　　*　　　　*

차에서 내리기 전, 나는 잠깐 손을 바라봤다.

그날 김유리에게 찌라시의 배후를 얘기해 주고 떠나려는데, 그녀가 그런 말을 했다.

'그쪽이라도 원망 안 했으면, 나는 오래전에 죽었을 거예요.'

그래서 나는 그녀에게 제안했다.

'악수나 한번 할래요?'

손을 맞잡은 순간, 또다시 그녀의 기억이 밀려 들어왔다.

나는 그날의 경험을 저승이에게 얘기했다.

[진짜 기억을 봤다고요? 기획안에서는 빛이 났고?]

그렇다니까. 사람 말을 믿지를 않네.

"김유리는 유명해지면서 기자들의 관심을 받을 수밖에 없었어. 누구를 만나는지, 연애 중인지, 불법적인 일을 저지르지는 않는지… 매사에 숨어 있는 카메라를 조심해야 하는 순간이 온 거지."

그런 기억들.

그래서 가게 앞에까지 왔다가 바라만 보다 돌아간 적이 한두 번이 아니었던 기억들.

급기야 스캔들이 터지면서 김유리는 아이를 감추는 선택을 하기로 했다.

그것이 아이를 지키는 방법이라고 생각했기 때문에.

자신이 받은 편견처럼 세상이 손가락질할 테니까.

“김유리도 미혼모의 자식이었으니까.”

나는 그녀의 기억으로 알게 된 것들을 얘기했고, 저승이는 잠깐 생각하며 염불 외듯 중얼거렸다.

[빙의도 아닌 상태에서 사자의 권한을 행사했다?]

“빙의 부작용 같은 것 아닐까?”

저승이가 나를 쳐다본다.

답을 기다렸는데, 입꼬리가 픽 올라간다.

[삥치시네. 그게 말이 돼요? 왜? 저승사자 됐다고 하시지.]

그러더니 차에서 나가 버린다.

그래, 내가 저놈하고 무슨 말을 하냐.

맥 빠져서 차에서 내렸다. 식당 안으로 들어가니 저승이가 이미 자리 잡고 앉아 있었다.

“또 오셨네요?”

“냉면이 계속 생각나던데요? 지난번처럼 주세요.”

“앉아계세요, 내가 뚝딱 만들어 드릴게.”

김유리 모친이 부엌으로 향한다.

나는 주위를 둘러보며 넌지시 얘기를 꺼냈다.

“항상 혼자 계시네요. 다른 식당은 가족도 같이하고 그러던데.”

“우리 딸은 서울에서 일해요.”

“그럼 자주 얼굴 보지도 못하겠네요.”

“바쁜 사람 자주 봐서 뭐 해요. 가끔 찾아가서 얼굴만 잠깐 보고 오는 거지.”

"따님이 걱정 많이 하시겠는데요? 사장님 홀로 가게를 지키고 있으니까."

물소리가 들리면서 대화가 끊겼다.

잠시 뒤에 진짜 말 그대로 뚝딱 나온 냉면은 지난번처럼 먹음직스러워 보였다.

김유리 모친은 쟁반을 다시 챙기고 빙긋 웃으며 속삭인다.

"우리 손녀가 여기 있어서 못 가요."

나는 김유리 모친의 따뜻한 미소에서 눈을 떼고 앞을 바라봤다. 저승이가 천천히 자리에서 일어난다.

'혼자 먹을 거야! 빙의 꿈도 꾸지 마.'

[감히, 망자가 사자를 농락……]

지겨운 레퍼토리를 들으면서 찰진 냉면을 이로 끊은 뒤 꼭꼭 씹고 국물을 후루룩.

여기에 고기 한 점 얹어 먹으니 간도 딱이다.

순식간에 한 그릇 뚝딱 비우고, 침울해진 저승이의 얼굴을 보면서 나는 말했다.

"사장님, 한 그릇 더 부탁드립니다."

.

.

.

계산을 마치고 식당을 나왔더니 하늘에서 눈이 또 내리고 있었다.

그리고 툭.

지난번의 그 여자아이가 나와 부딪치고 이마를 매만진다.

그래서 나는 무릎을 숙였고, 저승이는 옆에서 속삭였다.

[쯧쯧, 어린것이 엄마가 얼마나 그리웠으면 지박령으로 남았을까.]

나는 아이의 눈을 바라봤다. 귀신이라든지, 영혼이라든지 같은 생각은 들지 않는다. 그냥 아이일 뿐이었다.

[이 지역 사자에게 물어보니, 달래도 보고 혼을 내기도 해봤는데 요지부동이었다고 하네요. 지박령은 시간이 지나면 생전의 기억을 다 잃어버려요. 그러다 보면 자기가 왜 여기에 있는지, 이유도 목적도 잃어버리고 생전의 행동만 반복하면서 끝내 영혼을 잃어버리게 되죠.]

그래서 뛰어놀고, 넘어지고, 망부석처럼 여기 서서 엄마를 기다리고.

나는 주머니에서 마침내 그것을 꺼내 들었다.

형광 구슬.

[형광 구슬 아니라니까요! 에휴, 이 무지한 망자를 용서해 주십시오.]

합장을 하고 사방으로 절을 하고, 저승이는 다시 말했다.

[구슬의 용도는 정해졌어요. 망자의 귀환석. 길을 잃은 영혼의 앞을 밝혀주고, 격 있는 사자가 직접 길을 안내해 줄 겁니다. 가끔 배려심 깊은 사자를 만나면 생전의 아쉬움을 해결해 주기도 하고요.]

그 말인즉.

[아저씨가 쓸 수도 있다는 거죠. 명계에서 어떤 심판을 받을지는 모르지만.]

나는 피식 웃으며 말했다.

"그럼 안 가지. 지옥 안 가려고 이러고 있는데. 너도 온 김에 맛있는 거 더 먹고 가야 할 거 아니야?"

저승이가 씨익 웃는다.

"그럼 이걸 어떻게 사용하면 되는 거야?"

[아이의 손에 쥐여주세요. 격 있는 사자가 찾기 쉽게.]

그리고 나는 아이의 두 손에 구슬을 쥐여줬다.

그런 다음 이마의 잔머리를 정리해 주고 웃으며 말했다.

"우리 또 보자, 예빈아."

아이의 손에 포개진 구슬이 밝아진다.

* * *

"후, 시작해 볼까!"

대청소가 시작됐다.

김유리는 집 안의 문을 모두 열고 먼지떨이를 들었다.

바람이 머리를 맑게 하고, 노동이 잡생각을 떨쳐낸다.

방구석에서 예전에 잃어버렸던 귀걸이도 찾아냈다. 냉장고에 숨어 곰팡이가 슬어 있던 사과도 버리고, 오랫동안 버릴까 말까 했던 물건도 정리하고, 나중에 갈면 되지 했던 형광등도 이 기회에 갈아버렸다.

집 안이 깨끗해질수록 거실에는 버릴 물건들이 자리 잡았다.

유행이 지나 버린 오래된 옷, 아쉬워서 버리지 않았던 해어진 옷, 고장 난 커피포트같이 버릴 것은 계속 나왔다.

더 나올 것이 없을 정도로 정리를 하고 나서 김유리는 마지막으로 닫혀 있는 방 앞에 섰다.

문을 열자, 알록달록한 벽지가 눈에 들어왔다.

한쪽에는 장난감이 있고 책상에는 컴퓨터가 있었다.
벽에 붙은 책장에는 재밌는 책들이 가득했다.
그녀는 찬찬히 방 안을 둘러보다가 의자에 놓인 책가방을 보고 입술을 꾹 다물었다.
창문턱에 놓은 액자를 손에 쥐었다. 틀에 묻은 먼지를 훔쳤다.
예빈이와 함께 찍은 사진이 거기 있었다.
놀이공원에 가고 싶다고 노래를 불렀지만 당연히 갈 수가 없어서.
그래서 인적 드문 공원에서 엄마와 함께 셋이서 김밥 소풍을 갔던 날.
그때를 회상하며 김유리는 액자 속 사진을 매만졌다. 온기도 부드러움도 느껴지지 않았다. 차갑고 딱딱한 유리가 딸을 향한 그녀의 손길을 가로막았다.
몸을 너무 움직였던 걸까. 피곤하고 졸음이 몰려왔다.
그래서 액자를 품에 안고 침대에 잠깐 누워 눈을 감았다.
한 번만… 아이가 꿈속에 찾아오기를 바라면서.
한 번만.
그래서 딱 한 번만 불러주기를.
[엄마!]

* * *

눈을 떴을 때 김유리는 차 안에 있었다.
여기가 어디인 걸까. 매니저가 운전하는 중인 건가? 내가 언제 집에서 나왔지?

꿈과 현실의 중간에 서 있는 기분이었다.
이해할 수 없는 상황이었지만 왠지 길게 생각을 이을 수가 없었다.
"엄마."
고개를 옆으로 돌린 순간 눈물이 핑 돌았다.
그토록 보고 싶던 딸이 옆에 있었다.
"예빈아… 예빈아!"
와락 끌어안았다.
작은 몸집이, 부드러움이, 체온이 그녀의 가슴에 와 닿았다.
"엄마, 왜 그래?"
한참 만에야 아이가 물었다. 그래서 아이를 꼭 끌어안고 속삭였다.
"엄마가… 꿈을 꿨어. 예빈이가 곁에 없는 꿈을."
"나 여기 있는데? 엄마가 안고 있잖아."
정말이었다. 그토록 간절히 바라던 일이었다.
"나 답답해, 엄마."
김유리는 아이를 품에서 놓고 얼굴을 살폈다.
보석처럼 예쁜 눈동자에 눈물로 얼룩진 그녀의 얼굴이 비쳤다.
"엄마, 계속 울 거야?"
"엄마가 너무 좋아서 그래, 예빈이 얼굴 보니까 너무 좋아서."
"그만 울어. 우리 소풍 가는 거잖아."
"소풍?"
"응!"
차가 멈추는 게 느껴졌다.
문이 열렸고, 그녀는 딸의 손을 꼭 잡고 차에서 내렸다.
어딘가 싶었는데 놀이공원이었다. 직원들 말고는 손님이 아무도 없는 놀이공원. 그래서 카메라에 찍힐 걱정도 사람들 눈을 신경 쓸 필요도 없었다.

"엄마."

딸이 손을 잡아당겼다. 환한 얼굴로 어서 놀자고 재촉한다.

그래서 맞잡은 손에 힘을 주고 딸과 함께 즐거운 시간을 보냈다.

놀이 기구를 타기 위해 줄을 서서 기다릴 필요도 없었다.

어린이 범퍼카도 타고, 회전목마도 타고, 퍼레이드도 구경했다.

중간에 배가 고파서 햄버거도 먹고 벤치에서 잠깐 쉬기도 했다.

그때마다 머리 위에 있던 해는 조금씩 기울었다.

그림자도 조금씩 길어졌다.

실컷 놀고 해가 조금밖에 남아 있지 않았을 때, 두 사람은 집으로 돌아와서 딸이 좋아하는 떡볶이를 했다.

주방에 웃음소리가 가득했다.

그릇을 깨끗이 비운 딸이 빙긋 웃는다.

그런데 왠지 졸려서, 손등에 턱을 비스듬히 받친 채 딸을 바라봤다.

"맛있었어?"

"응! 엄마 최고!"

"우리 씻을까?"

김유리는 딸과 함께 욕조 가득 채운 따뜻한 물에 들어갔다.

첨벙첨벙 소리와 까르르 웃음소리, 화장실 거울에는 김이 가득 서렸다.

위잉, 소리와 함께 드라이기가 켜졌다.

"자, 엄마 봐야지."

뽀얀 얼굴이 그녀를 바라봤다. 너무도 예뻐서 머리카락을 말려

주고 볼을 꼬집어줬다.
“아파.”
“아프면 안아줘야지.”
딸을 힘껏 들고 침대로 갔다.
푹신한 침대 속으로 같이 들어갔다.
간지러움을 태우고 딸을 꼭 안았더니 졸음이 밀려왔다. 눈꺼풀이 무거웠다.
“엄마.”
“응…….”
딸이 품 안에서 속삭였다.
“이제 울지 마.”
“응, 엄마 이제… 안 울게.”
“약속.”
손가락 도장까지 찍자, 딸은 만족한 듯 웃었다.
“예빈아… 사랑해.”
“엄마, 사랑해.”
너무도 행복한 하루가 지고 있었다.

.

.

.

“언니?”
우예지 팀장은 집에 들어오자마자 거실의 창문부터 닫았다.
집 안 가득 한기가 가득했다.
“언니, 청소했어요?”

불 켜진 거실에는 물건들이 놓여 있었지만, 집주인이 보이지 않았다.

우 팀장은 방마다 돌다가 침대에서 잠들어 있는 김유리를 발견하고는 안도의 숨을 내쉬고 조심스럽게 그녀에게 다가갔다.

깨울까 말까.

너무 곤하게 자고 있어서 손을 움츠리는데, 촘촘하게 자리 잡은 눈썹이 바스락거린다.

"예지야."

"예, 언니."

여전히 누운 채로 김유리는 옅은 미소를 띠고 말했다.

"배고파."

평소 식욕이 별로 없는 그녀였다. 근래에는 뭘 먹고 싶다고 말한 적도 없었기에, 우 팀장은 반가워서 핸드폰을 바로 꺼내 들었다.

"뭐 드시고 싶으세요? 바로 배달 시킬게요."

"냉면… 먹으러 갈까?"

김유리의 제안에 우 팀장은 핸드폰을 천천히 내려놓고 고개를 끄덕였다.

* * *

「며칠 후」

고석천 교수는 찾아온 손님에게 차를 내주고 마주 앉았다.

그녀는 스포츠신문을 보고 있었다.

신문의 1면 타이틀은 〈여배우 김유리의 고백〉이었다.

문답 형식의 기사에서 김유리는 모든 사실을 고백했다.

왜 지금에 와서 고백하냐는 마지막 질문에, 그녀는 이렇게 답했다.

'제 딸은 세상에 존재했으니까요.'

고석천은 기사 내용을 상기하며 다시 한번 차를 권했다.

"식기 전에 마셔. 중국에서 직접 사 온 보이차야."

그제야 김유리는 신문을 내려놓고 찻잔의 손잡이를 향해 손을 뻗었다.

"후회하지 않아?"

"예."

미소를 보여주고 차를 한 모금 마시는 그녀에게 고석천은 아쉬운 듯 속삭였다.

"제작사에서도 그냥 가자고 했다면서? 꼭 하차까지 할 필요가 있었나 모르겠다."

"다행히 위약금 얘기는 안 하더라고요."

"웃음이 나오냐."

"조금 더 쉬었다가 활동하려고요."

"회사와는 재계약하는 거야?"

"아니요."

김유리가 찻잔을 내려놓는다.

그러고는 고석천을 빤히 바라봤다.

"왜?"

"대표님은, 교수님보다 대표님 소리가 더 잘 어울려요."

"야, 나 이래 봬도 인기 많아."

“아휴, 그러셨어요?”

피식 웃더니, 김유리는 뜻밖의 얘기를 꺼냈다.

“저랑 같이 일해보실 생각 없으세요?”

“그게…….”

고석천은 이마를 긁적였다.

얼마 전에 찾아온 최고남에게서 같은 제안을 받았기 때문에.

“실은 나, 퓨처엔터 들어가기로 했어. 같이 일해보자고 그러더라고. 물론 내가 너 생각해서 엉덩이 한번 걷어차 줬지.”

“잘도 그러셨겠다.”

김유리가 가방을 챙기고 일어난다.

왠지 무안해져서, 고석천이 머뭇거리자 그녀가 고개를 갸웃하며 속삭인다.

“진짜 15억을 받아야 하나.”

“15억?”

“서울에서 봬요.”

“아, 안정국 교수가 너랑 동기라며?”

“예.”

“여기까지 왔는데, 얼굴 한번 보고 가지 그래?”

“그러려고요. 어딨어요? 정국이.”

김유리가 자신을 찾아 다가오는 것도 모르고…….

안정국은 강의실에서 학생들과 옛날얘기를 하고 있는 중이었다.

“그때, 유리 안 좋아하는 남학생이 없었지.”

“교수님도요?”

“나라고 예외 있겠어?”

"그럼, 고백하시지 그러셨어요?"

안정국은 나직이 한숨을 쉬었다.

그러려고 했었지. 짝사랑이 지겨워질 무렵에 용기 내 고백하려고 했는데, 김유리의 곁에는 이미 다른 사람이 있었다.

그것도 과에서 제일 잘생긴 선배가.

하지만 그 선배를 잠깐 떠올린 안정국은 갑자기 찬물이라도 끼얹힌 듯한 기분이 들어서 얘기를 관뒀다.

"자, 수업 시작합시다."

"아아, 교수님! 더 얘기해 주세요!"

"교수님, 극단 시절 얘기해 주세요!"

"이거 안 되겠는데? 방학 중에도 학교에 나온 여러분의 열의를 봐서 특강을 해주려고 했더니……."

"교수님, 지난번에 명함 받으신 건 어떻게 되셨어요?"

안정국은 서랍 어디쯤에 있을 명함을 떠올렸다.

'명함은 무슨. 애들 앞에서 체면 세우라고 준 걸 가지고.'

그래서 대수롭지 않게 생각하고 있었다.

"교수님 빨리 브라운관 데뷔하세요!"

"맞아요, 솔직히 교수님이 강현준보다 연기 레벨로는 한참 하이급이잖아요?"

회당 1억 받는다는 톱스타 강현준.

"교수님, 강현준 학교 다닐 때는 어땠어요? 과 선배셨잖아요!"

순간, 안정국의 눈빛이 싸늘해져서 질문을 꺼낸 학생이 움찔했다.

"더 궁금한 것은 여러분이 졸업하고 현장에서 일하게 되면 그때 물어봐."

“어? 김유리…….”

“김유리 얘기 좀 그만하고!”

교단을 탕 치며 얘기할 때였다.

“야, 안정국, 내가 그렇게 싫으니? 학생들 무안하게 할 정도로?”

강의실 입구를 돌아본 안정국은 말을 잇지 못했다.

한눈에 확 시선을 사로잡는 외모는 오래전 OT에서 마주친 첫사랑의 모습과 똑같았으니까.

정신이 너무 아득해져서… 안정국은 학생들의 환호성도 귀에 들리지 않았다.

김유리가 학생들에게 뭐라고 뭐라고 말하고 나서 그를 바라봤다.

“나가자.”

“어?”

“밖에 눈도 오는데 눈사람 만들자.”

강의실 창 너머에 눈이 펑펑 내린다. 학생들이 들떠서 밖으로 나간다.

“어서.”

안정국은 재촉하는 그녀를 바라보다가 입을 열었다.

“네가… 그랬잖아? 눈이 펑펑 오는 날 함께 걷는 건 특별한 의미라고.”

오래전에 그녀가 했던 말을 어렴풋이 떠올리고 얘기했다.

김유리가 피식 웃는다.

“누가 걷재? 눈사람 만들자고!”

아, 그랬지.

도대체 왜 이러는 걸까.

김유리 앞에서는 바보가 된다.
그래서 고개를 절레절레 흔들며, 안정국은 그녀를 뒤따라갔다.

*　　　　*　　　　*

[이제 김유리는 괜찮아진 걸까요?]
"채워지길 바라야지. 뻥 뚫린 마음을 가득 채우고도 남을 무언가가."
아무튼, 김유리의 업보 지수는 아직 변동이 없었다.
다행이라면 더 오르지는 않았다.
김유리가 드라마에서 하차까지 할 줄은 몰랐지만, 신문 속 그녀의 얼굴은 어느 때보다 환했다.
[그럼, 다음으로 넘어가야겠네요?]
윤소림은 촬영이 얼마 남지 않았다. 넷플렉스 방영은 2월 예정이고.
그사이 광고 촬영과 휴식을 병행할 거다.
강주희나 성지훈은 더 신경 쓸 필요가 없으니, 퓨처엔터는 이제 연습생들의 데뷔 준비를 해야 할 것 같다.
그리고 은별이는 이제 4학년이 된다.
나는 이런저런 생각을 하면서 건물 입구를 서성거렸다.
정신을 차렸을 때는 하늘에서 눈이 내리고 있었다.
"좀 걸을까?"
저승이가 고개를 끄덕인다. 그런데 그때, 계단에서 윤소림이 내려왔다. 그리고 머리카락을 펄럭이며 폴짝 뛰어내려 내 옆에 섰다.

"대표님, 눈 와요."

"겨울이니까."

라고 했더니, 윤소림이 눈을 크게 뜨고 쳐다본다.

그래서 나도 눈썹을 꿈틀 올렸더니 계속 말은 안 하고 밖을 향해서 눈짓한다.

뭐야.

"좀, 걸을까?"

밖으로 나갔다. 윤소림이 밝게 웃으며 쫓아 나온다.

눈이 와서 들뜬 강아지처럼.

나는 피식 웃다가 옆을 쳐다봤다. 저승이가 웃는 건지 심드렁한 건지 모를 얼굴로 나란히 걷고 있다.

[비하인드 Scene1]

"이게 누구야? MNC의 스타 피디 조태환 아니야?"

구내식당에 들어선 조 피디를 향한 부러움 가득한 시선.

그리고 이들이 가장 궁금한 한 가지.

"도대체 누구야?"

"뭐가요."

"5억 기부한 사람. 조 피디는 알 거 아니야?"

김유리의 무대에서 거액을 기부한 팬.

많은 사람들이 궁금해하고, 기자들의 질문도 많이 받았지만 제작진은 끝까지 밝히지 않았다. 기부자가 익명을 요구했기 때문이다.

"우리가 아는 사람이야?"

"아마도."
"아, 답답하네."
조 피디는 재촉하는 선후배 피디들을 뒤로하고 좋아하는 소시지 반찬을 식판에 올렸다.
그런데 이때, 주머니가 부르르 떨린다.
주섬주섬 핸드폰을 꺼내 들고 수신자를 확인했다.
[존경하는 최고남 대표님]
그날 방송 이후, 최고남을 리스펙트 하기로 마음먹은 조 피디였다.

[비하인드 Scene2]

"짜증 나네."
차 안에서, 강현준은 기사를 계속 새로고침 하면서 인상을 찌푸렸다.
김유리의 기사에 아이 아빠에 대한 추측성 댓글들이 계속 붙고 있었기 때문이다.
대학 시절 연인과 선후배라는 단서들이 꼬리에 꼬리를 물더니 급기야 그의 이니셜까지 거론되고 있었다.
"야, 백 대표 뭐래? 손쓰고 있대?"
"예, 기자들 만나서 입막음하고 있다고 합니다."
매니저의 대답에 강현준은 핸드폰을 바닥으로 내팽개쳤다.
"또라이 같은 게 갑자기 왜 혼자 지랄이야. 죽은 애가 이런다고 돌아와? 씨팔!"
욕지거리를 내뱉는 그의 모습에 매니저가 눈치를 보면서 입을 열었다.

"형님, 내리셔야 하는데요."

"알아, 인마!"

신경질적으로 내뱉고 차에서 내린 그는 미소를 환하게 지었다.

"꺄아! 오빠!"

"오빠, 사랑해요!"

"현준 오빠!"

영화 홍보차 라디오에 출연하는 강현준을 향해 팬들의 환호성이 쏟아졌다.

팬들은 꽃이며 선물이 담긴 쇼핑백을 바리바리 전달했다.

"뭘 이런 걸 가져왔어?"

"오빠 좋아하는 와인이요! 맛있게 드세요!"

"고마워, 잘 먹을게."

쇼핑백을 매니저에게 넘기고, 강현준은 기다려 준 팬들에게 사인을 해주기 시작했다.

오래된 팬들에게는 가끔 안부를 묻기도 했다.

"너 결혼한다며? 나 섭섭하다."

"죄송해요, 오빠. 그래도 오빠가 짱이에요."

"입에 침이나 바르고 거짓말해라, 하하."

"그래도 오빠는 연애하시면 안 돼요. 할 거면 걸리지 마시고."

"안 해, 안 해."

또 다른 오랜 팬은 얼마 전 아이를 출산했다.

"딸이야, 아들이야?"

"딸이요!"

“너 닮았으면 예쁘겠다?”

“너무 예뻐요! 오빠도 꼭 딸 낳으세요! 오빠 닮으면 진짜 예쁠 걸요?”

“야, 누가 들으면 나 결혼한 줄 알겠다.”

핀잔하고, 강현준은 백만 불짜리 눈웃음을 지은 다음 사인을 건넸다.

그때였다.

“가까이 오시면 안 돼요!”

매니저가 누군가를 서둘러 막아서면서 목소리를 높였다.

강현준은 팬들에게 사인을 계속 하면서 힐끗 보다가 다가오는 사람의 얼굴을 보고 놀라서 사인을 멈췄다.

“이게 누구야? 정국이 아니야?”

오랜만에 보는 대학 후배의 얼굴을 보고 반가워하는 강현준.

그런데 다가온 안정국은 강렬한 한마디를 내지르며 주먹을 뻗었다.

“개새끼야!”

제4장 — 봄에 오세요 I

“아, 추워.”

KIS 신입 아나운서 명수정은 발을 동동 구르며 불을 지펴놓은 드럼통을 향해 손을 뻗었다.

내의에 파카까지 걸쳤지만 겨울바람이 송곳처럼 날카롭다.

곁에 있던 카메라 감독도 콧물을 훌쩍거리면서 불만을 쏟아냈다.

“에이씨, 추워 죽겠네! 무슨 촬영을 꼭두새벽부터 찍어? 내가 이래서 우리 방송 안 보고 생방송한밤 보잖아!”

“저도 이제 그러려고요. 아니, 뉴스도 딴 거 봐야겠다. 내가 연예가소식 리포터라니, 리포터라니.”

명수정이 얼어붙은 손으로 볼살을 비비며 중얼거릴 때, 몸을 움츠린 〈연예가소식〉 팀 조연출이 불 옆에 다가왔다.

"오늘 넷플렉스 관계자들 온대요."

"넷플렉스?"

"예. 아시아 담당자가 들른다는 모양이에요. 그래서 큰 씬 하나 오늘 찍는 것 같더라고요. 잘됐죠 뭐."

촬영 끝물이라고 해서 별거 없을 줄 알았던 조연출은 내심 안도하는 표정이었다.

"그럼 윤소림 인터뷰부터 딸 거야?"

"아니요, 섭외할 때 촬영 마치고 인터뷰하기로 약속해서요."

"야, 그럼 왜 이렇게 일찍 온 거야?"

"준비 과정도 찍어야 될 거 아니에요. 그래야 그림 나오지. 장사 하루 이틀 해요?"

"그놈의 장사 관두고 싶다. 근데, 드라마 국장이 빡돌았다는 게 무슨 소리야?"

"윤소림이 MNC 나들이 가서 그렇죠 뭐."

김유리의 팬이 5억을 기부해서 빛이 바래기는 했지만, 윤소림 무대 역시 화제는 화제였다.

본인 곡은 아니었지만 흠 하나 없는 무대를 보여준 데다가 팬들의 단합력으로 기부금 숫자 단위가 실시간으로 바뀌는 기염을 토해냈으니까.

"예능 국장님도 가만히 있는데 왜 본인이 난리야?"

"그러게요. 아무튼 이왕 온 거, 제대로 하나 건져 갔으면 좋겠는데."

입술을 깨물며 고심하던 조연출은 문득 옆으로 고개를 돌리다가 눈을 크게 떴다.

명수정이 불 앞에서 꾸벅꾸벅 졸고 있었다.

"수정 씨!"

큰 소리로 부르자, 그녀가 고개를 번쩍 들었다.

"예, 수험 번호 7번 명수……."

힘차게 수험 번호를 외치던 그녀가 상황을 파악하고 눈을 깜빡거리자 조연출은 진지하게 경고했다.

"조심해. 머리 타서 대머리 될라."

* * *

새해 벽두부터 나는 촬영장을 찾았다.

크랭크업까지 촬영 회차가 얼마 남지 않아서인지 현장에 감돌던 긴장감은 전보다 많이 옅어져 있었다. 보통 큰 씬은 초반에 찍어서 촬영 후반부로 갈수록 부담이 줄어드는 편이기 때문이다.

하지만 배우들은 사정이 조금 다르다.

윤소림도 일찌감치 메이크업을 끝내고 대본을 손에서 놓지 않고 있었다. 아직 중요한 씬이 남아 있어서 끝까지 긴장을 늦출 수가 없었다.

아랫입술을 잘근잘근 씹으면서, 부릅뜬 눈으로 대본을 읽고 있는 모습을 보고 있자니 그녀에게서 유복희의 표독스러운 면이 약간 보이는 것 같았다.

방해하지 않으려고 나는 차에서 내렸다.

연예가소식팀이 불 앞에서 꾸벅꾸벅 졸고 있는 게 보인다.

이현미 감독은 또 다른 드럼통 앞에서 심각하게 콘티를 들여다보고 있었다.

어스름한 푸른 공기를 뚫고 그녀에게 다가간 나는 파카 주머니에 넣어뒀던 캔 커피 하나를 건넸다.

“감독님.”

“아, 고마워.”

커피를 반긴 그녀가 콘티를 손에서 잠깐 내려놓으며 묻는다.

“오늘 넷플렉스 관계자 온다는 얘기 들었지?”

나는 다른 주머니에서 꺼낸 캔 커피를 입에 물며 고개를 끄덕였다.

투자자가 현장에 들르는 것이 딱히 특별한 일은 아니지만, 제작사인 스카이플라워 입장에서는 여간 신경 쓰이는 일이 아닌 모양이었다.

“그래서 일부러 큰 씬을 남겨놓은 건가요?”

“새해 첫날부터 목 졸리게 해서 미안하지만.”

이현미 감독이 희미하게 웃는다.

“콘티 좀 봐도 될까요?”

“여기.”

장남 장도진에게 사주받은 깡패들은 유복희를 납치해서 부둣가의 창고로 끌고 온다.

이곳에서 그녀를 살해해 물고기 밥으로 만들려는 계획.

그 과정에서 장도진에게 목이 졸리기 때문에 썩 유쾌한 촬영은 아니었다.

콘티대로라면 꽤 강렬한 씬이 연출될 것 같았다.

"이 정도면 넷플렉스 관계자 눈은 확실히 잡겠는데요?"

"글쎄, 오늘 오는 사람들이 유독 깐깐한가 봐. 현장 둘러보고 돌아가면 영화사 팩스에 불이 난대. 수정 리포트가 끝도 없이 들어온다고 하더라고."

제작사 입김에 편집이 좌지우지되는 할리우드 시스템과 달리 넷플렉스는 크리에이터의 편집권을 존중하는 편이었다.

그런데 이번 경우는 아닌 모양이다.

"아무래도 최근에 퀄이 떨어지는 작품들이 쏟아져서인가 보네요. 제작사 입장에서는 이미 제작비 보전됐겠다, 손익분기점 걱정할 필요 없으니까 용쓸 필요 없고. 그러니 결국 넷플렉스에서 관여하는 거겠죠."

"나도 그렇게 생각해. 근데 올 거면 진작 오든가. 다 끝나가서 와."

구시렁대는 그녀를 보며 나는 캔 커피를 쥔 손에 힘을 주며 속삭였다.

"근데, 우리 현장에서는 책잡을 게 있으려나 모르겠네요. 다들 완벽하잖아요? 현장도, 스태프들도, 배우들도… 그리고 감독님도."

이현미 감독이 콧잔등을 찌푸리고 마주 웃는다.

새벽 공기가 가실 때쯤에 낯선 사람들이 제작사 사람들과 현장에 도착했다.

왠지 경계되는 분위기 속에서 다른 배우들의 촬영이 먼저 시작됐다.

*　　*　　*

"야, 지금 분위기 좋은 거야?"

"글쎄요. 외국 사람들 표정은 좀처럼 알수가 없네."

촬영을 지켜보는 넷플렉스 관계자들은 키만 큰 나무들 같았다.

모여서 뭔가를 얘기할 때도 있었지만 대체로 표정 없이 현장을 지켜본다.

그것만으로도 여간 신경 쓰이는 게 아니었다.

"우리도 기분이 이런데, 여기 감독은 죽어나겠네."

"글쎄요, 그렇지도 않아 보이는데요?"

조연출이 심드렁하게 대꾸했다.

그가 보기에 여기 감독은 관계자들이 있건 없건 신경도 안 쓰는 것 같았다.

오히려 조급해 보이는 것은 관계자들 옆에 붙어 있는 제작사 사람들 같았다.

급기야 감독에게 가서 뭔가를 재촉하는데, 감독이 고개를 끄덕이더니 마침내 그 이름을 꺼냈다.

"소림 씨 나오라고 해."

동시에 연예가소식팀도 분주해졌다.

"드디어 나오는구만."

"저 지금 목소리 따야 해요?"

명수정이 파카를 벗으며 묻자, 조연출이 손을 흔든다.

"후시 딸 거니까 나와요, 나와!"

시무룩해져서 파카를 다시 입는 명수정 뒤로 최고남과 윤소림, 그리고 퓨처엔터 직원들이 걸어온다.

"와, 분위기 장난 아니네."

마침내 등장한 윤소림의 모습은 여제였다.

펴진 어깨는 당당하고 눈빛은 카리스마가 서렸다.

얼굴에는 상처 분장이 군데군데 있었지만 카메라 밖에서 보이는 외모는 추위도 잊게 만들 만큼 시선을 확 사로잡는다.

그런데 이현미 감독이 고개를 갸웃하더니 윤소림의 스타일리스트를 불렀다.

"블라우스를 좀 더 찢자. 쇄골 라인이 확실히 나오게."

"그럴까요?"

스타일리스트가 대답하면서 카메라 안으로 들어가려는 때였다.

부욱.

윤소림이 그냥 제 옷을 붙잡고 찢어버렸다.

표정 하나 바꾸지 않고 옷을 찢어발기는 모습에 연예가소식팀이 되레 흠칫 놀랐다.

그러자 옆에 있던 촬영팀 스태프가 끌끌 웃으며 속삭였다.

"참 신기해요. 배우들은 촬영 들어가기 전에는 그냥 예쁜 여배우인데, 촬영만 들어가면 다른 사람이 튀어나온단 말이죠."

아무튼 찢어진 옷이 마음에 들었는지, 이 감독이 바로 촬영을 재개했다.

"액션!"

슛이 떨어지자, 상대 배우인 박승태가 윤소림에게 달려들어 목을 움켜쥔다.

"정말 네가 장산을 차지할 수 있을 거라고 생각한 거야? 어? 감히 네가!"

새빨개진 윤소림의 얼굴에 선명한 미소가 떠오른다.

"너 같은… 개잡놈이 후계자니까… 해볼 만한 것 같아서."

"이, 개같은 년이!"

더욱 세게 움켜쥐고 팔을 부들부들 떨던 박승태가 그녀를 팽개쳤다.

기침을 쏟아낸 윤소림은 입가에 침을 늘어뜨리며 박승태를 말없이 응시했다.

"말해, 비자금 어딨어? 아버지가 알려준 비자금 계좌! 어딨냐고."

"왜? 그거 가지고 구슬 따먹기라도 하게?"

"이이!"

박승태가 높이 치켜든 주먹을 부들부들 떤다.

두 배우의 합에 다들 숨죽일 때 컷이 한번 떨어졌다.

하지만 이현미 감독은 배우들이 집중할 수 있게 바로 촬영을 이어갔다.

박승태가 숨을 한번 고르고 대사를 꺼냈다.

"어. 구슬 따먹기 하려고. 그러니까, 어딨어?"

"네가 그래서 안 되는 거야. 비자금을 물어볼 게 아니라, 지분을 물어봤어야지."

"씨발년이 진짜 장난하나!"

다시 멱살을 움켜쥔다. 성인 남자의 거센 흔들림에 윤소림의 몸이 종잇장처럼 나부꼈다.

박승태가 밀치면서 멱살을 놓는 순간 뒤에 쌓여 있던 물건에 그녀의 몸이 부딪쳤다.

잠깐, 박승태의 표정이 놀란 듯 경직됐지만 윤소림은 몸을 일으켜서 싸늘하게 그를 쳐다봤다.

"장난… 그래, 장난. 너희들은 처음부터 날 데리고 장난쳤잖아? 그래서 나도 장난쳤어."

"미친년. 진짜 겁대가리를 상실했구나?"

"재미없나 보네."

윤소림이 입술을 훔친다. 피와 땀이 얼룩진 볼까지 소매로 훔치고 말한다.

"그럼… 그만하자, 장난."

말이 끝나자마자 박승태는 무릎을 꿇었다.

그는 손을 떨면서 제 뒷통수를 매만졌다.

손바닥에 피가 흥건하다.

뒤를 돌아보니 그가 고용한 깡패가 피가 묻은 나무토막을 들고 있었다.

"…왜?"

그사이 윤소림은 비틀거리면서 벗겨진 구두를 챙겨 신었다.

또각또각.

다가온 그녀는 박승태를 싸늘하게 내려다봤다.

"왜는 무슨. 그냥 죽어."

깡패가 나무토막을 높이 치켜든다.

"컷!"

오케이 사인이 떨어지자, 연예가소식팀 조연출은 속삭였다.

"이번 주는 생방송한밤도 섹션텔레비도… 배 좀 아프겠네."

마지막으로 연예가소식팀 카메라는 넷플렉스 관계자들을 담았다.

그들은 아이돌 팬들처럼 다 같이 핸드폰을 들고 윤소림을 촬영하고 있었다.

*　　　　　　*　　　　　　*

"얘들아, 사과 먹어."

박은혜가 예쁘게 깎은 토끼 모양의 사과를 가져왔다.

소파에 앉아 있던 권아라와 송지수가 냉큼 포크를 손에 쥔다.

"연우는 안 먹어?"

"언니; 쟤는 내버려 둬요."

소연우는 아까부터 송곳니로 입술을 괴롭히며 핸드폰만 붙잡고 있었다.

오늘이 드디어 그날이기 때문이다.

"왜 안 바뀌는 거야."

퓨처엔터 공식 홈페이지를 계속 새로고침 하는 소연우.

현재 아티스트 섹션에 〈윤소림〉, 〈고은별〉, 〈강주희〉, 〈성지훈〉이 있는데, 오늘 여기에 4명의 소녀들로 이뤄진 걸 그룹이 추가될 거라는 특급 정보를…….

"승권 오빠가 오늘이라고 했는데."

속삭임에 박은혜가 눈을 깜빡거리며 물었다.

"아라야, 내가 잘못 들은 거야? 언제부터 연우가 매니저님을 오빠라고 부른 거야?"

"둘이 베프예요."

싱겁게 얘기하고 사과를 콕 집는 권아라.

"진짜?"

하고 물었더니, 소연우가 재빨리 고개를 들었다.

"언니, 앞으로 제가 회사의 모든 소식을 가져오겠습니다!"

씨익 웃는데, 송지수가 나직이 속삭였다.

"그 말은… 반대로 우리의 정보가 유출될 수도 있다는……."

"아, 언니. 그건 아니다."

"나는 지수 언니 말에 한 표."

"아니거든?"

고양이처럼 으르렁거린 소연우는 다시 인터넷 창을 새로고침했다.

그런데 화면이 딱 바뀌었다.

[박은혜, 소연우, 권아라, 송지수]

네명의 프로필사진이 메인에 딱 뜬 것이다.

"바뀌었다!"

다들 우르르 모였다.

한데 모인 시선에 팀명이 선명하게 보인다.

[릴리시크]

*　　　*　　　*

「MNC 예능국」

—PPL 때문에 죽겠어요.

집에서 한 발짝도 못 나오고 대본 집필에 몰두하고 있는 전유라 작가와 오랜만에 통화했다.

어제 뭘 먹었고, 아침에 수도가 고장 나서 고생한 일 같은 시시한 얘기로 말문을 튼 그녀가 한숨과 함께 고충을 털어놨다.

사실 많은 작가들이 PPL을 달가워하지 않는 편이다.

산더미 같은 PPL을 대본 중간중간 끼워 넣어야 하는 게 생각보다 쉬운 일이 아니기 때문이다.

뭐, 돈 번다고 좋아하는 작가들도 있지만.

"PPL 잘 녹이는 작가가 진짜 작갑니다. 새로 들어오신 작가님하고 머리 싸매고 고민해 보세요."

전 작가는 차기작 대본을 집필하면서 보조 작가를 구했다.

착실하게 성장하는 중이라고나 할까.

아무튼, 지금 하소연이나 할 때가 아니라고 일침을 주고 나는 힘찬 발걸음과 함께 MNC 예능국에 입성했다.

근데 조 피디는 어디를 갔나.

주인 없는 빈 의자만이 나를 반기길래 주위을 돌아봤다.

다행히 옆 책상의 칸막이 너머에서 졸린 눈을 비비고 있던 3인칭시점 작가가 안경을 고쳐 쓰더니 날 알아봤다.

"피디님 금방 오실 거예요, 앉아계세요."

"예."

"근데 어쩌죠? 저도 일어나 봐야 할 것 같아서……."

"저 신경 쓰지 마세요."

작가가 나가고, 나는 핸드폰을 다시 들었다.

"유유는 지금 뭐 하고 있으려나."

심심해서 문자나 보내보려다가 화들짝 놀라서 핸드폰을 놓칠 뻔했다.

[방기룡 국장님]

젠장, 심장이 덜컹 내려앉을 뻔했네.

안 받으면 또 한동안 괴롭힐 게 뻔해서 마지못해 전화를 받았다. 그리고 예상 그대로, 쩌렁쩌렁한 목소리가 날 잡아먹을 듯이 들려왔다.

—이 나쁜 놈아!

"또 왜요."

—MNC 가서 잘되니까 기분이 어때?

"그거야, 상황이……."

—상황은 무슨! 너 그러는 거 아니야, 윤소림의 시작이 어디야?

"당연히 KIS죠."

—그걸 아는 놈이 윤소림을 MNC에 출연시켜? 두근두근에서 하차하고 망망대해에 떠다니는 너를 건진 게 바로 나야! 알아, 인마?

말은 바로 해야지. 김 피디가 제안했지 자기가 했나.

—너 지금 어디야? 설마, 지금 MNC에 있는 거 아니지?

"에이, 그럴 리가요."

방 국장이 괜히 그 자리까지 올라간 게 아니다.

확실히 촉이 남달라.

아무튼, 이런 상황에서 가장 효과적인 것은 말 돌리기다.

"아, 국장님 그거 들으셨어요?"

—뭘!

"아니, 김 피디가 기어이 TVX에 가려는 모양인데요?"

—뭐어? 김재하 이 자식이 죽으려고!

방 국장의 분노에 김 피디가 가루가 되도록 까인다.

죄책감이 들 정도로 김 피디를 씹고 나서, 윤소림을 KIS 드라마에 꽂기 위한 방 국장의 설득이 이어졌다.

네네, 거리며 대꾸하고 있는데 똑똑 두드리는 소리가 들렸다.

중년에 가르마 머리를 한 남자가 책상 모서리를 두드리고 날 향해 씨익 웃는다.

"아, 통화 중이시네."

피디겠거니 싶어 핸드폰을 살짝 떼고 눈인사를 했더니, 그가 명함을 슬쩍 놓고 윙크를 하며 나간다.

명함에는 MNC 예능프로그램 이름이 볼펜으로 꾹꾹 적혀 있었다.

—야, 그럼 고석천 그 양반 너랑 일하는 거야?

"예."

고석천에게 이사 직함을 주고 회사에 데려왔다.

그뿐 아니라 백지우 매니저가 입사했고, 스타일리스트와 미디어 홍보팀도 인력 충원이 있었다.

마침 위층 사무실이 공실이 돼서 거기도 추가로 임대했고.

전유라 작가처럼 퓨처엔터도 성장 중.

똑똑.

이번에는 눈웃음 짙은 여자가 살짝 눈인사를 하며 명함을 놓고 물러났다. 어제 편집실에서 꼬박 밤을 새웠는지 눈 밑에 다크서클이 짙었다.

그래서, 지금 내 앞에 명함이 두 장 놓였는데.

—김유리는 어떻게 되는 거야?

"계약 얘기 나눈 건 없습니다. 본인이 좀 더 쉬겠다고도 했고."

똑똑.

또다른 여자 피디가 두 손을 환하게 흔들고 정중히 명함을 놓고.

그 뒤로도 피디들이 계속 찾아와서 명함을 놓고 갔다.

그때마다 나는 엉덩이를 들썩였고, 방 국장의 목소리는 허공에서 혼자 춤췄다.

—너네 연습생들 곧 데뷔한다며?

이 양반은 나만 보나.

아니면, 최고남 이 자식 하나만 걸려라 이건가.

"데뷔는 아직 이르고요, 팀명만 공식화한 겁니다. 근데 어떻게 아셨어요? 기사도 안 났는데."

—나 은별나라 구독자야! 은별이가 얘기하더만.

이런 진상 구독자는 걸러줘, 유튜브!

—잠깐, 이 자식이 말 돌리고 있어! 윤소림 어떻게 할 거야? 차기작 우리랑 할 거지?

말은 자기 혼자 계속 해놓고 갑자기 버럭이람.

내가 진짜 을만 아니면.

"아, 선배 들어오셨어요?"

—뭐야? 누구 왔어?

"주희 선배요. 바꿔 드릴까요?"

전화가 끊겼다.

"후… 힘든 시간이었어."

핸드폰을 내려놓을 때에 맞춰 조 피디가 들어왔다.

내 앞에 쌓여 있는 명함을 보더니 눈이 휘둥그레진다.

"이게 다 뭐예요?"

"다들 하나씩 놓고 가셨네요."

이것이 바로 스타의 힘.

매니저의 가치는 앞에 붙는 스타의 이름이다.

1위 한 번 해본 적 없는 N년 차 아이돌의 매니저와, 똑같은 시간을 일한 여섯소년들 매니저와는 하늘과 땅 차이의 갭이 생기는 것이다.

나는 명함을 지갑에 챙겼다. 이때, 두꺼운 후줄근한 후드티를 입은 남자가 슬그머니 다가오는 게 보인다.

의자에 엉덩이를 붙이던 조 피디가 입모양으로 정체를 알려줬다.

"아육대, 아육대."

나는 눈치껏 일어나서 명함을 건네받았다. 남자가 능글맞게 웃으며 묻는다.

"저희 설 특집 있는 거 아시죠?"

"알죠. 명절 행사 아닙니까."

이 일 하면서 아육대 모르는 사람이 있나.

"그래서 마침 퓨처엔터 섭외 요청을 하려던 참이었거든요."

"저희는 거기 출연할 만한 가수가 없는데요?"

"왜, 한 팀 있잖아요? 릴리시크라고."

나는 지금 먹잇감을 발견한 하이에나의 눈빛을 보고 있다.

*　　　　*　　　　*

「서울 xx 병원」

로비를 지나던 의사는 교복 입은 소녀들이 헐레벌떡 들어오는 모습을 보고 멈춰 서서 알은척를 했다.

"연우야?"

"언니, 안녕하세요!"

"어, 어디 아파서 온 거야?"

"아니요, 아빠 보려고요. 언니, 아빠 지금 계세요?"

"아마 지금이면 회진 끝나셨겠지?"

"앗, 엘리베이터! 나중에 봐요, 언니!"

문이 닫히기 직전, 간신히 엘리베이터에 올라탄 소연우와 권아라.

"아, 뛰었더니 힘들다. 나도 대표님처럼 달리기나 배울걸."

지난봄 은별이의 운동회에서 바람을 뚫고 질주한 최고남의 유튜브 영상은 얼마 전 조회수 오백만을 가뿐하게 넘겼다.

유튜브의 알고리즘에 납치된 네티즌들 중에는 매일 아침 영상을 보면서 하루를 시작한다는 사람도 있을 정도였다.

"은별이 말로는 실제로 보면 기절할 정도래. 너무 빨라서."

"오버한다."

"진짜인지 아닌지는 보면 알겠지."

소연우가 딸기 케이스를 씌운 핸드폰 화면을 들여다보며 씨익 웃는다.

[축하축하! 아육대 피디님이 대표님에게 너희들 출연 제안 했대!]

김승권이 보내온 까톡이었다.

한마디로 대박.

아직 데뷔도 안 했는데, 곧바로 TV 출연이라니.

거기다 아육대?

설 연휴에 온 가족이 모인 자리에서 TV에 제 얼굴이 나오는 것을 상상한 소연우의 입가에는 미소가 만연했다.

그래서 이 소식을 아빠에게 들려주기 위해서 병원에 한달음에 온 것인데.

"아라야, 우리 이러다가 데뷔하자마자 차트 1위 하고 막 그러는 거 아닐까?"

"오버 좀 하지 마."

"아라 선생, 우리 솔직해지자구. 너 지금 얼굴 좋아 죽을 것 같거든?"

"…티 나?"

"완전."

뻘쭘해진 권아라는 엘리베이터 숫자를 보며 입을 열었다.

"근데, 확실히 결정 난 거 맞을까?"

"승권 오빠의 특급 정보라니까!"

"박하 언니도 별 얘기 없고, 은혜 언니도 그런 얘기 못 들었다잖아?"

슬슬 고개를 드는 의구심에 찜찜한 권아라와 달리 소연우는 핸드폰을 가슴에 끌어안으며 김승권의 문자를 철석같이 믿고, 아니, 맹신하고 있었다.

"정보야 매니저가 빠르지. 바로 현장에서 캐치하는 건데."

지금 소연우의 귀에는 무슨 말을 해도 들릴 것 같지 않았다.

엘리베이터에서 내린 두 사람은 한달음에 의국으로 달려갔다.

"아빠!"

문을 활짝 열고 들어가자, 소연우의 아빠가 다른 의사들과 얘기 중이었다.

딸을 본 그가 놀란 얼굴로 묻는다.

"너 여기 웬일이야?"

"아빠, 나 있잖아……."

환한 얼굴로 입을 열던 소연우.

이때 까똑 소리와 함께 핸드폰이 부르르 떨었다.

[연우야, 미안… 대표님이 그거 거절하셨대. 쏘리!]

까똑을 본 소연우는 입술을 대뜸 내밀었다.

"우씨!"

*　　　*　　　*

"아육대 나가면 좋은 거 아닌가요?"

"나가봐야 개고생이야. 새벽에 촬영 들어가서 자정이 다 돼야 촬영이 끝나는 것은 기본이고."

호기심 어린 모습의 김승권과 달리 유병재는 영 내키지 않는 표정이었다.

"그래도 인지도 확 올릴 수 있는 기회라서 출연하고 싶어 하는 애들도 많다던데."

"인지도 올릴 수 있지. 스타 되는 경우도 있고."

그런데.

"종목 하나 맡아서 준비하는 데도 시간 걸리고, 혹여 다칠 수도 있고, 하다못해 팬들 도시락까지 사비로 해결해야 해요. 아, 겨울이니까 핫팩도 준비해야 하는구나."

"진짜요?"

"그렇다고 거절하는 건 쉬운 줄 알아? 안 한다고 하면 음악방송 출연은 물 건너가 버리니까 울며 겨자 먹기로 할 수밖에 없어."

"좀 그렇네요."

"물론 그 모든 것을 감안해도 신인들에게 기회의 장이 되는 건 맞아. 아무래도 명절 효자 프로그램이니까."

하지만.

"근데 우리 애들은 아직 데뷔 무대도 안 선 애들이잖아. 그런 애들이 아육대에 나간다? 타 팬들이 가만있을까? 내 돌은 고생고생해서 아육대 나가는데, 쟤들은 왜 데뷔하자마자 아육대에 나가는 거야, 그러지 않겠어?"

"백만 안티가 양성되는 순간인 거지."

유병재와 차가희의 합동 팩트 폭행에 김승권의 동화 속 세상이 갈기갈기 찢긴다.

"그럼 은별이는요?"

최고남이 이런저런 이유를 들어 정중히 사양했더니, 아육대 피디는 은별이에게 화살을 돌렸다.

"은별이는 500살 마녀 출연과 3인칭시점 출연으로 인지도가 높아졌잖아."

그래서 유튜브에서는 실버 버튼을 넘어서 골드 버튼을 향해 달려가고 있고, 아육대 피디는 은별이를 리포터로 써서 깜짝 활약을 기대하고 있었다.

하지만 최고남은 그마저도 은별이 할머님하고 의논을 하고 답을 준다며 확답을 미뤘다.

"어머님은 뭐라셔?"

"생각 중이신데… 근데 의미 없어요. 은별이가 그 사실을 알아버렸으니까."

골드 버튼에 목마른 은별이가 얘기를 들었다는 것은, 고양이 앞에 생선이 놓인 것이나 다름없다.

"누가 얘기한 거야?"

유병재가 김밥 한 줄을 입에 물고 웅얼거리며 묻자, 김승권이 갑자기 인중을 긁적거리며 입술을 못나게 구긴다.

"지금 그게 중요한 게 아닙니다! 은별이 지금 특훈하고 난리 났어요. 대표님 질주 영상만 들여다보고 있다니까요?"

리포터라고 얘기했는데도 왜 달리기를 준비하는지 모르겠지만.

이때, 잠잠히 있던 차가희가 손을 흔들며 끼어들었다.

"아후, 남자들이 왜 그렇게 걱정들이야. 걱정 마요, 그날 내가 따라갈 거니까. 어차피 소림이도 곧 촬영 끝나서 할 일 없고."

"안 돼, 안 돼."

유병재가 고개를 절레절레 흔든다.

"왜요?"

"차 팀장 속셈 모를 줄 알아? 유튜브에 올릴 영상 찍으려고 그러는 거지? 은별이와 합동 방송이라는 명목하에."

못 들은 척, 차가희가 메이크업 용품을 정리하다가 극본 옆에 놓인 책을 손에 들었다.

그러자 유병재는 턱을 내밀어 물었다.

"그게 문제의 PPL이야?"

*　　　*　　　*

"그게 문제의 PPL이야?"

영화의 마지막 씬에서 등장할 시 한 편이 담긴 책.

대본에는 유복희가 내레이션으로 시 한 편을 읊는다고 표현돼 있었다.

"이거 요즘 되게 잘나가는 시집이래요. 시인이 첫사랑의 만남부터 헤어짐까지의 과정에서 겪은 마음을 기록했다고 하더라고요."

책의 목차는 만남, 우연, 설렘, 이별 같은 상황과 감정의 흐름으로 구성돼 있었다.

그래서인지 구매 후기에 시집을 읽으면서 시인의 마음이 고스란히 느껴지기 때문에 어느샌가 이 시가 시인의 이야기인지, 나의 이야기인지 착각이 든다는 후기가 많았다.

"딱 그런 얘기 좋아하는 2, 30대층 공략한 거지."

유병재가 초코바를 아그작아그작 씹으며 중얼거렸다.

"이 책 쓴 작가가 마지막 촬영 날 현장 들른다는데요? 소림이하고 사진 찍는다고. 이게 그렇게 돈이 돼나?"

"시청률 높은 드라마는 주인공이 시 한 편 읊고 나면 다음 날 몇만 부가 팔리니까. 단순히 해당 시집뿐 아니라 그 작가가 쓴 다른 작품도 연관해서 팔릴 테고, 그 계기로 인지도 올리니까 1석 2조, 아니, 3조지."

거기다 넷플렉스 영화이니 전 세계 시청자가 구매층이 될 가능성도 생긴다.

"그 사람의 발걸음은 얼어붙은 땅을 뚫고 올라오는 봄의 새싹처럼 힘찼다… 으, 오글거려."

차가희가 한 구절을 읽자마자 경기 일으키며 책을 내려놓을 때, 귀에 이어폰을 꽂고 집중하고 있던 윤소림이 슬며시 눈을 떴다.

마치 책 속의 발소리를 듣기라도 한 것처럼, 미소 짓고서 눈을 깜빡거린다.

그러자 유병재와 차가희는 알아들었다는 듯이 동시에 입을 열었다.

"대표님 오늘 안 와."

윤소림의 얼굴이 다시 시무룩해졌다.

*　　　*　　　*

"살이 에이도록 찬 바람에 꼭 닫은 문을… 발소리에 서둘러 엽니다."

유병재가 촬영장에서 들고 온 책을 뒤적이다가 눈에 띄는 시가 있어 나직이 읽었다.

따뜻한 차 한 잔을 입에 머금고, 소파에 기대면서 분위기 좀 잡아보려고 말이다.

그런데 문이 활짝 열리더니 노랑머리가 내 낭만을 와르르 깨버린다.

"대표님! 저 내일 아육대 현장 가도 되죠?"

"어, 안 돼."

"수고하세요!"

차가희가 바람같이 사라지고, 다시 시집을 펼치려는데 이번에는 저승이가 컴퓨터 모니터 앞에서 야단법석을 떨면서 날 방해한다.

[오우, 아프겠다!]

"뭘 보는 거야?"

궁금해서 다가갔더니 추석 때 방영했던 〈아이돌 육상대회〉 영상을 보고 있었다.

저승사자의 귀한 능력으로 마우스를 원격조정 하고 있다.

아무튼 방금 전 예나가 크게 넘어져서 이 호들갑인 모양인데.

"아육대가 사고가 많아."

그래서 제작진도 조심을 하는 편이고.

그런데도 마치 저주처럼 매번 크고 작은 문제가 일어난다.

사고든 논란이든 말이다.

[근데, 저기 가도 괜찮으시겠어요?]

저승이가 책상 위의 음식점 카탈로그를 향해 손가락을 내밀며 물었다. 카탈로그가 좌르르 넘어간다.

"뭐가?"

[저기 가면 아저씨의 업이 수두룩할 텐데.]

현재 활동하는 아이돌들이 한데 모여 있을 아육대 촬영 현장.

그중에 내 업보가 얼마나 많겠는가.

N탑에서 퇴출됐다가 데뷔한 애들도 있을 테고, 지금이 아니더라도 나중에 엮여서 날 원망하는 애들도 분명 있을 거다.

"그래서 하겠다고 한 거야."

나는 씨익 웃었고, 저승이는 책자에서 눈을 돌리고 촘촘한 눈썹을 찌푸렸다.

[예?]

"호랑이를 잡으려면 호랑이 굴에 들어가야지."

이번 기회에 생의 계획들을 쫙 스캔할 생각이다.

지금까지처럼 하나둘 해결하다가는 시소가 언제 기울지 알 수가 없기 때문이다.

[오! 적극적인 자세 아주 좋아요! 하지만 그 전에, 금강산도 식후경이라고…….]

저승이가 중국집 카탈로그 앞에서 입맛을 다실 때, 사무실 문이 다시 열렸다. 김나영 팀장이 환한 얼굴로 들어왔다.

"대표님, 승권 씨가 출입증 추가로 받아 왔습니다. 근데, 출연 거절했는데 가면 좀 그렇지 않을까요?"

아육대 촬영장에 릴리시크 멤버들을 데려갈 생각이라서 김승권에게 스태프 출입증을 더 받아 오라고 했었다.

나는 소파에 다시 앉으며 이유를 설명했다.

"릴리시크라는 팀명만 알지 피디가 애들 얼굴은 모르는 것 같더라고. 그리고 촬영장은 스태프에, 아르바이트생에 정신없을 거고."

김나영 팀장이 수긍했는지 고개를 끄덕인다. 그러더니 날 가만히 쳐다보기 시작했다.

죄가 없어도 고개를 숙여야 할 것 같은 눈빛 앞에서 내가 뭘 잘못했나를 생각… 하다가 깨달았다.

아, 스카프가 바뀌었네.

"그거 못 보던 스카프네? 예쁘다."

하얀 우유에 피 한 방울이 섞인 것 같은 색깔인데…….

이게 아닌가.

"뭐야?"

"대표님 최근 연예 기사에 너무 자주 나오세요."

아, 그 얘기였나.

"알았어, 신경 쓸게."

그러지 않아도 조심할 생각이었다.

기사에 내 이름이 노출되면 소속 아티스트의 이름도 함께 거론되기 때문에 처음에는 좋을지 모르지만 나중에 독이 된다.

윤소림이 작품 활동을 쉬고 있는데, 나와 엮여서 사람들 입에 오르내리면 쓸데없이 이미지가 소비되기 때문이다.

그래서, 미다스의 손 노릇은 여기까지.

"그러니까, 내일은 절대 눈에 띄시면 안 돼요."

"아육대에서 내가 눈에 띌 일이 뭐가 있어."

"혹시나 싶어서요."

말도 안 되는 걱정에 하하, 웃었더니 김나영 팀장이 눈웃음 짓고 퇴근했다.

그럼 나도 퇴근을… 해야 하는데 저승이가 눈을 크게 뜨고 날 쳐다본다. 고장 난 형광등처럼 눈꺼풀을 깜박거리면서.

"곱빼기면 돼?"

고개를 끄덕이는 저승이.

언제부터인가 개를 키우는 기분이다.

*　　　*　　　*

「며칠 후, 아이돌 육상대회 촬영장」

오전 7시, 새벽부터 모여 추위 속에서 발을 동동 구르던 팬들 사이로 인터컴을 찬 스태프가 등장했다.

30개 아이돌 팀의 팬들이 모였기 때문에 인원수를 체크하고 입장 팔찌를 나눠주는 데만 한 시간.

경기장 안도 분주하다.

팬클럽에서 준비한 현수막들이 걸려 있고, 촬영 장비와 세트를 준비하는 스태프들, 질서 유지와 사고에 대비한 현장 요원들로 복작거린다.

"자, 집중합시다."

관객 입장 전, 아육대 피디가 빙 둘러선 스태프들을 바라봤다.

명절마다 치르는 연례행사라지만 챙길 게 하나둘이 아니다 보니 아침부터 신경이 곤두설 수밖에 없었다.

"올해 비비7이 강세니까 카메라 잘 잡고, 웬디즈도 신경 써서 붙잡고. 그리고 예나는 이번에 뛰지 말라고 그래. 추석 때 천장만 보고 뛰다가 자빠져서 식겁했잖아?"

"매니저한테 얘기는 했는데, 애가 워낙 사차원이라서."

작가들이 고개를 절레절레 흔들고.

"사차원이든 팔차원이든, 여자애들한테 특히 주의 줘. 뛸 거면 눈 똑바로 뜨고 뛰라고."

"예!"

"작년 추석 때 여자 계주 준우승이 웬디즈였지?"

"우승은 디다(D.DA) 애들이 했고요."

6인조 걸 그룹 디다 VS 4인조 걸 그룹 웬디즈

두 팀이 마지막까지 엎치락뒤치락하면서 명승부를 펼쳤다.

"그럼 올해도 디다가 이기려나? 그럼 안 사는데."

피디가 신음하며 입술을 괴롭힐 때, 작가가 끼어들었다.

"근데 이번에는 빛소대 애들이 제대로 준비해 왔던데요? 육상화까지 신고 왔더라고요."

"걔들은 컨셉대로 하라고 해. 병맛 컨셉. 왜 갑자기 진지 빨고 그래?"

"빛소대 매니저한테 얘기하겠습니다."

"MC들은 다 도착했어?"

질문에 인터컴을 목에 두른 조연출이 손을 살짝 든다.

"정재문 씨하고 퓨처엔터 고은별은 아직 안 왔습니다."

"둘 다 어디쯤인지 이따 체크하고……."

피디가 잠깐 주위를 한 번 살피고 다시 입을 열었다.

"오늘 매니저들 계주 참가하는 거, 저녁때까지 철통 보안이야. 알았지?"

*　　*　　*

회의가 끝나고, 조연출과 작가 한 명이 대기실로 향했다.

특별 MC들은 간단히 대본 리딩을 거치고 오프닝 촬영에 들어가야 하기 때문에 미리 체크를 해야 했다.

"정재문 씨 지금 어디세요?"

—거의 다 도착했습니다.

"아까도 거의 다라고 하셨거든요? 빨리 좀 오세요! 다들 도착했는데 혼자 늦고 계시잖아요!"

조연출은 짜증을 콱 뱉고 전화를 끊어버렸다.

그러자 뒤따라오던 작가가 힐끗 보며 물었다.

"퓨처엔터도 전화해야 하지?"

"거기는 지금 주차장에 있더라고."

"그걸 어떻게 알아?"

"이거 봐봐."

조연출이 내민 핸드폰 화면에는 새근새근 자고 있는 은별이와 차에서 내릴 준비를 하고 있는 퓨처엔터 직원들이 보였다.

"이게 뭐야?"

"은별나라 라이브 방송."

화면이 흔들리더니, 퓨처엔터 직원들이 대기실로 이동하는 게 보인다.

"뭐야. 꼬맹이 지금 자는 거야?"

누군가의 품에 안긴 은별이는 여전히 꿈나라를 헤매고 있었다.

"해가 중천에 뜰 때까지 자도 모자랄 나이잖아. 새벽에 일어나서 여기까지 온 것만 해도 용한 거지."

"누가 안고 오는 거야?"

"매니저겠지. 은별이 삼촌이 매니저야."

"그래?"

잠든 은별이를 비추던 카메라가 안고 있는 사람의 다리를 잡았다.

성큼성큼 내미는 발걸음이 대기실로 향한다.

은별이를 안고 있는데도 흔들림이 없다.

"삼촌이 몇 살이야?"

"왜? 관심 있어?"

"나도 연애 좀 하자."

웃으며 대기실로 향하는 두 사람.

VJ가 숨을 몰아쉬는 바람에 카메라가 흔들린다. 화면에는 뒤따라오는 직원들이 잡혔다. 다들 숨을 헉헉대며 겨우 쫓아온 모습이다.

—대표님, 조금 천천히…….

—너희들은 천천히 와, 나 먼저 갈 테니까.

은별이를 품에 안은 남자가 다시 발걸음을 내디딘다.

"와, 터프하네."

어린아이라지만 제법 무게가 있을 텐데도 남자는 숨 한 번 흐트러짐 없이 직원들을 두고 다시 걸음을 재촉했다.

"저 사람이 퓨처엔터 대표야? 장난 아니다. 몇 살이나 먹었대?"

작가의 계속된 호기심에 조연출이 천장을 보며 기억을 곱씹었다.

"되게 젊어. 서른다섯이라던가?"

"그렇게 젊어?"

"퓨처엔터 대표 못 봤어? 요즘 기사도 많이 떴었는데."

"내가 지금 프로그램 뛰는 게 몇 갠데. 기사 볼 시간이 어딨어."

그나저나 대체 어떤 사람일까 궁금한데.

대기실에 도착했을 때 작가는 궁금증을 해결할 수 있었다.

잠든 은별이를 품에 안은 퓨처엔터 대표와 대기실 입구에서 마주쳤기 때문이다.

작가의 눈동자에 최고남의 모습이 선명하게 비친다.

사람의 첫인상이 결정 나는 데 걸리는 시간은 3초.

1초, 고개를 45도 들어야 제대로 볼 수 있는 큰 키.

2초, 뭘 입혀도 태가 날 것 같은 어깨.

3초, 여름 숲처럼 짙은 눈썹과 호수 같은 맑은 눈동자.

"안녕하세요, 은별이 매니저 최고남입니다."

그리고 다정한 미소.

*　　　*　　　*

"정재문 씨 도착하면… 리딩 하겠습니다."

작가가 목소리를 높였다가 은별이 때문인지 목소리를 낮춰 말했다.

그녀에게 고맙다는 말을 속삭이고 나서 은별이를 소파에 눕혔다. 조금 더 재우고 싶어서 말이다. 그리고 귀를 열고 솜털 가득한 볼에 가까이 갔다.

작은 코에서 새근새근 숨소리가 들린다.

나는 왠지 안심이 돼서 눈을 떼고 출연자들을 바라봤다.

〈웬디즈〉 곽설희, 〈비비7〉 최영웅이 오늘 특별 MC를 맡아서인지 익숙한 얼굴들이 보인다.

더벅머리 웬디즈 매니저와 살찐 매니지먼트 1팀장, 그리고 N탑 스타일리스트팀.

전에는 N탑 식구들 마주치면 눈에 불편함이 가득했는데, 지금은 1팀장의 눈매가 제법 부드럽다. 심지어 의미심장한 미소까지 띠고 있고.

잠깐 눈인사만 하고 함께 온 릴리시크 멤버들에게 눈길을 돌렸다.

박은혜, 권아라, 소연우, 송지수.

"릴리시크 멤버들은 현장 견학하려고 온 거니까, 눈에 띄지 않게 행동해야 돼. 알겠지?

"예!"

아이들에게 당부했지만, 사실 오늘 제일 조심해야 할 사람은 바로 나.

근데 여기서 내가 눈에 띌 일은 크게 없을 거다.

아이돌 육상대회는 말 그대로 아이돌들이 리듬체조, 달리기, 축구, 양궁 같은 경기를 펼치기 때문에 매니저가 활약할 일은 없으니까.

김나영 팀장에게 혼날 걱정은 미뤄두고 큐시트를 살폈다.

실제 육상대회처럼 개막식부터 폐막식까지 순서가 빼곡히 차 있었다.

자정 무렵에나 끝나는 강행군이지만 은별이는 중간중간 촬영과 휴식을 병행하기 때문에 퓨처엔터 식구들은 소풍 온 기분으로 즐기다가 갈 생각이다.

그래서 오늘은 은별이하고 재밌게 놀다 가야지, 하고 마음먹을 때 프리랜서 아나운서 정재문이 대기실에 도착했다.

방금까지 자다 일어났는지 퉁퉁 부은 눈이다.

지각 대장이라더니. 이런 모습이 한두 번이 아닌지 스타일리스트가 얼음 팩을 손에 쥐고 있었다.

"아휴, 차가 너무 막혀서."

뒷머리를 긁적인 그가 메이크업을 하러 화장대 거울 앞에 앉는 사이 나는 은별이를 깨우며 속삭였다.

"은별아……."

아이가 눈을 비비고 쳐다본다.

나는 좋아하는 여자애를 괴롭히는 개구쟁이처럼 미소 짓고 다시 말했다.

"놀자."

*　　　　*　　　　*

경기장에 입성한 아이돌들은 팬들에게 손을 흔들거나 저마다의 팀 구호를 외치며 전의를 불태웠다. 여자 아이돌그룹 〈빛소대〉 멤버 9명과 매니저들, 그리고 소속사 대표도 그중 하나였다.

"빛나는, 소녀들이, 대한민국에, 나타났다! 빛이여, 솟아나라!"

마치 땅에서 진짜 빛이 솟아나듯.

빛소대 소속사 대표는 두 손까지 치켜들고 구호를 외친 다음 지난 추석 우승한 디다(D.DA), 그리고 준우승한 웬디즈를 힐끗 쳐다보고 나서 멤버들에게 신신당부했다.

"오늘 전설 찍는 거야, 알았지?"

"예!"

우렁찬 대답에 만족한 그가 빛소대 담당 실장에게 시선을 돌렸다.

"확실한 거지, 그거?"

"확실해요. 오늘 계주에서 마지막 주자로 매니저가 뛴대요."

"여태 그런 적이 없잖아?"

"시청률 떨어지니까 뭐라도 해보겠다는 거죠."

"오케이. 우석이는 컨디션 어떻대?"

얼마 전 입사한 빛소대 로드매니저.

육상선수 출신으로 국가대표선수까지 될 뻔했으나 꿈을 접고 매니저로 입사.

"오늘 컨디션 최고랍니다."

"오케이."

대표의 입꼬리가 진해진다.

이제 준비는 끝났다. 아육대를 씹어 먹을 준비가.

* * *

부스럭부스럭.

소연우가 후드티 주머니에서 꺼낸 것은 사탕이었다.

그 밖에도 연필, 지우개, 돈, 핸드폰, 틴트 등 꽤 많은 물건들이 감춰져 있는 잡동사니 창고였다.

"언니."

"고마워."

쑥 내민 사탕을 받아 든 박은혜가 빙긋 미소 지었다.

사탕 껍질을 까서 입에 쏙 넣은 두 사람은 화장실을 향해 나아간다.

'대표님이 눈에 띄지 말라고 했으니까 조심해야지.'

다짐을 하면서, 박은혜는 주위를 눈에 담았다.

스태프, 현장 진행 요원, 경호원, 아이돌까지 뒤섞여서 누가 누군지 알 수가 없을 정도로 복잡했다.

"언니, 언니, 저기 웍스디!!"

소연우의 호들갑이 가리킨 곳에는 보이 그룹 〈웍스디〉 멤버가 서 있었다.

눈썹을 살짝 덮은 앞머리, 가는 턱선, 그리고 큰 키.

TV에서나 보던 아이돌이 복도에서 핸드폰을 만지작거리고 있다.

"사진 찍어야 하는데… 아, 언니!"

박은혜가 소연우의 핸드폰을 슥 낚아챘다.

"대표님이 말씀하셨잖아. 눈에 띄지 말라고."

"흐웅."

"가자."

박은혜는 풀 죽은 소연우의 팔을 붙잡고 다시 걸음을 서둘렀다.

혹여 스태프 비슷한 사람만 보여도 소연우를 붙잡고 벽을 쳐다봤다.

화장실을 가는 길이 멀고도 험난하다.

"우리 오빠 여기 왔으면 완전 촐랑거렸을 텐데."

"오빠가 한 살 많다고 그랬지?"

"예. 제 인생 최고의 적이에요."

"그럼 적과의 동침이네?"

"이젠 아니죠! 난 숙소에 사니까!"

신이 난 소연우가 제자리에서 빙그르르 한 바퀴를 돌았다.

모자가 살짝 들뜨는 바람에 박은혜가 서둘러 내려줬다. 절대, 사람들에게 노출되면 안 되니까.

"근데 조금 분해요."

"뭐가?"

"나 없는 집에서 자기가 왕처럼 굴 거 아니에요? 우리 아빠 불쌍해서 어떡해."

"아빠가 왜?"

"엄마가 오빠 편이거든요. 아빠는 내 편. 그러니까 이제 우리 집에는 아빠 편이 없다는 거죠."

"그러네, 후후."

"언니는 누가 언니 편이에요? 엄마……."

발랄하게 입을 열던 소연우는 아차 싶어 입을 다물었다.

숙소에서의 첫날, 자기소개 시간에 박은혜가 부모님의 이혼 후 할아버지 밑에서 자랐다고 말했던 게 뒤늦게 떠올라서였다.

당황한 소연우의 모습에 박은혜는 미소를 짓고 나서 잠깐 옆을 돌아봤다.

복도에서 경기장으로 나가는 길이 보인다.

관중석을 가득 채운 아이돌 팬들, 그리고 경기장에서 몸을 풀고 있는 아이돌들.

"연우야, 우리, 추석 때는 꼭 여기 나오자."

그래서 할아버지한테 보여주게.

"예!"

소연우는 힘껏 고개를 끄덕였다.

그날 다시 와서 아육대의 진정한 강자가 누군지 가르쳐 주겠다면서 다시 신나게 떠드는 그때, 박은혜가 고개를 들고 말했다.

"연우야, 화장실이다."

"언니, 명찰 좀 받아주세요."

걸리적거리는 명찰을 박은혜에게 건네고 짧지만 긴 시간이 흐르고 나서, 소연우는 한결 가벼워진 얼굴로 화장실을 나왔다. 그런데 박은혜가 보이지 않는다.

"어? 언니 어디 갔지?"

두리번거리며 박은혜를 찾아 나설 때였다.

"아야!"

"아, 조심 좀……."

어깨를 부딪친 남자는 화를 버럭 내다가 소연우의 눈을 보고 말았다.

디다(D.DA) 팬인 친구의 성화에 못 이겨서 따라왔을 뿐, 남자는 아이돌에 별로 관심이 없었다.

무슨 경기를 밤까지 하고, 돌아다니지도 못하고, 춥기는 또 얼마나 추운지.

새벽부터 고생이 말이 아니었다.

이걸 보러 오는 친구를 도대체가 이해할 수가 없다.

무엇보다 이해가 안 되는 것은 아이돌과 팬이라는 관계.

여기, 다들 미친 애들 같다고 또 다른 친구에게 까똑을 보냈던 남자.

말 그대로 이곳은 미쳤다. 환호하고 비명 지르고, 난리도 이런 난리가 없다. 뭐가 그렇게들 좋다고. 쉬지 않고 투덜대던 그였는데… 그랬는데…….

'뭐지?'

왜 주변에서 음악이 들리는 걸까.

왜 칙칙했던 주위가 갑자기 밝아진 걸까.

왜 TV 화면이 눈앞에 있는 걸까.

마치 CF의 한 장면처럼, 광고모델이 제 머리를 쓸어 올리며 모자를 눌러쓰고 빙긋 웃으며 말한다.

"죄송합니다!"

죄송하기는…….

"저야말로… 죽을죄를 지었습니다."

한편, 그 시각 권아라와 송지수도 대기실을 나왔다.

화장실에 간 두 사람이 오지 않고 있었기 때문에 찾으러 나온 건데.

"언니, 화장실 이쪽이래요."

경호원에게 길을 물어보고 온 권아라가 검지를 내밀며 앞장섰다.

송지수가 바삐 쫓아오며 묻는다.

"화장실에 사람이 많나?"

"스태프들하고 출연자는 전용 화장실 쓰니까 그렇게 많지 않을 걸요?"

"그냥 대기실에서 기다릴 걸 그랬나?"

"박하 언니가 잠깐 구경하는 거는 괜찮다고 그랬어요. 가요."

송지수는 여전히 불안한 듯 주위를 두리번거렸다.

그런데 이때, 얼마 전 데뷔한 여자 아이돌 그룹 〈O.O.O〉 멤버들이 복도를 가로질러 오는 게 보였다. 가벼운 사복 차림이었지만 얼굴은 풀메이크업이어서 눈에 띌 수밖에 없었다.

하지만 기죽을 필요는 없었다.

릴리시크 멤버들도 그동안 꾸준한 관리와 노력으로 다듬어지고 있어서 이제는 연예인 티가 제법 나고 있었다.

"생각보다 엄청 예쁘지는 않네. 그죠, 언니?"

그냥 가볍게 물어봤는데 송지수가 대답을 하지 않았다.

아니, 고개를 푹 숙인 채 벽을 쳐다보고 있었다.

권아라가 의아해서 고개를 갸웃하는 사이 아이돌이 옆을 스치고 지나갔다.

"언니? 왜 그래요?"

"아, 아니야."

송지수가 빙긋 웃는다.

"정말 괜찮아요? 얼굴이 빨개요."

"어제 늦게 자서 그런가 봐. 피곤해서."

"대기실 다시 갈까요?"

"아니야. 가자."

다시 아무 일 없던 것처럼 두 사람은 화장실로 향했다.

하지만 화장실 안을 둘러봐도 박은혜와 소연우는 보이지 않는데.

"길이 엇갈렸나 보다."

"그런가 보네요. 언니, 저 온 김에……."

"응."

권아라가 화장실에 들어가고, 송지수는 밖에서 잠시 기다렸다.

"후, 나 바보 같아."

아까는 저도 모르게 숨어버리고 말았다.

언젠가 보면 당당하게 얼굴 비치고 싶었는데.

왕따를 당한 건 자신인데. 왜 숨었나 싶어 자괴감도 들고.

한숨을 연거푸 쉬는데 한 무리의 스태프가 소품을 들고 그녀 앞을 지나갔다. 그때 누군가 실수로 송지수를 툭 건드려서 모자가 떨어졌다.

"아, 미안해요."

싱겁게 사과 한마디 던지고 멀어지는 스태프.

그러는 사이 송지수의 모자는 이름 모를 스태프가 든 소품 바구니에 떨어져서 경기장으로 나가고 있었다.

화들짝 놀란 송지수는 모자를 찾으러 스태프들을 좇아 경기장으로 나갔다.

'나 진짜 최악이다.'

허둥지둥 스태프들을 좇는 자신의 모습은 비극이었다.

하지만 멀리서 보면 그 또한 희극.

"야, 쟤 뭐야?"

머리를 푹 숙이고 스태프들 꽁무니를 좇아가는 여자애의 등장에 관중석에 있던 아이돌 팬 몇몇이 관심을 보였다.

그중에는 〈빛소대〉의 홈마도 있었다.

그가 찍어서 홈페이지에 올리는 빛소대의 사진들은 외국 팬들 사이에서도 레전드급 취급을 받을 정도로 작품성을 인정받고 있었다. 그래서 당연히 오늘도 몰래 카메라를 챙겨 왔고.

재밌겠다 싶어서 카메라 줌을 끝까지 당겨서 정체 모를 여자애를 지켜보는데, 여자애가 스태프에게 사정해서 모자를 돌려받았다.

팬은 그녀가 모자를 쓰는 찰나에 맞춰 셔터를 눌렀다.

고속 연사촬영으로 평생 남을 사진이 메모리카드에 저장됐다.

"잘 나왔으려나……."

사진이 궁금해서 팬은 디스플레이를 들여다봤다.

그런데.

"대박."

이건 수치 짤이 아니라 베스트 짤!

다시 고개를 들고 여자애를 찾아봤지만 여자애는 이미 사라져버린 후였다.

* * *

"너무 무리 안 해도 돼."

"괜찮습니다."

"적당히 뛰어도 우석이 너는 1등이니까, 괜히 무리해서 다치지 말라고."

"예."

"근데, 후회 안 돼?"

"뭐가요?"

"운동 그만둔 거. 선수촌에 들어갈 실력이라며?"

실장의 질문에 빛소대 매니저 신우석은 볼을 긁적이며 웃기만 했다.

"왜 그만둔 거야?"

"솔직히, 저도 잘 모르겠어요."

"그게 뭐야?"

"그냥 지치더라고요."

"하긴, 연습생들 중에도 그런 애들 있어. 매너리즘에 빠지는 거지. 아, 누나가 시인이라고 그랬지?"

실장은 괜히 얘기를 꺼낸 것 같다는 생각에 화제를 돌렸다.

"예."

"책 제목이 뭐야? 나도 한 권 사게."

"실장님 여자 친구분하고 헤어지신 지 얼마 안 됐지 않아요?"

"야, 왜 갑자기 얘기가 그리로 빠져?"

"아, 그게 아니라, 저희 누나 시집 읽으면 우실 것 같아서요. 시 주제가 거의 사랑, 만남, 헤어짐… 뭐 그런 거거든요."

실장이 콧바람을 내쉰다.

"그럼 위험하긴 하겠다."

"예, 아주."

"근데, 시인들은 보통 경험담을 쓰나?"

"주로 그런 것 같더라고요. 이번에 낸 책에 들어간 시도 누나 첫사랑과 관련된 게 많거든요. 아, 이거 비밀인데."

"첫사랑이 누구신데."

"저희 학교 육상부 선배요."

"아, 그래? 되게 멋있었나 보네. 누군가의 시로 남을 정도니까."

"예, 그 선배 진짜 멋있어요. 저보다 한참 선배라서 실제로는 뵌 적은 없는데, 대회 자료 화면으로 보면 진짜 멋있더라고요."

"누군지 궁금하네."

"저도 궁금해요. 사실 육상 시작한 것도 누나가 그 선배 자료 화면을 보여준 게 계기였거든요. 진짜 등에 날개가 달린 것처럼 뛰는데… 아직도 기억에 선명해요."

"와, 그 정도야? 그럼 지금 뭐 국가대표 그런 거 하고 계신가?"

"그건 아닌 것 같아요. 부상으로 관두고 다른 일 하고 있다고 들은 것 같아요."

"쯧쯧, 안타깝네. 그러게 몸 관리 잘해야 해. 재능이 있으면 뭐 해? 부상 입으면 말짱 꽝인데."

"그러게요. 되게 인기 많은 선배였는데."

"인기는 오늘 네가 더 많을 거야. 너 달리는 거 보면 사람들 난리 날걸?"

실장은 히히거리며 웃었다. 그 모습에 신우석 매니저는 피식 웃으면서 괜스레 발목을 스트레칭하다가 소품을 잔뜩 품에 들고 낑낑거리며 가는 여자 스태프를 발견했다.

"제가 좀 도와드릴게요."

그러자 스태프가 소품을 바닥에 내려놓고 한숨을 길게 내쉬었다.

"아, 감사합니다."

"혼자 이렇게 많이 들고 가시면 허리 다쳐요. 소품팀이세요?"

"소품팀은 아닌데… 어쩌다 보니……."

"아, 저도 가끔 제작진이 스태프인 줄 알고 일 시키고 그럴 때 있어요."

신우석은 소품을 나눠 들고 웃으며 속삭였다.

그러는 동안 스태프는 모자를 잠깐 벗고 다시 쓰려고 머리를 정리했다.

그러다가 신우석과 눈이 마주치자 서둘러 나머지 소품을 향해 손을 뻗는데, 둘 사이에 명함이 한 장 불쑥 나타났다.

"나, 빛소대 실장인데요. 연예인 해볼 생각 없어요?"

『내 S급 연예인』 7권에 계속…